U0030889

魯　迅　校錄

蔡義江　蔡宛若　今譯

唐宋傳奇集

（下）

香港中和出版有限公司
www.hkopenpage.com

序例

魯迅

　　東越胡應麟在明代，博涉四部，嘗云：「凡變異之談，盛於六朝，然多是傳錄舛訛，未必盡幻設語。至唐人，乃作意好奇，假小說以寄筆端。如《毛穎》、《南柯》之類尚可，若《東陽夜怪》稱成自虛，《玄怪錄》元無有，皆但可付之一笑，其文氣亦卑下亡足論。宋人所記，乃多有近實者，而文彩無足觀。」其言蓋幾是也。廢於詩賦，旁求新途，藻思橫流，小說斯燦。而後賢秉正，視同土沙，僅賴《太平廣記》等之所包容，得存什一。顧復緣賈人貿利，撮拾雕鐫，如《說海》，如《古今逸史》，如《五朝小說》，如《龍威秘書》，如《唐人說薈》，如《藝苑捃華》，為欲總目爛然，見者眩惑，往往妄製篇目，改題撰人，晉唐稗傳，黦剚幾盡。夫蟻子惜鼻，固猶香象，嫫母護面，詎遜毛嬙，則彼雖小說，夙稱卑卑不足廁九流之列者乎？而換

頭削足，仍亦駁心之厄也。昔嘗病之，發意匡正。先輯自漢至隋小說，為《鈎沉》五部訖；漸復錄唐宋傳奇之作，將欲匯為一編，較之通行本子，稍足憑信。而屢更顛沛，不遑理董，委諸行篋，分飽蟫蠹而已。今夏失業，幽居南中，偶見鄭振鐸君所編《中國短篇小說集》，掃蕩煙埃，斥偽返本，積年堙鬱，一旦霍然。惜《夜怪錄》尚題王洙，《靈應傳》未刪於逖，蓋於故舊，猶存眷戀。繼復讀大興徐松《登科記考》，積微成昭，鈎稽淵密，而於李微及第，乃引李景亮《人虎傳》作證。此明人妄署，非景亮文。彌歎雖短書俚說，一遭篡亂，固貽害於談文，亦飛災於考史也。頓憶舊稿，發篋諦觀，黯澹有加，渝敝則未。乃略依時代次第，循覽一周。諒哉，王度《古鏡》，猶有六朝志怪餘風，而大增華豔。千里《楊娟》，柳珵《上清》，遂極庳弱，與詩運同。宋好勸懲，摭實而泥，飛動之致，眇不可期，傳奇命脈，至斯以絕。惟自大曆以至大中中，作者雲蒸，鬱術文苑，沈既濟、許堯佐擢秀於前，蔣防、元稹振采於後，而李公佐、白行簡、陳鴻、沈亞之輩，則其卓異也。特《夜怪》一錄，顯託空無，逮今允成陳言，在唐實猶新意，胡君顧貶之至此，竊未能同耳。自審所錄，雖無秘文，而曩曾用心，仍自珍惜。復念近數年中，能懇懇顧及唐宋傳奇者，當不多有。持此涓滴，注彼說淵，獻

我同流，比之芹子，或亦將稍減其考索之勞，而得覽繹之樂耶。於是杜門攤書，重加勘定，匝月始就，凡八卷，可校印。結願知幸，方欣已歉，顧舊鄉而不行，弄飛光於有盡，嗟夫，此亦豈所以善吾生，然而不得已也。猶有雜例，並綴左方：

一、本集所取資者，為明刊本《文苑英華》；清黃晟刊本《太平廣記》，校以明許自昌刻本；涵芬樓影印宋本《資治通鑑考異》；董康刻士禮居本《青瑣高議》，校以明張夢錫刊本及舊鈔本；明翻宋本《百川學海》；明鈔本原本《說郛》；明顧元慶刊本《文房小說》；清胡珽排印本《琳琅秘室叢書》等。

二、本集所取，專在單篇。若一書中之一篇，則雖事極煊赫，或本書已亡，亦不收採。如袁郊《甘澤謠》之《紅線》，李復言《續玄怪錄》之《杜子春》，裴鉶《傳奇》之《崑崙奴》、《聶隱娘》等是也。皇甫枚《飛煙傳》，雖亦是《三水小牘》逸文，然《太平廣記》引則不云出於何書，似曾單行，故仍入錄。

三、本集所取，唐文從寬，宋製則頗加抉擇。凡明清人所輯叢刊，有妄作者，輒加審正，黜其偽欺；非敢刊落，以求信也。日本有《遊仙窟》，為唐張文成作，本當置《白猿傳》之次，以章矛塵君方圖版行，故不編入。

四、本集所取文章，有複見於不同之書，或不同之本，得以互校者，則互校之。字句有異，惟從其是。亦不歷舉某字某本作某，以省紛煩。倘讀者更欲詳知，則卷末具記某篇出於何書何卷，自可覆檢原書，得其究竟。

五、向來涉獵雜書，遇有關於唐宋傳奇，足資參證者，時亦寫取，以備遺忘。比因奔馳，頗復散失。客中又不易得書，殊無可作。今但會集叢殘，稍益以近來所見，併為一卷，綴之末簡，聊存舊聞。

六、唐人傳奇，大為金元以來曲家所取資，耳目所及，亦舉一二。弟於詞曲之事，素未用心，轉販故書，諒多譌略，精研博考，以俟專家。

七、本集篇卷無多，而成就頗亦匪易。先經許廣平君為之選錄，最多者《太平廣記》中文。惟所據僅黃晟本，甚慮譌誤，去年由魏建功君校以北京大學圖書館所藏明長洲許自昌刊本，乃始釋然，逮今綴緝雜札，擬置卷末，而舊稿潦草，復多沮疑，蔣徑三君為致書籍十餘種，俾得檢尋，遂以就緒。至陶元慶君所作書衣，則已貽我於年餘之前者矣。廣賴眾力，才成此編，謹藉空言，普銘高誼云爾。

中華民國十有六年九月十日，魯迅校畢題記。時大夜彌天，璧月澄照，饕蚊遙歎，余在廣州。

前 言

蔡義江

　　唐代是我國小說發展史上極重要的時代，要說我國的小說是從唐代開始的，這也沒有甚麼不對，因為在唐以前，小說還處於雛型階段，如六朝志怪小說，嚴格地說還算不上小說。只有到了唐代，才出現真正意義上的小說，那就是傳奇。因其事屬奇聞，或情節離奇，或傳神奇怪異之說，故名，其實就是唐宋文言短篇小說。傳奇之稱是稍後才有的，它起於晚唐人裴鉶的文言短篇小說集《傳奇》（其書已佚），與後來戲曲中特別是明清時代以唱南曲為主的戲曲形式也稱傳奇是兩碼事。

　　作為文學作品的小說，從情節敘述到細節描寫，都應該是有意識地運用想像和虛構，也必然有文采藻飾的鋪陳和渲染，唐人傳奇之有別於六朝志怪，而成為名副其實的小說，主要就在於這一點。魯迅在他校錄的《唐宋傳奇集·

序例》的開頭，就引明代胡應麟的話說：

凡變異之談，盛於六朝，然多是傳錄舛訛，未必盡幻設語，至唐人，乃作意好奇，假小說以寄筆端。……宋人所記，乃多有近實者，而文采無足觀。

「傳錄舛訛」往往出於人們頭腦中神鬼怪異的迷信觀念，而「作意好奇」或故「設幻語」，則是自覺地在運用文學創作手段。因而在表現上也就有精粗之分。唐傳奇「敍述宛轉，文辭華豔，與六朝之粗陳梗概者較，演講之跡甚明，而尤顯者乃在是時則始有意為小說」（《中國小說史略》）。此外，傳奇的題材也比志怪大大擴展了，增加了許多社會內容。歷史的、政治的、官場的、市井的、家庭的、愛情婚姻和婦女的……形形色色，豐富多采。人物塑造、情節構思、語言文字等等藝術技巧，也取得了突出的成就。同時也形成了傳奇文體自己的特色，即不少作品往往文中有詩，韻散夾雜；以記敍為主，又兼有議論，也就是通常所謂的「文備眾體」，對後來的小說也有很大的影響。總之，傳奇的產生，使小說成了一種獨立的文學形式。

傳奇的發展，大體有幾個階段：初盛唐是志怪到傳奇的過渡階段，所存作品甚少，僅王度《古鏡記》、無名氏

《補江總白猿傳》和張文成《遊仙窟》三篇，內容多荒誕怪異。中唐是傳奇最繁榮的黃金時期，作品數量多、質量高，現實性與社會意義也大大加強，諸如《枕中記》《柳毅傳》《霍小玉傳》《南柯太守傳》《李娃傳》《長恨傳》《鶯鶯傳》等名篇佳作，都產生於這一時期。晚唐時，傳奇則趨向低落，數量雖仍不少，質量卻大不如前；唯此時多傳奇之專集，如牛僧孺《玄怪錄》、李復言《續玄怪錄》、牛肅《紀聞》、裴鉶《傳奇》、皇甫枚《三水小牘》等皆是。至宋代，已是餘緒，文多迂腐拘板，無可稱道。魯迅在《序例》中有一段話，概括得十分精切，他說：

王度《古鏡》，猶有六朝志怪餘風，而大增華豔。千里《楊娼》、柳珵《上清》，遂極庳弱，與詩運同。宋好勸懲，摭實而泥，飛動之致，眇不可期，傳奇命脈，至斯以絕。惟自大曆以至大中中，作者雲蒸，鬱術文苑，沈既濟、許堯佐擢秀於前，蔣防、元稹振采於後，而李公佐、白行簡、陳鴻、沈亞之輩，則其卓異也。

此可謂定論。

《唐宋傳奇集》自魯迅校錄完畢之日起，迄今已有三分之二世紀，但它仍然是一部在一般閱讀和專業研究上都非

常有價值的書。用白話翻譯出來，以方便讀者，讓它成為普及讀物，使更多的人能觀瞻我國唐宋時期優秀的古典短篇小說的丰采，確是一項很有意義的工作。

《唐宋傳奇集》與後來的各種同類選本比，是有其特色的，大略有以下數端：

一、只收單篇作品。如其《序例》所說：「本集所取，專在單篇。若一書中之一篇，則雖事極煊赫，或本書已亡，亦不收採。如袁郊《甘澤謠》之《紅線》，李復言《續玄怪錄》之《杜子春》，裴鉶《傳奇》之《崑崙奴》、《聶隱娘》等是也。皇甫枚《飛煙傳》，雖亦是《三水小牘》逸文，然《太平廣記》引則不云出於何書，似曾單行，故仍入錄。」

二、重唐輕宋，黜偽求信。《序例》說：「本集所取，唐文從寬，宋製則頗加抉擇。凡明清人所輯叢刊，有妄作者，輒加審正，黜其偽欺；非敢刊落，以求信也。日本有《遊仙窟》，為唐張文成作，本當置《白猿傳》之次，以章矛塵君方圖版行，故不編入。」

三、擇體較寬，足廣視野。所錄之作，有的為當今小說選本所不取，如李吉甫《編次鄭欽悅辨大同古銘論》即是。或以為既稱「論」，當入文集，非傳奇小說者流，魯迅則不泥於此，但重其實質。至如後三卷之《隋遺錄》《煬帝海山記》《迷樓記》《開河記》及太真、飛燕、梅妃、師師

諸外傳、別傳，又以其體近史傳，亦多不選。本集則不拘一格而收之，以補正史之闕，足廣讀者見聞，亦見當時傳奇之風浸淫之廣。

四、用心校勘，將可資參證的材料寫入附記。本集經許廣平相助選定後，魯迅曾搜集多種善本互校，遇「字句有異，惟從其是」，並於書末出「校記」，注明某篇出於何書何卷，列某句某字在諸本中之異文。所取文字雖偶有一二處可商，後來學者亦有撰文補正者，然其用心之勤，功力之深，遠非根基淺薄之輩可及。又魯迅於卷末附《稗邊小綴》，是他平素「涉獵雜書，遇有關於唐宋傳奇足資參證者」，隨手寫取積累而成的；唐人傳奇被金元以後的曲家、通俗小說家所取資的特多，凡耳目所及，也都略舉以備考。這些都有參考價值。總之，徵集舊聞，廣賴眾力，成書不易，故魯迅頗自珍惜。

將文言翻譯成白話，難處在保存原作文字的風格和微妙之處。這和將外文翻譯成中文的情況完全一樣，文字愈精妙的就愈難譯，要不損傷原作的妙處幾乎是不可能的。我讀到魯迅《序例》最後幾句話「時大夜彌天，璧月澄照，饕蚊遙歎，余在廣州」時，就想到，恐怕沒有一個人能有本領將這十三個字譯得跟原作一樣好。

傳奇「文備眾體」，雜有詩賦詞曲的作品不少。有的僅兩句、四句，有的一篇之中有好幾首，最長的有像《長恨歌》之類的長詩。倘若不翻譯，工作似乎只做了一半；要譯出來，困難自然要超過譯散文，因為至少總要譯得像詩詞的樣子。經過實踐，我們感到比較可行的辦法是根據實際情況進行，不強求劃一。詩，一般都翻譯，並大體押韻，以免過於散文化；但遇有個別極淺顯易懂、與白話沒有多大區別的詩或民謠，就不一定再添幾個字，硬是畫蛇添足地改變它的原樣。因為我們不是為翻譯而翻譯。好比說，李白的《靜夜思》「床前明月光」一首，除了可將「舉頭」改成「抬頭」外，還能怎麼個譯法？還有甚麼譯的必要！所以偶而碰到這類情況，我們也有保持原詩原句或只改其一二字的。

　　文中也有寫對對子的，這與律詩中的對仗還不一樣。律詩中的對仗，翻譯成白話，能對固然好，不能對的，不對也不要緊，因為文中反正只說做詩；對對子則不同，若譯出來不成對子，算個甚麼呢？而且對對子完全看你用字造句的技巧，所以不能譯也不必譯。若句子中有不太好懂的地方，我們只加括號解釋。

　　詞曲的語言多數比較淺顯，偶有幾處太文、不夠暢明的，我們採用「半譯」的方法來解決。也就是說，只改換

或增加幾個字，有時一句分作兩句，使之既易於理解，又能保持長短句搭配的自然音節，仍像一首詞曲的樣子。想必讀者不會誤認為某詞牌、曲牌的字數句數，就是經我們改動過的格式。這是嘗試，是否妥當，得失如何，只好請讀者來評定了。

原書正文中有些加括號的注文，我們這次翻譯時，多數還是保留了；也視情況有所增刪。增加最多的是《東陽夜怪錄》，因為該篇所述，是諸多動物化為精怪，彼此高談闊論、吟詠詩作的故事，引用古籍中有關動物的典故和雙關語特多。這使我們在翻譯時遇到了很大的困難。因為只有把難懂的古語換成通俗的今語才算譯，然而改換語詞又會同時失去其諧音、雙關的妙處，典故用在詩中而兼有這些作用的地方更是如此。所以要解決這一矛盾，在用語上便頗費斟酌。在這方面，我們確是花了不少氣力。實在難以兩全的，就只好藉助於注文來彌補了，想必讀者是能夠諒解的。

傳奇既是小說，寫到某些歷史人物、事件，雖可能也有某些事實或傳聞的依據，未必盡屬虛構，但核之於史實，則又常常有年代先後或地名人名的謬誤。如《隋煬帝海山記》稱「煬帝生於仁壽二年」，仁壽二年為公元602年，其時煬帝已34歲，兩年後便殺文帝即位。又稱「帝名勇」，煬帝名廣，這些地方錯誤太明顯，若不指出，怕貽誤

歷史知識不太多的讀者，我們加了極少量的注說明之，或同時作了校改，但一般的錯誤，都不注不改。因為畢竟是小說。又如《隋遺錄》記虞世南作《應詔嘲司花女》詩，後人不加審辨，在編纂《全唐詩》時，也將此詩收錄於虞世南名下。其實，隋代還根本沒有七言絕句，更不必說完全合律的七絕了，它只不過是晚唐小說家自己的創作。煬帝的《雙調望江南》詞八闋也是如此。又，有些作品如《周秦行紀》、《隋遺錄》等的作者，多係當時人及後人偽託，魯迅先生在《稗邊小綴》中已有考證。諸如此類，我們也不特別加以考證，因為從學術角度研究傳奇不是我們譯書的任務。我們只希望讀者在閱讀時，不要把傳奇小說中所述種種，當作一般史料來看待。

某些名物、語詞，因年代久遠，不得甚解又一時無處查考的情況，也會偶而碰到。翻譯不同於注解，可以據實注明「未詳」，或乾脆過去不注，所以，要想完全避免望文生義、強作解人之誚，也並不容易。好在這種地方不多，碰上了，我們只好抱着對讀者負責的態度，多加斟酌，謹慎下筆，不自以為是。

語譯古籍的經驗不多，又限於水平，此書不當和疏誤之處恐所難免，還祈廣大讀者和專家批評指正。

目錄

卷五

卷六

卷七

卷八

⊙

卷五

【冥音錄】

【東陽夜怪錄】

【靈應傳】

冥音錄

原著　缺名

　　盧江尉李侃者,隴西人,家於洛之河南。太和初,卒於官。有外婦崔氏,本廣陵倡家。生二女,既孤且幼,孀母撫之以道,近於成人。因寓家盧江。侃既死,雖侃之宗親,居顯要者,絕不相聞。盧江之人,咸哀某孤藐而能自強。

　　崔氏性酷嗜音,雖貧苦求活,常以弦歌自娛。有女弟菡奴,風容不下,善鼓箏,為古今絕妙,知名於時。年十七,未嫁而卒。人多傷焉。二女幼傳其藝。長女適邑人丁玄夫,性識不甚聰慧。幼時,每教其藝,小有所未至,其母輒加鞭棰,終莫究其妙。每心念其姨,曰:「我,姨之甥也。今乃死生殊途,恩愛久絕。姨之生乃聰明,死何蔑然,而不能以力佑助,使我心開目明,粗及

流輩哉？」每至節朔，輒舉觴酹地，哀咽流涕。如此者
八歲。母亦哀而憫焉。

開成五年四月三日，因夜寐，驚起號泣謂其母曰：
「向者夢姨執手泣曰：『我自辭人世，在陰司簿屬教坊，
授曲於博士李元憑。元憑屢薦我於憲宗皇帝。帝召居
宮。一年，以我更直穆宗皇帝宮中，以箏導諸妃，出入
一年。上帝誅鄭注，天下大酺。唐氏諸帝宮中互選妓
樂，以進神堯、太宗二宮。我復得侍憲宗。每一月之
中，五日一直長秋殿。餘日得肆遊觀，但不得出宮禁
耳。汝之情懇，我乃知也。但無由得來。近日襄陽公主
以我為女，思念頗至，得出入主第，私許我歸，成汝之
願。汝早圖之！陰中法嚴，帝或聞之，當獲大譴。亦上
累於主。』」復與其母相持而泣。

翼日，乃灑掃一室，列虛筵，設酒果，彷彿如有
所見。因執箏就坐，閉目彈之，隨指有得。初，授人間
之曲，十日不得一曲。此一日獲十曲。曲之名品，殆非
生人之意。聲調哀怨，幽幽然鵶啼鬼嘯，聞之者莫不歔
欷。曲有《迎君樂》（正商調二十八疊）、《槲林歎》（分
絲調四十四疊）、《秦王賞金歌》（小石調二十八疊）、
《廣陵散》（正商調二十八疊）、《行路難》（正商調二十八
疊）、《上江虹》（正商調二十八疊）、《晉城仙》（小石

調二十八疊）、《絲竹賞金歌》（小石調二十八疊）、《紅窗影》（雙柱調四十疊）。十曲畢，慘然謂女曰：「此皆宮闈中新翻曲，帝尤所愛重。《槲林歡》《紅窗影》等，每宴飲，即飛球舞盞，為佐酒長夜之歡。穆宗敕修文舍人元稹撰，其詞數十首，甚美。宴酣，令宮人遞歌之。帝親執玉如意，擊節而和之。帝秘其調極切，恐為諸國所得，故不敢泄。歲攝提，地府當有大變，得以流傳人世。幽明路異，人鬼道殊，今者人事相接，亦萬代一時，非偶然也。會以吾之十曲，獻陽地天子，不可使無聞於明代。」

於是縣白州，州白府。刺史崔璹親召試之。則絲桐之音，鎗鏦可聽。其差琴調不類秦聲。乃以眾樂合之，則宮商調殊不同矣。母令小女再拜求傳十曲，亦備得之。至暮，訣去。

數日復來，曰：「聞揚州連帥欲取汝。恐有謬誤，汝可一一彈之。」又留一曲曰《思歸樂》。無何，州府果令送至揚州，一無差錯。廉使故相李德裕議表其事。女尋卒。

譯文

　　盧江縣尉李侃，隴西郡人，家居洛水之南。唐文宗大和初年，死於任所。他娶了個外室叫崔氏，原本是廣陵的妓女。崔氏生了兩個女兒，李侃死時，兩人年紀都還幼小，崔氏撫養兩女恪守婦道，直至她們長大，因而就安家在盧江。李侃死後，他宗族裡的親戚，即使是身居顯要地位的人，崔氏也絕不與他們過往通問。盧江的人都同情她孤立無援而又欽佩她能自強。

　　崔氏生性非常喜愛音樂，雖然貧苦度日，仍常常彈唱樂曲來自我娛樂。她有個妹妹叫菂奴，風姿容貌都不在崔氏之下，善於彈箏，可稱古今絕妙，聞名於時。才十七歲，沒有出嫁便死了。人們都哀憐她的不幸。崔氏的兩個女兒從幼小時起，就向她學習技藝了。大女兒嫁給本地人丁玄夫。她稟性不太聰明，幼小時，每次教她技藝，稍有點達不到要求，母親就用鞭子責打她，但終究還是不懂技藝的奧妙。大女兒心裡常常想念她的阿姨，說：「我是阿姨的外甥女。如今生死兩離，恩愛隔絕已久。阿姨活着時是何等的聰明，怎麼死後就全然不顧，不能用神力來保佑我、幫助我，使我心靈目明，大致比得上一般

同行呢？」每逢節日或初一、十五，她總設祭祀，以酒灑地，悲咽流淚。這樣過了八年，她母親也很傷心可憐她。

開成五年四月三日，大女兒夜間睡覺時，忽然驚起號哭，對母親說：「剛才我做夢見到了阿姨，她拉住我的手哭泣說：『我自從離開人世，在陰司裡名屬教坊妓籍，由太常寺博士李元憑傳授我樂曲。元憑幾次將我推薦給憲宗皇帝。皇帝召我在宮中居住。一年後，將我派往穆宗皇帝宮中侍奉，指導諸妃嬪彈箏，在宮中出入有一年光景。老天爺保佑唐室，誅殺了鄭注，天下共同歡慶。唐室諸皇帝的宮中，互相挑選伎藝音樂，用來進獻唐高祖神堯和太宗皇帝二宮。我又得以侍奉憲宗。每個月中，隔五天輪到一次去後宮長秋殿值班教樂。其餘的日子，就可以隨意遊覽各處，只是不能走出皇宮罷了。你的懇切之情，我是知道的。只是我沒有辦法能來。最近襄陽公主認我做女兒，十分思念我，我能夠進出公主的住宅。她私下准許我回來，成全你的願望。你早早做好準備！陰間的法律很嚴，倘或讓皇帝知道了，我就要受嚴懲了，還會連累公主。』」大女兒說完，又與她母親相抱哭泣。

次日，就灑掃乾淨一間房子，虛設了一桌筵席，擺上了酒菜果品，彷彿看到了她阿姨已經來了。於是大女兒拿來箏坐定後，就閉上眼睛彈奏起來，隨着手指的撥動，便有所領悟。以前，教她彈奏人間的曲子，十天還學不會一支，現在一天之內

就學會了十支。曲子的名稱和格調，幾乎都不是活着的人所能得到的。聲調哀怨，幽幽的像鴟鴞啼鬼嘯一般，聽到箏聲的人沒有不悲傷歎息的。曲子有《迎君樂》（正商調二十八疊）、《槲林歎》（分絲調四十四疊）、《秦王賞金歌》（小石調二十八疊）、《廣陵散》（正商調二十八疊）、《行路難》（正商調二十八疊）、《上江虹》（正商調二十八疊）、《晉城仙》（小石調二十八疊）、《絲竹賞金歌》（小石調二十八疊）、《紅窗影》（雙柱調四十疊）等。十支曲子彈完，菠奴愁容滿面地對她外甥女説：「這些都是內宮中新製作的曲子，是皇帝特別喜歡的。《槲林歎》《紅窗影》等，每次宴飲時，都用它來行傳花拋球、舉杯舞蹈的酒令，在長夜飲酒時助興。穆宗敕命任修文舍人官的元積撰寫樂曲的歌詞，他寫了幾十首，都很美。酒酣時，就命宮女們一首首歌唱。皇帝親自手拿玉如意敲擊，伴着歌打拍子。皇帝很注意曲調的對外保密，擔心會傳到其他邦國去，所以我們都不敢泄露。歲入寅年，地府該當有重大的變化發生，曲子能夠流傳到人世間了。陰間與陽世不同路，人與鬼不同道，如今居然能在人事上有所接觸，這也是千載難逢的機遇，決非偶然。正須將我這十支曲子獻給人世間的天子，不可以使它在聖明的時代埋沒無聞的。」

於是，這件事就由縣呈報給州，州呈報給府。廬州刺史崔親自召大女兒來試奏，果然箏弦發出的聲音嘹亮悦耳。它有

點像琴的聲調，不像當時秦地流行音樂的風格。用其他許多樂器來與它合奏，則樂調音律都很不相同，難以配合。母親崔氏就叫小女兒向她阿姨再拜行禮，請求也能傳授她這十支曲子，結果小女兒也全學會了。到晚上，菠奴告辭而去。

過了幾天，菠奴又來，對大女兒說：「聽說在揚州的淮南節度使要召你去。到時候怕出差錯，你可以把曲子逐一地再彈奏彈奏。」又留下一支曲子，叫《思歸樂》。過不多久，州府果然命令將大女兒送到揚州去，演奏時一點都沒有差錯。淮南節度使兼觀察使、前宰相李德裕曾論述過這件事。不久，大女兒就死了。

東陽夜怪錄

原著　缺名

　　前進士王洙，字學源，其先琅邪人。元和十三年春擢第。嘗居鄒魯間名山習業。洙自云，前四年時，因隨籍入貢，暮次滎陽逆旅。值彭城客秀才成自虛者，以家事不得就舉，言旋故里。遇洙，因話辛勤往復之意。自虛字致本，語及人間目睹之異。

　　是歲，自虛十有一月八日東還（乃元和八年也）。翼日，到渭南縣，方屬陰噎，不知時之早晚。縣宰黎謂留飲數巡。自虛恃所乘壯，乃命僮僕輜重，悉令先於赤水店俟宿，聊踟躕焉。

　　東出縣郭門，則陰風颭地，飛雪霿天，行未數里，迨將昏黑。自虛僮僕，既悉令前去，道上又行人已絕，無可問程。至是不知所屆矣。路出東陽驛南，尋赤水谷

口道。去驛不三四里，有下塢。林月依微，略辨佛廟，自虛啟扉，投身突入。雪勢愈甚。自虛竊意佛宇之居，有住僧，將求委焉，則策馬入。其後才認北橫數間空屋，寂無燈燭。久之傾聽，微似有人喘息聲。遂繫馬於西面柱，連問：「院主和尚，今夜慈悲相救。」徐聞人應：「老病僧智高在此。適僮僕已出使村中教化，無從以致火燭。雪若是，復當深夜，客何為者？自何而來？四絕親鄰，何以取濟？今夕脫不惡其病穢，且此相就，則免暴露。兼撒所借芻藁分用，委質可矣。」自虛他計既窮，聞此內亦頗喜。乃問：「高公生緣何鄉？何故棲此？又俗姓云何？既接恩容，當還審其出處。」曰：「貧道俗姓安（以本身肉鞍之故也），生在磧西。本因捨力，隨緣來詣中國。到此未幾，房院疏蕪。秀才卒降，無以供待，不垂見怪為幸。」自虛如此問答，頗忘前倦。乃謂高公曰：「方知探寶化城[1]，如來非妄立喻。今高公是我導師矣。高公本宗，固有如是降伏其心之教。」

俄則沓沓然若數人聯步而至者。遂聞云：「極好雪。師丈在否？」高公未應間，聞一人云：「曹長[2]先行。」

---

[1] 佛家以化城喻品格。

[2] 唐時同級官員之間的稱呼。「曹」諧「槽」，謂牛與驢皆槽內食草也。

或曰：「朱八丈合先行。」又聞人曰：「路甚寬，曹長不合苦讓，偕行可也。」自慮竊謂人多，私心益壯。有頃，即似悉造座隅矣。內謂一人曰：「師丈，此有宿客乎？」高公對曰：「適有客來詣宿耳。」自慮昏昏然，莫審其形質。唯最前一人俯檐映雪，彷彿若見着皂裘者，背及肋有搭白補處。其人先發問自慮云：「客何故瑀瑀然犯雪昏夜至此？」自慮則具以實告。其人因請自慮姓名。對曰：「進士成自慮。」自慮亦從而語曰：「暗中不可悉揖清揚，他日無以為子孫之舊。請各稱其官及名氏。」便聞一人云：「前河陰轉運巡官試左驍衛胄曹參軍盧倚馬[①]。」次一人云：「桃林客副輕車將軍朱中正[②]。」次一人曰：「去文，姓敬[③]。」次一人曰：「銳金，姓奚[④]。」此時則似周坐矣。

初，因成公應舉，倚馬旁及論文。倚馬曰：「某兒童時，即聞人詠師丈《聚雪為山》[⑤]詩，今猶記得。今夜景象宛在目中。師丈，有之乎？」高公曰：「其詞謂何？試言之。」倚馬曰：「所記云：

① 「盧」倚「馬」旁為「驢」。
② 「朱」之正中乃「牛」。《尚書》：「放牛於桃林之野。」
③ 「敬」去「文」為「苟」，諧「狗」。
④ 「奚」，「雞」也。其爪「銳」則利於鬥，稱「金距」。
⑤ 佛教曾於雪山修行，稱雪山大士；又天山別稱雪山，謂駱駝來自天山也。

12　卷五

誰家掃雪滿庭前，萬壑千峰在一拳。

吾心不覺侵衣冷，曾向此中居幾年。」

自虛茫然如失，口呿眸眙，尤所不測。高公乃曰：「雪山是吾家山。往年偶見小兒聚雪，屹有峰巒山狀，西望故國，悵然因作是詩。曹長大聰明，如何記得。貧道舊時惡句，不因曹長誠念在口，實亦遺忘。」倚馬曰：「師丈騁逸步於遐荒，脫塵機（機當為羈）於維縶，巍巍道德，可謂首出儕流。如小子之徒，望塵奔走，曷（當為褐，用毛色而譏之）敢窺其高遠哉！倚馬今春以公事到城，受性頑鈍，闕下桂玉，煎迫不堪。且夕羈（羈當為飢）旅，雖勤勞夙夜，料入況微，負荷非輕，常懼刑責。近蒙本院轉一虛銜（謂空驅作替驢），意在苦求脫免。昨晚出長樂城下宿，自悲塵中勞役，慨然有山鹿野麞之志。因寄同侶，成兩篇惡詩。對諸作者，輒欲口占，去就未敢。」自虛曰：「今夕何夕，得聞佳句。」倚馬又謙曰：「不揆荒淺。況師丈文宗在此，敢呈醜拙邪？」自虛苦請曰：「願聞，願聞！」倚馬因朗吟其詩曰：

「長安城東洛陽道，

車輪不息塵浩浩。

爭利貪前競着鞭，

相逢盡是塵中老。

日晚長川不計程，

離群獨步不能鳴。

賴有青青河畔草，

春來猶得慰（慰當作餧）羈（羈當作飢）情。」

　　合座咸曰：「大高作！」倚馬謙曰：「拙惡，拙惡！」
中正謂高公曰：「比聞朔漠之士，吟諷師丈佳句絕多。今
此是潁川，況側聆盧曹長所念，開洗昏鄙，意爽神清。
新制的多，滿座渴詠。豈不能見示三兩首，以沃群矚。」
高公請俟他日。

　　中正又曰：「眷彼名公悉至，何惜兔園。雅論高談，
抑一時之盛事。今去市肆苦遠，夜艾興餘，杯觴固不可
求，炮炙無由而致。賓主禮闕，慚恧空多。吾輩方以觀
心朵頤（謂齦草之性與師丈同），而諸公通宵無以充腹，
赧然何補。」高公曰：「吾聞嘉話可以忘乎飢渴。只如八
郎，力濟生人，動循軌轍，攻城犒士，為己所長。但以
十二因緣，皆從觴起，茫茫苦海，煩惱隨生。何地而可
見菩提（提當為蹄），何門而得離火宅（亦用事譏之）？」
中正對曰：「以愚所謂：覆轍相尋，輪迴惡道，先後報應，
事甚分明。引領修行，義歸於此。」高公大笑，乃曰：「釋
氏尚其清淨，道成則為正覺（覺當為角）。覺則佛也。如
八郎向來之談，深得之矣。」倚馬大笑。

自虛又曰：「適來朱將軍再三有請和尚新製。在小生下情，實願觀寶。和尚豈以自虛遠客，非我法中而見鄙之乎？且和尚器識非凡，岸谷深峻，必當格韻才思，貫絕一時，妍妙清新，擺落俗態。豈終秘咳唾之余思，不吟一兩篇以開耳目乎？」高公曰：「深荷秀才苦請，事則難於固違。況老僧殘疾衰羸，習讀久廢，章句之道，本非所長。卻是朱八無端挑抉吾短。然於病中，偶有兩篇自述，匠石能聽之乎？」曰：「願聞。」其詩曰：

「擁褐藏名無定蹤，流沙千里度衰容。

傳得南宗心地後，此身應便老雙峰[①]。」

「為有閻浮珍重因，遠離西國越咸秦。

自從無力休行道，且作頭陀不繫身。」

又聞滿座稱好聲，移時不定。去文忽於座內云：「昔王猷訪戴安道於山陰，雪夜皎然，及門而返。遂傳『何必見戴』之論。當時皆重逸興。今成君可謂以文會友，下視袁安、蔣詡。吾少年時頗負雋氣，性好鷹鸇。曾於此時，敗遊馳騁。吾故林在長安之巽維，御宿川之東時（此處地名苟家觜也）。詠雪有獻曹州房[②]一篇，不覺詩狂

---

① 雙峰山東山寺為禪宗聖地；又駝背有雙峰。

② 《瑞應圖》：「馬為房星之精。」又杜甫有《房兵曹胡馬》詩。圍獵必犬馬相依。

所攻，輒污泥高鑒耳。」因吟詩曰：

「愛此飄搖六出公[1]，輕瓊洽絮舞長空。

當時正逐秦丞相，騰踔川原喜北風。

獻詩訖，曹州房頗甚賞僕此詩，因難云：『呼雪為公，得無檢束乎？』余遂徵古人尚有呼竹為君，後賢以為名論，用以證之。曹州房結舌莫知所對。然曹州房素非知詩者。烏大[2]嘗謂吾曰：『難得臭味同。』斯言不妄。今涉彼遠官，參東州軍事（義見《古今注》），相去數千。苗十（以五五之數故第十）氣候啞吒，憑恃群親，索人承事。魯無君子者，斯焉取諸！」銳金曰：「安敢當。不見苗生幾日？」曰：「涉旬矣。」「然則苗子何在？」去文曰：「亦應非遠。知吾輩會於此，計合解來。」

居無幾，苗生遽至。去文偽為喜意，拊背曰：「適我願兮！」去文遂引苗生與自虛相揖。自虛先稱名氏。苗生曰：「介立姓苗。」賓主相諭之詞，頗甚稠沓。銳金居其側，曰：「此時則苦吟之矣。諸公皆由老奚詩病又發，如何如何？」自虛曰：「向者承奚生眷與之分非淺，何為尚吝瑰寶，大失所望。」銳金退而逡巡曰：「敢不貽廣席

---

[1] 雪，稱六出花。
[2] 原文驢稱「烏驢」，當指盧倚馬。

一噱乎？」輒念三篇近詩云：

「舞鏡爭鸞彩，臨場定鵲拳。

正思仙仗日，翹首仰樓前。」

「養鬥形如木①，迎春②質似泥。

信如風雨在，何憚跡卑棲。」

「為脫田文難，常懷紀渻恩。

欲知疏野態，霜曉叫荒村。」

銳金吟訖，暗中亦大聞稱賞聲。

高公曰：「諸賢勿以武士見待朱將軍。此公甚精名理，又善屬文。而乃猶無所言。皮裡臧否吾輩，抑將不可。況成君遠客，一夕之聚，空門所謂多生有緣，宿鳥同樹者也。得不因此留異時之談端哉！」中正起曰：「師丈此言，乃與中正樹荊棘耳。苟眾情疑阻，敢不唯命是聽。然慮探手作事，自貽伊戚，如何？」高公曰：「請諸賢靜聽。」中正詩曰：

「亂魯負虛名，遊秦感寧生③。

---

① 馴養鬥雞，須待望之如木雞，則驕氣盡消，方可鬥。

② 古有殺雞助生氣，壓厲袪邪以迎春之習俗。

③ 寧生指寧戚，曾作《放牛歌》。

候驚丞相喘^①，用識葛盧鳴^②。

黍稷茲農興，軒車乏道情。

近來筋力退，一志在歸耕。」

高公歎曰：「朱八文華若此，未離散秩。引駕者又何人哉！屈甚，屈甚！」倚馬曰：「扶風二兄偶有所繫（意屬自虛所乘），吾家龜茲，蒼文斃甚，樂喧厭靜，好事揮霍，興在結束，勇於前驅（謂般輕貨首隊頭驢）。此會不至，恨可知也。」去文謂介立曰：「胃家兄弟^③，居處匪遙，莫往莫來，安用尚志。《詩》云『朋友攸攝』，而使尚有遐心。必須折簡有招，鄙意頗成其美。」介立曰：「某本欲訪胃大去，方以論文興酣，不覺遲遲耳。敬君命予。今且請諸公不起。介立略到胃家即回。不然，便拉胃氏昆季同至，可乎？」皆曰：「諾。」介立乃去。

無何，去文於眾前竊是非介立曰：「蠢茲為人，有甚爪距，頗聞潔廉，善主倉庫。其如蠐姑之醜，難以掩於物論何？」殊不知介立與胃氏相攜而來。及門，瞥聞其說。介立攘袂大怒曰：「天生苗介立，斗伯^④比之直下。

---

① 漢宣帝丞相丙吉見牛喘，恐天熱過早，故問氣候。
② 春秋人葛盧，懂牛語，曾聞牛鳴而知祭祀用了牛、羊、豬三牲。
③ 指刺蝟。
④ 斗有私生子，生而棄於野，虎乳之。虎，貓科，「門第」高於貓。

得姓於楚遠祖犂皇茹[1]，分二十族，祀典配享，至於禮經（謂《郊特牲》八蠟迎虎迎貓也）。奈何一敬去文，盤瓠[2]之餘，長細無別[3]，非人倫所齒，只合馴狎稚子，獰守酒旗，詔同妖狐，竊脂媚灶，安敢言人之長短。我若不呈薄藝，敬子謂我咸秩無文，使諸人異日藐我。今對師丈念一篇惡詩，且看如何？」詩曰：

「為慚食肉主恩深，日晏蟠蜿臥錦衾。

且學志人知白黑，那將好爵[4]動吾心。」

自虞頗甚佳歎，去文曰：「卿不詳本末，厚加矯誣。我實春秋向戌[5]之後。卿以我為盤瓠裔，如辰陽比房，於吾殊所乖闊。」中正深以兩家獻酬未絕為病，乃曰：「吾願作宜僚以釋二忿，可乎？昔我逢丑父[6]實與向家犂皇，春秋時屢同盟會。今座上有名客，二子何乃互毀祖宗，語中忽有綻露。是取笑於成公齒冷也。且盡吟詠，固請息喧。」

於是介立即引胃氏昆仲與自虞相見。初襜襜然若

---

① 楚遠祖姓畢，讀如「咪」，其名如「茹」，則「畢茹」類貓之叫聲。

② 狗名。

③ 謂狗亂交也。

④ 好爵，高官也。「爵」通「雀」，貓所喜食。

⑤ 十二干支中戌屬相為狗。

⑥ 丑屬相為牛。

白色。二人來前，長曰胃藏瓠，次曰藏立。自虛亦稱姓名。藏瓠又巡座云：「令兄令弟。」介立乃於廣眾延譽胃氏昆弟：「潛跡草野，行着及於名族；上參列宿[①]，親密內達肝膽。況秦之八水[②]，實貫天府，故林二十族，多是咸京。聞弟新有《題舊業》詩，時稱甚美。如何，得聞乎？」藏瓠對曰：「小子謬廁賓筵，作者雲集，欲出口吻，先增慚怍。今不得已，塵污諸賢耳目。」詩曰：

「鳥鼠[③]是家川，周王昔獵賢[④]。

一從離子卯（鼠兔皆變為蝤也），應見海桑田。」

介立稱好：「弟他日必負重名，公道若存，斯文不朽。」藏瓠斂躬謝曰：「藏瓠幽蟄所宜，幸陪群彥。兄揄揚太過。小子謬當重言，若負芒刺。」座客皆笑。

時自虛方聆諸客嘉什，不暇自念己文。但曰：「諸公清才綺靡，皆是目牛遊刃。」中正將謂有譏，潛然遁去。高公求之不得，曰：「朱八不告而退，何也？」倚馬對曰：「朱八世與炮氏[⑤]為仇，惡聞發硎之說而去耳。」自虛謝

---

① 西方有胃星。

② 八水中有渭水。

③ 渭水發源於甘肅源縣西之鳥鼠山。

④ 文王獵於渭水，所獲是輔其王業的姜太公。

⑤ 廚師。

不敏。

此時去文獨與自虛論詰，語自虛曰：「凡人行藏卷舒，君子尚其達節，搖尾求食，猛虎所以見幾。或為知己吠鳴，不可以主人無德而廢斯義也。去文不才，亦有兩篇言志奉呈。」詩曰：

「事君同樂義同憂，那校糟糠滿志休。

不是守株空待兔，終當逐鹿出林丘。」

「少年嘗負飢鷹用，內願曾無寵鶴心。

秋草甌除思去宇，平原毛血興從禽。」

自虛賞激無限，全忘一夕之苦。方欲自誇舊製，忽聞遠寺撞鐘，則比膊鎬然聲盡矣。注目略無所睹，但覺風雪透窗，臊穢撲鼻。唯窣颯如有動者，而厲聲呼問，絕無由答。自虛心神恍惚，未敢邃前捫攖。退尋所繫之馬，宛在屋之西隅。鞍轡被雪，馬則齧柱而立。遲疑間，曉色已將辨物矣。

乃於屋壁之北，有橐駝一，呫腹跪足，儳耳嗣口。自虛覺夜來之異，得以遍求之。室外北軒下，俄又見一瘦瘠烏驢，連脊有磨破之處，白毛茁然將滿。舉視屋之北栱，微若振迅有物，乃見一老雞蹲焉。前及設像佛宇塌座之北，東西有隙地數十步。牖下皆有采畫處，土人曾以麥麩之長者，積於其間。見一大駁貓兒眠於上。咫

尺又有盛餉田漿破瓠一，次有牧童所棄破笠一。自虛因蹴之，果獲二刺蝟，蠕然而動。自虛周求四顧，悄未有人。又不勝一夕之凍乏，乃攬轡振雪，上馬而去。

周出村之北道，左經柴欄舊圃，睹一牛踏雪嚙草。次此不百餘步，合村悉輦糞幸此蘊崇。自虛過其下，群犬喧吠。中有一犬，毛悉齊髀，其狀甚異，睥睨自虛。

自虛驅馬久之，值一叟，闢荊扉，晨興開徑雪。自虛駐馬訊焉。對曰：「此故友右軍彭特進莊也。郎君昨宵何止？行李間有似迷途者。」自虛語及夜來之見。叟倚篲驚訝曰：「極差，極差！昨晚天氣風雪，莊家先有一病橐駝，慮其為所斃，遂覆之佛宇之北，念佛社屋下。有數日前，河陰官腳過，有乏驢一頭，不任前去。某哀其殘命未捨，以粟斛易留之，亦不羈絆。彼欄中瘠牛，皆莊家所畜。適聞此說，不知何緣如此作怪？」自虛曰：「昨夜已失鞍馱，今餒凍且甚。事有不可率話者。大略如斯，難於悉述。」遂策馬奔去。至赤水店，見僮僕方訝其主之相失，始忙於求訪。自虛慨然，如喪魂者數日。

譯文

前進士王洙，字學源，祖先是琅琊人。元和十三年春天考取進士。曾經居住在山東鄒魯一帶的名山中讀書。王洙自己說，在考中進士前四年，因為隨同本州申報名冊的官吏入京參加科舉考試，傍晚來到滎陽，在一家旅店住宿。正好一個彭城縣的舉子成自虛客居此地，因為家中有事不能參加考試，準備返回故鄉。遇到王洙，就說起為赴考辛苦奔波的事來。自虛字致本，談話中提到很多親眼所見的人間怪事。

這一年[①]的十一月八日，成自虛從長安向東返回家鄉。第二天，走到渭南縣境內，正遇上陰天，無法知道時辰的早晚。縣令黎謂挽留他喝幾杯酒，自虛仗着自己乘坐的馬腳力健壯，就讓僕從擔着行李，全都先趕到赤水店等候住宿，自己再逗留一會兒。

等到他走出縣城的東門，只見陰風颼地，飛雪漫天，走了沒有幾里，天就要黑下來了。自虛的僕從，都已經被他打發

---

① 指元和八年。

先走了，路上又看不到一個人，無法問路。到了這個時候，成自虛也不知道自己走到哪裡了。他過了東陽驛站往南走，尋找赤水到谷口的大路。離驛站不到三四里地，有一個低窪的小山村。成自虛藉着林間微茫的月光，大致辨認出一座佛廟，就打開廟門，快步走了進去。雪下得越來越大了。自虛心想既有佛廟，一定有住持的和尚，準備要求歇腳避雪，便鞭馬進入院內，後來才看清院內北側橫着幾間空屋子，靜悄悄地沒有燈燭。仔細聽了很久，隱約好像有人喘息的聲音，於是把馬拴在西邊的柱子上，連連呼喚：「院主和尚，今晚請大開慈悲救救我！」慢慢地聽到有人回答：「老病僧智高在這裡。剛才僮僕已被派到村裡去化緣了，沒法找到引火物點燃蠟燭。雪這麼大，又是深夜，客人是幹甚麼的？從哪裡來？四面都沒有鄰居人家，怎麼幫助你呢？今晚如果你不嫌惡我有病齷齪，就請過來和我做伴，免得在風雪之中挨凍。我還可以把身下墊的乾草分給你一些，足以躺下休息了。」自虛既然沒有別的辦法，聽到這番話心中也很高興。於是進入屋中，問道：「高公故鄉是哪裡？為甚麼棲居在此地？出家前姓甚麼？我既然承蒙您收容接納，多少應該了解一些您的身世。」高公說：「貧道俗姓安（因為駱駝背上的峰俗稱肉鞍），生在大沙漠以西。因為發願要把畢生的力量奉獻給佛，隨着機緣來到中國。到這裡時間不長，寺院荒蕪破敗還沒顧上收拾。秀才您忽然光臨，沒有甚麼可招

待，希望您不要見怪。」自虛和他這樣一問一答地閒談，差不多忘記了剛才的疲倦，就對高公說：「我今天才知道『探寶化城』這句話，佛祖不是隨便用作比喻的，今天高公就是我的導師了。高公是佛學正宗，所以才有如此使人心服的理論。」

一會兒，傳來一陣雜亂的腳步聲，好像有幾個人正結伴向這裡走來。接着聽見有人說：「真是一場好雪！師丈在家嗎？」高公還沒來得及答話，就聽見一人說：「曹長請先走。」有人說：「朱八丈應該先走。」又聽見有人說：「道路很寬，曹長不必苦苦謙讓了，兩位並肩先走就行了。」自虛心想來人很多，自己的膽子也壯了不少。過了一會兒，好像來人全都在屋中坐定。其中一人說：「師丈，這裡有借宿的客人嗎？」高公回答說：「剛才正好有位客人來求宿。」自虛眼前一片昏黑，看不清來人的形貌。只有最前面一人俯身房檐下，被白雪映照，彷彿見他穿着黑色的皮袍，背部和肋下有白色的補丁。那人先向自虛發問道：「客人為甚麼獨自一人頂風冒雪半夜來到此地？」自虛就把實情詳盡地告訴他。那人於是請問自虛的姓名，回答說：「進士成自虛。」自虛也乘機問他們說：「黑暗中不能一一拜識尊顏，將來無法讓子孫知道我們這些老朋友。請各自說說自己的官職和尊姓大名吧。」就聽見一人說：「我是前河陰轉運巡官、試左驍衛冑曹參軍盧倚馬。」又一人說：「我是副輕車將軍朱中正，別號桃林客。」又一人說：「我名去文，姓敬。」

又一人說：「我名銳金，姓奚。」這時好像大家已團團圍坐在一起了。

開始時，因為談起成自虛趕考的事，盧倚馬把話題扯到評論詩文上來。盧倚馬說：「我小時候，就聽人吟詠師丈的《聚雪為山》詩，直到今天還記得。今夜的景象就像詩中描寫的一樣。師丈，有這回事嗎？」高公說：「詩中寫的甚麼？你說說看。」倚馬說：「我記得是：

誰家掃積雪堆滿庭前，腳踏過崇山峻嶺萬千。

我心並不覺侵衣寒冷，曾向冰雪中住過幾年。」

成自虛聽後茫然若失，張口直視，總覺得詩意高深莫測。高公就解釋說：「雪山是我家鄉的山。以前有一年偶然看見小孩子在堆雪玩，矗立成峰巒起伏的群山形狀，不禁遙望西方懷念起故鄉來了，悵然之餘，就寫了這首詩。曹長真聰明，竟然至今還記得！貧道過去那些惡劣不堪的詩句，要不是曹長總在口中念叨，連我自己也要忘記了。」倚馬說：「師丈逍遙馳騁在遠荒大漠之中，擺脫了塵俗的一切羈絆，道德巍巍，稱得上高出我輩一頭。像我們這些人，望塵奔走，怎能仰見您的項背呢？我倚馬今年春天因公事進城，天性愚笨，城中又柴米價格高昂，使我備受折磨。暫時羈（諧「飢」）旅異鄉，雖然日夜勤勞，所得的薪水（草料）很少，而肩上的負擔卻不輕，時常害怕受到處罰責罵。最近承蒙所在衙門為我升轉了一個空頭官

衛（謂徒然被改作替換服役的驢子），是想進而請求擺脫這種沉重的負擔。昨天晚上出了長樂驛露宿在城牆下，悲傷自己在塵世中碌碌奔波的不幸，感慨之餘，產生了隱退山林、與山鹿野麋為伴的念頭。於是寫了兩首歪詩寄給同伴。今天當着各位詩人，很想念一遍，又有些猶豫不敢。」自虛説：「今天能有幸聽到您的佳作，真是個不尋常的日子。」倚馬又謙讓説：「是我不揣鄙陋了。何況師丈一代文學大師也在這裡，我怎敢獻醜呢？」自虛苦苦請求道：「大家都很想聽，很想聽。」倚馬於是高聲朗誦他的詩道：

「長安城東頭洛陽道中，

車輪不停息塵埃蒙蒙。

搶先為爭利競相揮鞭，

相逢卻都是碌碌老翁。

天晚路途長不計行程，

離群獨自走不能嘶鳴。

幸有青青草生於河畔，

春天來尚能慰我羈情[①]。」

在座的人都稱讚説：「真是好詩！」倚馬謙虛道：「太差了，太差了！」朱中正對高公説：「以前聽説北方大漠一帶的學子，

---

① 「慰」諧「餵」；「羈」諧「飢」。

很多人都能吟誦師丈的佳句。今天正好相聚在群賢畢集的潁川，又恭聽了盧曹長所念詩句，一洗心中的昏濁鄙俗，神清意爽。您新作一定很多，在座的都想聽您吟詠一番。為甚麼不讀兩三首聽聽，以滿足大家的期望呢？」高公請求改天再説。

中正又説：「看今天這麼多名士都在場，盛況不亞於當年梁孝王的兔園大會；高談闊論，也稱得上是一時之盛事了。可惜這裡離集市太遠，夜半更深談興正濃，不僅沒有酒，連菜餚也沒有辦法搞到。賓主之間禮數不周，非常慚愧。我們正把探究真理當作食物大嚼大嚥[①]，而各位先生卻整夜沒有東西填肚子，真是不好意思。」高公説：「我聽説精妙的言論可以使人忘記飢渴。就拿朱八郎來説，力氣比任何人都大，一舉一動都循規蹈矩，攻克城池犒勞士兵，是他的長處。只是佛家有因果變化十二環節之説，其實都由其中『觸』[②]這一環節開始的。人生茫茫，苦海無邊，煩惱也由此而生，不知到何地才可見菩提[③]而覺悟，入何門才能脱離火宅而修得正果[④]？」中正回答説：「依我看來，就好像前車翻了，後車仍然要翻一樣，人們總是在『惡道』中生死輪迴，無法解脱，先後報應，道理再明

① 謂驢、牛和駱駝一樣有吃草的本性。
② 譏牛之以角觸物也。
③ 「提」諧「蹄」。
④ 佛教用以喻人生苦難，此譏則其被烹煮也。

白不過了。伸長脖子來修道行[①]，也正是由於這一原因。」高公放聲大笑，又說：「佛家崇尚清淨寂滅，修持成功就稱作『正覺』[②]，覺就是佛。像朱八郎剛才所說的，就稱得上是深深領悟『正覺』的妙旨了。」倚馬也不禁大笑起來。

自虛又說：「剛才朱將軍再三請求和尚出示新作。在下心中也實在想拜讀您的大作。和尚難道因為我自虛來自遠方，不是佛教中人而有所鄙視嗎？況且和尚氣度非凡，胸懷深廣，詩作的格調韻律、才藻情思也一定橫絕一時，美妙清新，脫落俗套。難道真要將佳作秘而不宣，不肯念一兩篇讓我們開開眼界嗎？」高公說：「承秀才苦苦請求，我愧不敢當，看來這件事很難再拒絕了。但老僧身患殘疾，體質衰弱，學業已荒廢很長時間了，況且吟詩作文，本來就不是我之所長。只賴朱八，無故揭我的短。但我在病中，也偶爾作了兩首詩自述生平，您願意聽一聽，為我指正嗎？」自虛說：「我洗耳恭聽。」高公的詩是這樣寫的：

「粗布衣藏姓名沒有定蹤，涉流沙走千里憑此衰容。

傳得了南宗禪心法以後，這軀體就該去終老雙峰。」

「只為與中國頗有因緣，遠離了西域穿越長安。

自從氣力衰不再趕路，姑且作頭陀免受羈絆。」

---

① 譏駱駝長頸能遠眺，多用以領路。
② 「覺」諧「角」。

念完後，又聽見滿座稱好，經久不息。在座的敬去文忽然說：「當年王子猷往山陰拜訪戴安道，夜色中的雪景格外皎潔，但他來到戴家門外，就興盡而回了，於是流傳下來『何必見戴』的名言。當時的人都注重逸興，不拘俗禮。今天成君可稱是以文會友，比遇雪閉門不出的隱士袁安、蔣詡之流高明多了。我年輕時很有幾分豪氣，生性喜歡鷹隼一類的猛禽，曾經就在這樣的天氣裡，馳騁遊獵。我老家在長安城東南方，一直奔跑到宿川的東祭壇（那裡的地名就叫苟家嘴）。當時作了一首詠雪詩獻給曹州房，念出來即使不被詩狂們攻擊，恐怕也會有辱尊聽的。」於是吟誦那詩道：

「六出花飄飄我愛此公，似輕玉柳絮飛舞長空。

當年曾隨秦丞相李斯，跳躍在平川喜歡北風。」

他接着說：「獻完詩，曹州房很欣賞我這首詩，故意為難我說：『稱呼雪為公，恐怕不太合適吧？』我就徵引古人尚且有稱竹為君，後人把它當作著名言論的例子，來證明我的用法。曹州房張口結舌，回答不上來。不過曹州房本來就不是懂詩的人。烏大曾經對我說：『難得你們臭味相投。』這話一點不錯。如今他到遠方做官去了，擔任東州的參軍，相隔數千里。苗十[①]稟性威猛兇橫，依仗着親族眾多，強迫別人為他做

---

① 苗，貓也，因其叫聲「五五」，所以排行為十。

事，奚兄弟也真是君子，願受他的欺侮，不然，他哪敢如此放肆！」奚鋭金説：「不敢當。沒見到苗生有好幾天了吧？」「總有十多天了。」「那麼姓苗的去哪兒了呢？」去文説：「應該不會太遠。他得知我們這些人在這裡聚會，估計也會想來的。」

過了沒多一會兒，苗生忽然來了。去文裝作高興的樣子，拍着苗生的背説：「可合我的願望了！」去文就領着苗生和自虛相互見禮。自虛先報了自己的名姓。苗生説：「我名介立，姓苗。」賓主之間相互介紹問候的聲音，一時非常稠密雜亂。鋭金在一旁説：「我此時正在苦吟詩句。各位都聽任我又發詩病，不獻醜了吧，怎麼樣？」自虛説：「剛才承蒙奚生對我照顧很多，這會兒為甚麼吝惜起自己的瑰寶來，讓我們大失所望呢？」鋭金退後幾步，遲疑一會兒説：「怎敢不念幾首引大家一笑呢？」當即念了三首近作道：

「對鏡舞彩羽可比鸞鳳，臨場時決勝鷹爪之中。

正回想儀仗全盤之日，御樓前看我昂首稱雄。」

「馴養打鬥形同木雕，迎春壓邪質如泥淖。

風雨如晦總能長鳴，又怕甚麼棲處卑小？」

「曾助孟嘗君脱難出城，常懷念紀涓養育大恩。

要知道我的疏野狂態，清霜拂曉時啼叫荒村。」

鋭金念完詩後，也聽到黑暗中一片讚賞聲。

高公説：「各位不要把朱將軍只看作是一介武夫，其實他

十分精於邏輯辯論，還寫得一手好文章。但他至今一言不發，只在心裡暗中批評我們，這恐怕不大好吧！況且成君是來自遠方的貴客，今晚和我們相聚在一起，這正是佛家所說的須要許多世的緣法，才能使鳥在同一棵樹上棲宿一夜呀。怎能不趁此機會留下一段佳話作為日後談論的話頭呢！」中正站起身來說：「師丈說這話，就是存心讓我為難了。不過假使大家都因為這事心裡不愉快，我也只好勉強從命了。只恐怕伸手攬過事來，自討苦吃，怎麼辦？」高公說：「請大家安靜一下，聽朱公念詩。」中正的詩是這樣寫的：

「豎牛①亂魯國使我空負虛名，遊秦不捱餓感激寧戚先生。

怕節候失時丙吉丞相問喘，用三牲只有葛盧能識鳴聲。

倚仗它莊稼才好農事能興，拉大車路途辛苦哪有熱情。

只覺得近來筋力逐漸減退，倒不如一心一意歸去農耕。」

高公歎息着說：「朱八丈有如此高的文才，卻至今沒有擺脫閒散官職，不知道又有誰能扶持你！太屈才了，太屈才了！」盧倚馬說：「扶風②二哥不巧有事被牽絆住了③，還有我家龜茲公④品德越來越差，生性喜歡熱鬧，不愛寧靜，又奔走迅

① 豎牛，魯叔孫氏家臣名，非真牛。
② 馬姓之郡望。
③ 暗指自虛騎的馬被拴在樹上。
④ 龜茲，西域國名，其王以非驢非馬稱騾，後以龜茲指代騾。

疾，興趣只在裝運貨物上。只勇於帶頭趕路，今天沒能來參加這個聚會，他那副懊喪的樣子是可以想像的出的。」去文對介立說：「胃家兄弟倆住得不遠，平常沒有來往，怎麼能讓他們達到保持高尚志趣的目的呢？古詩上說『朋友間應相互督促』，而我們竟然讓他們有意疏遠。必須鄭重地寫一個請柬去邀請他們，我很想促成這件好事。」介立說：「我本來是要去拜訪胃大郎的，因為談論詩文興致很高，不知不覺就耽誤了。敬兄您就把此事交給我去辦好了。現在請大家暫時不要離去。我到胃家去一會兒就回來。要不，乾脆把胃氏兄弟一起拉來，怎麼樣，行嗎？」大家都說：「好。」介立就去了。

不久，去文在眾人面前背地非議介立，說：「他為人蠢笨無比，甚麼本事都沒有，只是傳說有廉潔的名聲，擅長主管倉庫。只拿他姑姑參與蠟月大祭的那件醜聞來說，不就難以避免大家的議論嗎？」不料介立正和胃氏兄弟結伴而來，走到門口，聽到了他的話。介立不禁拉起衣襟，勃然大怒說：「我苗介立是天生的一個堂堂男子漢，是楚大夫斗伯比的直系子孫。我家的姓氏始於楚國國君的遠祖棼皇茹，後來分化為二十分支，共同在祭禮上陪同主神享受祭祀，以至於《禮記》上都有記載[1]。想不到一個小小的敬去文，盤瓠的後代，家族中沒有

---

[1] 指《禮記・郊特牲》中有關天子臘月迎虎、迎貓的記載。

長幼上下的區分，被人倫所不齒，只配逗弄着主人的小孩，或者齜牙咧嘴地守護在酒坊的幌子下面，那副諂媚的嘴臉就像狐狸精一般，饞嘴偷油，整天圍着灶台轉，怎麼也敢議論別人長短！我如果不顯示一下薄技，姓敬的一定會說我毫無文采，讓各位日後小瞧我，今天當着師丈念一首歪詩，且看寫得怎麼樣吧。」詩是這樣寫的：

「吃魚肉慚愧主人恩重，時已晚仍抱錦被做夢。

學超人暗中能辨黑白，誰又將好爵使我心動？」

自虛覺得他寫得很好，讚歎不已。去文卻衝着苗生說：「你不知底細，就信口誣衊。我其實是春秋時代向戌的後人，你說我是盤瓠的後裔，就像把辰星當作房星一樣相差十萬八千里，和我根本沒關係。」中正覺得兩人不停地相互攻擊很沒有意思，就說：「我願做春秋宋國的官僚講出實情來化解你們兩人的怨氣，行嗎？當年我家先祖逢丑父和向戌、芬皇兩家春秋時經常在一起會盟。今天有貴客在座，二位何必相互誹謗祖宗，如果話語中露出一點破綻，豈不讓成公譏笑嗎？懇請二位停止吵鬧，還是接着吟詩吧。」

於是介立就介紹胃氏兄弟和自虛相見。起初自虛眼前只晃動着一團白色，等到兩人來到面前，才知道哥哥叫胃藏瓠（下文藏於葫蘆瓢底者），弟弟叫胃藏立（藏於笠帽下者）。自虛也說了自己的姓名。藏瓠又巡視在座的人說：「各位好兄弟。」

介立於是在眾人面前稱讚胃氏兄弟説：「他們兄弟倆隱身於山鄉草野間，名聲達於名門大族；列名於星宿，他們侍從親密肝膽相照，何況秦地八水分流，實是天府之國，他家族二十多支旁系，大多都在長安一帶，聽説弟弟最近新作了一首《題舊業》詩，人們評價很高。怎麼樣，能讓我們聽一聽嗎？」藏瓠回答説：「晚輩斗胆廁身於賓客之中，座中聚集了這麼多有名的高手，使我剛想開口，先增添了幾分慚愧。今天情不得已，只好獻醜，有污諸公尊聽了。」詩是這樣的：

「鳥鼠山是家鄉的山川，周文王曾獲呂望大賢。

　自從離開了子卯屬相^①，就該見滄海變為桑田。」

　介立連聲稱好，説：「胃家弟弟將來一定會獲得崇高的名望，如果這世界上有公理存在的話，他的詩文將永遠流傳。」藏瓠彎腰答謝説：「我只配深藏隱居，不登大雅之堂，今天能有機會陪伴諸位才智之士，感到萬分榮幸。兄長的誇獎實在太過分了。晚輩承受不起這麼高的稱讚，好像芒刺在背，坐立不安。」在座的客人都笑了起來。

　當時自虛只顧傾聽各位賓客的佳作，來不及念誦自己的作品，只是説：「各位先生才華綺麗，都像庖丁解牛一樣，遊刃有餘。」中正認為他在譏刺自己，就悄悄地溜走了。高公找不

----

① 　子鼠卯兔，傳説都會變成刺蝟。

到他，就説：「朱八不辭而別，是甚麼原因呢？」倚馬回答説：「朱八和庖丁是世代的冤家，討厭聽到庖丁解牛的故事，才走的。」自虛連忙為自己的遲鈍而道歉。

這時去文單獨和自虛辯論，對自虛説：「大凡一個人的出仕隱居，君子都首先重視保持自己的氣節。搖尾求食，即使是猛虎也在所難免。有時只為知己吠叫，不可以因為它的主人沒有德行就否定它的這種忠義行為。去文沒有才學，也作了兩首言志詩請您賜教。」詩説：

「侍奉主人同事快樂本當同憂，

哪能計較殘羹餘骨滿志便休。

管住家門不是守株空待兔來，

終能追趕麋鹿進出叢林山丘。」

「少年時曾自負功勞同於飢鷹，

願望中並沒有家鶴受寵之心。

秋草裡捕野獸老想離家遠出，

毛血灑平原我與鷹最有豪興。」

自虛賞鑑不已，完全忘記了一夜的勞苦。正想誇耀自己的舊作，忽然聽見遠處寺院傳來鐘聲，連臂而坐的眾人忽然一下子消失了聲響。睜眼望去，甚麼也看不見。只覺得風雪透過窗紙撲進屋中，聞到一陣陣刺鼻的腥臊臭氣，只聽見有窸窸窣窣的響動，但連聲呼喚，就是沒有人回答。自虛心神恍惚不定，也不敢

貿然上前摸索。轉身尋找繫在柱上的馬匹，還在屋子的西角。馬鞍上都已被雪覆蓋，馬則啃着柱子站在那裡。就在他遲疑不定的時候，曙光漸漸明亮起來，已經差不多能看清東西了。

於是發現在屋子的北牆下，有一匹駱駝，跪着四腿，腹部貼在地上，耳朵不安地顫抖着，嘴裡反芻着東西。自虛覺得夜間發生的事情很奇怪，就仔細搜索。不久又在屋外北窗下，看見一匹又病又瘦的黑驢，脊柱附近有三處磨破的疤痕，長滿了白毛。抬頭看見北邊房樑上，好像有東西在輕微地撲動着翅膀，仔細一看，發現是一隻老公雞蹲在那裡。向前來到寺廟已經塌毀的佛像底座北邊，有塊從東到西相距幾十步的空地。窗戶下面都是過去有彩色壁畫的地方，當地人把稍長一些的麥秸堆放在那裡。只見一隻大花貓睡在上面。距離不到一尺遠的地方又有一個用來給田地澆水的破葫蘆瓢，旁邊有一頂放牛娃丟棄的破笠帽。自虛用腳踢開它們，果然發現兩隻刺蝟，在那裡蠕動。自虛環視四周，靜悄悄的沒有人影。又忍不住一夜的寒冷睏乏，就抓過韁繩，撣落積雪，上馬離去了。

繞過村子走上向北的大道，旁邊經過一個廢棄的木欄圈，看到有頭牛臥在雪地中啃着草根。從這裡過去不到百步的地方，全村都把牲口的糞便積聚在此。自虛從糞堆下經過，一群狗喧吠不止。其中有一條狗，身上的毛一直長到膝蓋骨，形狀十分古怪，斜着眼望着自虛。

自虛騎馬走了很久，遇上一位老頭，打開柴門，清早起來清掃路上的積雪。自虛停下馬來向他詢問，回答說：「這裡是我老朋友右軍彭特進的莊園。郎君昨天晚上住在哪裡？好像在旅行中迷失了道路的樣子。」自虛就把昨夜見到的情形告訴了他。老頭拄着掃帚驚訝地說：「糟糕，糟糕！昨晚颳風下雪，天氣很壞，莊主人家原來有一匹病駱駝，我怕它在風雪中死去，就把它牽到廟中北牆下避雪。又想起在佛堂屋檐下，幾天前河陰縣官府的運輸隊經過，其中有一頭老驢走不動了。我可憐它還有一口氣，就用一斛小米換了來，留下它在那裡，也沒有拴住它。那個欄圈中的瘦牛，也都是莊主人家養的。剛才聽你這麼一說，不知為甚麼它們這樣作怪。」自虛說：「昨夜我已丟失了馬鞍和行李，現在實在是又凍又餓。這件事不是一兩句話能說清楚的。大致情況就是這樣，來不及詳細敍說了。」於是趕馬奔去。到了赤水店，看見僕從們正奇怪主人不見，開始忙着在四下尋找。自虛惘然惆悵不已，此後好幾天都好像丟了魂似的。

靈應傳

原著　缺名

涇州之東二十里，有故薛舉城。城之隅有善女湫，廣袤數里，蒹葭叢翠，古木蕭疎。其水湛然而碧，莫有測其淺深者。水族靈怪，往往見焉。鄉人立祠於旁，曰九娘子神。歲之水旱祓禳，皆得祈請焉。又州之西二百餘里，朝那鎮之北有湫神。因地而名，曰朝那神。其胅饗靈應，則居善女之右矣。

乾符五年，節度使周寶在鎮日，自仲夏之初，數數有雲氣，狀如奇峰者，如美女者，如鼠、如虎者，由二湫而興。至於激迅風，震雷電，發屋拔樹，數刻而止。傷人害稼，其數甚多。寶責躬勵己，謂為政之未敷，致陰靈之所譴也。

至六月五日，府中視事之暇，昏然思寐，因解巾

就枕。寢猶未熟，見一武士，冠鍪被鎧，持鉞而立於階下，曰：「有女客在門，欲申參謁，故先聽命。」寶曰：「爾為誰乎？」曰：「某即君之閽者，效役有年矣。」寶將詰其由，已見二青衣，歷階而昇，長跪於前曰：「九娘子自郊墅特來告謁，故先使下執事致命於明公。」寶曰：「九娘子非吾通家親戚，安敢造次相面乎？」言猶未終，而見祥雲細雨，異香襲人。俄有一婦人，年可十七八，衣裙素淡，容質窈窕，憑空而下，立庭廡之間。容儀綽約，有絕世之貌。侍者十餘輩，皆服飾鮮潔，有如妃主之儀。顧步徊翔，漸及臥所。寶將少避之，以候其意。侍者趨進而言曰：「貴主以君之高義，可申誠信之託，故將冤抑之懷訴諸明公。明公忍不救其急難乎？」

　　寶遂命昇階相見。賓主之禮，頗甚肅恭。登榻而坐，祥煙四合，紫氣充庭，斂態低鬟，若有憂戚之貌。寶命酌醴設饌，厚禮以待之。俄而斂袂離席，逡巡而言曰：「妾以寓止郊園，綿歷多祀，醉酒飽德，蒙惠誠深。雖以孤枕寒床，甘心沒齒。筍耄有託，負荷逾多。但以顯晦殊途，行止乖互。今乃迫於情禮，豈暇緘藏。倘鑒幽情，當敢披露。」寶曰：「願聞其說。所冀識其宗系。苟可展分，安敢以幽顯為辭。君子殺身以成仁，狥其毅烈，蹈赴湯火，旁雪不平，乃寶之志也。」

對曰：「妾家世會稽之鄮縣，卜築於東海之潭。桑榆墳隴，百有餘代。其後遭世不造，瞰室貽災。五百人皆遭庾氏焚炙之禍，纂紹幾絕。不忍戴天，潛遁幽岩，沉冤莫雪。至梁天監中，武帝好奇，召人通龍宮，入枯桑島，以燒燕奇味，結好於洞庭君寶藏主第七女，以求異寶。尋聞家仇，庾毗羅自鄮縣白水郎棄官解印，欲承命請行，陰懷不道，因使得入龍宮，假以求貨，覆吾宗嗣。賴杰公敏鑒，知渠挾私請行，欲肆無辜之害。慮其反貽伊戚，辱君之命，言於武帝，武帝遂止。乃令合浦郡落黎縣歐越羅子春代行。

妾之先宗，羞共戴天，慮其後患，乃率其族，韜光滅跡，易姓變名，避仇於新平真寧縣安村。披榛鑿穴，築室於茲。先人弊廬，殆成胡越。今三世卜居，先為靈應君，尋受封應聖侯。後以陰靈普濟，功德及民，又封普濟王。威德臨人，為世所重。妾即王之第九女也。笄年配於象郡石龍之少子。良人以世襲猛烈，血氣方剛，憲法不拘，嚴父不禁，殘虐視事，禮教蔑聞。未及期年，果貽天譴，覆宗絕嗣，削跡除名，唯妾一身，僅以獲免。

父母抑遣再行，妾終違命。王侯致聘，接軫交轅。誠願既堅，遂欲自劌。父母怒其剛烈，遂遣屏居於茲土之別邑，音問不通，於今三紀。雖慈顏未復，溫靖久

違，離群索居，甚為得志。近年為朝那小龍，以季弟未婚，潛行禮聘。甘言厚幣，峻阻復來。滅性毀形，殆將不可。朝那遂通好於家君，欲成其事。遂使其季弟權徙於王畿之西，將貨於我王，以成姻好。家君知妾之不可奪，乃令朝那縱兵相逼。妾亦率其家僮五十餘人，付以兵仗，逆戰郊原。眾寡不敵，三戰三北。師徒倦弊，犄角無怙。將欲收拾餘燼，背城借一，而慮晉陽水急，台城火炎，一旦攻下，為頑童所辱。縱沒於泉下，無面石氏之子。故《詩》云：『泛彼柏舟，在彼中河。髧彼兩髦，實維我儀。之死矢靡他。母也天只，不諒人只。』此衛世子孀婦自誓之詞。又云：『誰謂鼠無牙？何以穿我墉。誰謂女無家？何以速我訟。雖速我訟，亦不女從。』此邵伯聽訟，衰亂之俗興，貞信之教微，強暴之男，不能侵凌貞女也。今則公之教可以精通幽顯，貽範古今。貞信之教，故不為姬奭之下者。幸以君之餘力，少假兵鋒，挫彼兇狂，存其鰥寡。成賤妾終天之誓，彰明公赴難之心。輒具志誠，幸無見阻。」

寶心雖許之，訝其辨博，欲拒以他事，以觀其詞。乃曰：「邊徼事繁，煙塵在望。朝廷以西陲陷虜，蕪沒者三十餘州。將議舉戈，復其土壤。曉夕恭命，不敢自安。匪夕伊朝，前茅即舉。空多憤悱，未暇承命。」對

曰：「昔者楚昭王以方城為城，漢水為池，盡有荊蠻之地。藉父兄之資，強國外連，三良內助。而吳兵一舉，鳥迸雲奔，不暇嬰城，迫於走兔。寶玉遷徙，宗社凌夷，萬乘之靈，不能庇先王之朽骨。至申胥乞師於嬴氏，血淚污於秦庭，七日長號，晝夜靡息。秦伯憫其禍敗，竟為出師，復楚退吳，僅存亡國。況羋氏為春秋之強國，申胥乃衰楚之大夫，而以矢盡兵窮，委身折節，肝腦塗地，感動於強秦。矧妾一女子，父母斥其孤貞，狂童凌其寡弱，綴旒之急，安得不少動仁人之心乎？」

寶曰：「九娘子靈宗異孤，呼吸風雲，蠢爾黎元，固在掌握。又焉得示弱於世俗之人，而自困如是者哉？」對曰：「妾家族望，海內咸知。只如彭蠡洞庭，皆外祖也。陵水羅水，皆中表也。內外昆季，百有餘人。散居吳越之間，各分地土。咸京八水，半是宗親。若以遣一介之使，飛咫尺之書，告彭蠡洞庭，召陵水羅水，率維揚之輕銳，徵八水之鷹揚。然後檄馮夷，說巨靈，鼓子胥之波濤，混陽侯之鬼怪，鞭驅列缺，指揮豐隆，扇疾風，翻暴浪，百道俱進，六師鼓行。一戰而成功，則朝那一鱗，立為齏粉；涇城千里，坐變污瀦。言下可觀，安敢謬矣。頃者，涇陽君與洞庭外祖世為姻戚，後以琴瑟不調，棄擲少婦，遭錢塘之一怒，傷生害稼，懷山襄

陵。涇水窮鱗，尋斃外祖之牙齒。今涇上車輪馬跡猶在，史傳具存，固非謬也。妾又以夫族得罪於天，未蒙上帝昭雪，所以銷聲避影，而自困如是。君若不悉誠款，終以多事為詞，則向者之言，不敢避上帝之責也。」寶遂許諾。卒爵撤饌，再拜而去。

寶及晡方寤，耳聞目覽，恍然如在。翼日，遂遣兵士一千五百人，戍於湫廟之側。

是月七日，雞初鳴，寶將晨興，疎牖尚暗。忽於帳前有一人，經行於帷幌之間，有若侍巾櫛者。呼之命燭，竟無酬對。遂厲而叱之。乃言曰：「幽明有隔，幸不以燈燭見迫也。」寶潛知異，乃屏氣息音，徐謂之曰：「得非九娘子乎？」對曰：「某即九娘子之執事者也。昨日蒙君假以師徒，救其危患。但以幽顯事別，不能驅策。苟能存其始約，幸再思之。」俄而紗窗漸白，注目視之，悄無所見。

寶良久思之，方達其義。遂呼吏，命按兵籍，選亡沒者名，得馬軍五百人，步卒一千五百人；數內選押衙孟遠，充行營都虞侯，牒送善女湫神。

是月十一日，抽回戍廟之卒。見於廳事之前，轉旋之際，有一甲仕仆地，口動目瞬，問無所應，亦不似暴卒者。遂置於廊廡之間，天明方悟。遂使人詰之。對曰：

「某初見一人，衣青袍，自東而來，相見甚有禮。謂某曰：『貴主蒙相公莫大之恩，拯其焚溺。然亦未盡誠款。假爾明敏，再通幽情。幸無辭，勉也。』某急以他詞拒之。遂以袂相牽，懵然顛仆。但覺與青衣者繼踵偕行，俄至其廟。促呼連步，至於帷薄之前。見貴主謂某云：『昨蒙相公憫念孤危，俾爾戍於弊邑。往返途路，得無勞止？余蒙相公再借兵師，深愜誠願。觀其士馬精強，衣甲銛利。然都虞侯孟遠才輕位下，甚無機略。今月九日，有遊軍三千餘，來掠我近郊。遂令孟遠領新到將士，邀擊於平原之上。設伏不密，反為彼軍所敗，甚思一權謀之將。俾爾速歸，達我情素。』言訖。拜辭而去，昏然似醉。余無所知矣。」

寶驗其說，與夢相符。意欲質前事，遂差制勝關使鄭承符以代孟遠。是月十三日晚衙，於後球場灑酒焚香，牒請九娘子神收管。至十六日，制勝關申云：「今月十三日夜三更已來，關使暴卒。」寶驚歎息，使人馳視之。至則果卒。唯心背不冷，暑月停屍，亦不敗壞。其家甚異之。

忽一夜，陰風慘冽，吹砂走石，發屋拔樹，禾苗盡偃，及曉而止。雲霧四佈，連夕不解。至暮，有迅雷一聲，劃如天裂。承符忽呻吟數息，其家剖棺視之，良久

復蘇。是夕，親鄰咸聚，悲喜相仍，信宿如故。

　　家人詰其由。乃曰：「余初見一人，衣紫綬，乘驪駒，從者十餘人。至門，下馬，命吾相見。揖讓周旋，手捧一牒授吾云：『貴主得吹塵之夢，知君負命世之才，欲尊南陽故事，思殄邦仇。使下臣持茲禮幣，聊展敬於君子，而冀再康國步。幸不以三顧為勞也。』余不暇他辭，唯稱不敢。酬酢之際，已見聘幣羅於階下，鞍馬器甲錦彩服玩橐鞬之屬，咸佈列於庭。吾辭不獲免，遂再拜受之。即相促登車。所乘馬異常駿偉，裝飾鮮潔，僕御整肅。倏忽行百餘里。有甲馬三百騎已來，迎候驅殿，有大將軍之行李，余亦頗以為得志。

　　指顧間，望見一大城，其雉堞穹崇，溝洫深濬。余惚恍不知所自。俄於郊外備帳樂，設享。宴罷入城，觀者如堵。傳呼小吏，交錯其間。所經之門，不記重數。及至一處，如有公署。左右使余下馬易衣，趨見貴主，貴主使人傳命，請以賓主之禮見。余自謂既受公文器甲臨戎之具，即是臣也。遂堅辭，具戎服入見。貴主使人覆命，請去橐鞬，賓主之間，降殺可也。余遂捨器仗而趨入，見貴主坐於廳上。余拜謁，一如君臣之禮。拜訖，連呼登階。余乃再拜，昇自西階。見紅妝翠眉，蟠龍髻鳳而侍立者，數十餘輩。彈弦握管，穠花異服而

執役者，又數十輩。腰金拖紫，曳組攢簪而趨隅者，又非止一人也。輕裘大帶，白玉橫腰，而森羅於階下者，其數甚多。次命女客五六人，各有侍者十數輩，差肩接跡，累累而進。余亦低視長揖，不敢施拜。坐定，有大校數人，皆令預坐。舉樂進酒。酒至，貴主斂袂舉觴，將欲興詞，敘向來徵聘之意。俄聞烽燧四起，叫噪喧呼云：『朝那賊步騎數萬人，今日平明攻破堡塞，尋已入界。數道齊進，煙火不絕。請發兵救應。』侍坐者相顧失色。諸女不及敘別，狼狽而散。及諸校降階拜謝，佇立聽命。貴主臨軒謂余曰：『吾受相公非常之惠，憫其孤惸，繼發師徒，拯其患難。然以車甲不利，權略是思。今不棄弊陋，所以命將軍者，正為此危急也。幸不以幽僻為辭，少匡不迨。』遂別賜戰馬二匹，黃金甲一副，旌旗旄鉞珍寶器用，充庭溢目，不可勝計。彩女二人，給以兵符，錫賚甚豐。余拜捧而出，傳呼諸將，指揮部伍，內外響應。

是夜，出城。相次探報，皆云：『賊勢漸雄。』余素諳其山川地理，形勢孤虛。遂引軍夜出，去城百餘里，分佈要害。明懸賞罰，號令三軍。設三伏以待之。遲明，排佈已畢。賊汰其前功，頗甚輕進，猶謂孟遠之統眾也。余自引輕騎，登高視之，見煙塵四合，行陣整肅。余先使輕

兵撝戰，示弱以誘之。接以短兵，且戰且行。金革之聲，天裂地坼。余引兵詐北，彼亦盡銳前趨。鼓噪一聲，伏兵盡起。十里轉戰，四面夾攻。彼軍敗績，死者如麻。再戰再奔，朝那狡童，漏刃而去。從亡之卒，不過十餘人。余選健馬三十騎追之，果生置於麾下。由是血肉染草木，脂膏潤原野，腥穢蕩空，戈甲山積。

　　賊帥以輕車馳送於貴主，貴主登平朔樓受之。舉國士民，咸來會集，引於樓前，以禮責問。唯稱『死罪』，竟絕他詞，遂令押赴都市腰斬。臨刑，有一使乘傳，來自王所，持急詔令，促赦之。曰：『朝那之罪，吾之罪也。汝可赦之，以輕吾過。』貴主以父母再通音問，喜不自勝，謂諸將曰：『朝那妄動，即父之命也。今使赦之，亦父之命也。昔吾違命，乃貞節也。今若又違，是不祥也。』遂命解縛，使單騎送歸。未及朝那，包羞而卒於路。余以克敵之功，大被寵錫。尋備禮拜平難大將軍，食朔方一萬三千戶。別賜第宅，輿馬，寶器，衣服，婢僕，園林，邸第，旌旛，鎧甲。次及諸將，賞賚有差。

　　明日，大宴，預坐者不過五六人，前者六七女皆來侍坐，風姿豔態，愈更動人。竟夕酣飲，甚歡。酒至，貴主捧觴而言曰：『妾之不幸，少處空閨。天賦孤貞，不從嚴父之命。屏居於此三紀矣。蓬首灰心，未得其死。

鄰童迫脅，幾至顛危。若非相公之殊恩，將軍之雄武，則息國不言之婦，又為朝那之囚耳。永言期惠，終天不忘。」遂以七寶鐘酌酒，使人持送鄭將軍。余因避席再拜而飲。余自是頗動歸心，詞理懇切，遂許給假一月。宴罷，出。

明日，辭謝訖，擁其麾下三十餘人，返於來路。所經之處，但聞雞犬，頗甚酸辛。俄頃到家，見家人聚泣，靈帳儼然。麾下一人，令余促入棺縫之中。余欲前，而為左右所舁。俄聞震雷一聲，醒然而悟。」

承符自此不事家產，唯以後事付妻孥。果經一月，無疾而終。

其初欲暴卒時，告其所親曰：「余本機鈐入用，效節戎行。雖奇功蔑聞，而薄效粗立。洎遭釁累，譴謫於茲。平生志氣，鬱而未申。丈夫終當扇長風，摧巨浪，舉太山以壓卵，決東海以沃螢。奮其鷹犬之心，為人雪不平之事。吾朝夕當有所受。與子分襟，固不久矣。」

其月十三日，有人自薛舉城晨發十餘里，天初平曉，忽見前有車塵競起，旌旗煥赤，甲馬數百人。中擁一人，氣概洋洋然，逼而視之，鄭承符也。此人驚訝移時，因佇於路左。見瞥如風雲，抵善女湫，俄頃，悄無所見。

譯文

　　涇州城東二十里，有座古代的薛舉城。城角有片善女湫，方圓數里，岸邊叢生着青翠的蘆荻，有幾棵枝葉稀疏的古樹。湫水沉靜碧綠，沒有人知道它的深淺。常常有靈怪奇異的水族動物，從中出現。當地人在湫旁建了一座祠廟，號稱九娘子神祠。每年遇上水旱災害，或者發生不祥的事變和瘟疫，都到那裡祈求禱告。另外涇州城西二百餘里，在朝那鎮鎮北又有一位湫神，人們指地為名，稱它為朝那神。它的靈應感通，還在善女神之上。

　　乾符五年，節度使周寶鎮守涇州的時候，從仲夏五月初開始，常常有各種雲氣，有的如同奇異的山峰的形狀，有的好似美女，有的像老鼠，有的像老虎，從兩片水湫興起。隨之而來的便是狂風呼嘯，雷電轟鳴，毀壞房屋，拔倒樹木，持續好幾刻時間才停止。許多百姓和莊稼受到傷害。周寶反省自責，以為是自己處理政事沒有做到完全公正平等，以致遭到陰間神靈的懲罰。

　　到了六月五日那一天，周寶在處理公務空暇時，昏昏沉沉

地想睡覺，就解下頭巾睡了。還沒睡熟，就見一個武士，頭戴戰盔，身披鎧甲，手持大斧站在台階下，說：「有位女客人在門口，想要求見，所以我先來報告，聽候您的命令。」周寶說：「你又是甚麼人呢？」回答說：「我就是您的守門人，為您服役已經很多年了。」周寶還想盤問他的根底，但已經看到兩位青衣婢女，沿着台階走上來，跪在他面前說：「九娘子從郊外別墅特地前來拜見，所以先讓我們手下人來給您送信。」周寶說：「九娘子並非我家的親戚世交，怎麼敢冒昧相見呢？」話沒說完，只見祥雲冉冉，細雨霏霏，一股奇異的香氣沁人心脾，一會兒，有一位婦人，年約十七八歲，衣着樸素淡雅，身材秀麗窈窕，從天而降，站在庭院中間。風度優美，容貌舉世無雙。隨從有十多人，都穿着光潔華美的衣服，排場像王妃、公主一樣。步履從容大方，朝臥室這邊走來。周寶打算迴避一下，看看她的來意。侍從趕上前來對他說：「我家貴主因為您品行高尚，真誠守信，值得信賴，所以要將心中的冤屈向您傾訴，您能忍心眼看她陷入危難而不幫助嗎？」

周寶於是讓她入堂相見，用主人接見賓客的禮節相待，十分莊重恭敬。九娘子在坐榻上坐下，周圍祥煙繚繞，紫氣瀰漫，只見她神色嚴肅，低垂着頭，好像滿懷憂傷的樣子。周寶命人擺設酒食，殷勤款待。過了一會兒，九娘子提起衣襬離開座位，猶猶豫豫地說：「我住在野外的荒園中，已經有很多年

了，賴地方百姓的祭享得以溫飽，受您的恩惠實在很深。雖然孤枕寒床，生活淒苦，但我心甘情願，直到老死也不後悔。只是孤苦伶仃的寡婦寄身貴地，欠您的恩情更多了。但因為人鬼異路，一直沒有甚麼交往。今天為情勢所迫，顧不得再隱藏自己的行蹤了，倘若您能體察我的隱衷，我將把心中的話向您訴說。」周寶說：「願意聽您詳細說說。希望能了解一些您的家世。如果有我能效力之處，決不敢以陰陽異路為藉口推託。君子殺身成仁，決不吝惜自己的生命，即使赴湯蹈火，也要為別人昭雪不平之事，這就是我周寶的志向。」

　　九娘子於是說：「我家世代居住在會稽郡的鄮縣，在東海之濱安家落戶。祖祖輩輩，已經傳了一百多代。後來家門遭遇不幸，被壞人所害，無端招致災禍。全家五百多口都被庾氏焚燒殺害，血統幾乎斷絕。幸存者不忍心偷生在世上，就隱居於幽深的岩石間，血海深仇始終沒能昭雪。到了南梁天監年間，梁武帝喜好奇珍異寶，徵召能人通過龍宮，進入枯桑島，用燒烤燕子的美味，討好寶藏的主人洞庭君的第七個女兒，以求獲得稀世珍寶。不久就聽說我家仇人的後代庾毗羅辭去鄮縣白水郎的官職，打算應募出使，暗中不懷好意，想藉這次充當使者可以進入龍宮的機會，假裝求寶，滅絕我家的後代。多虧傑公明察秋毫，知道他主動請求出使是挾帶私心，企圖趁機大肆殘害無辜，擔心他反而給自己招來麻煩，耽誤了天子的使命，就

向武帝說明自己的想法。武帝於是拒絕了庾毗羅的請求，改派合浦郡落黎縣甌越人羅子春代替他出使。

「我的祖先恥於和仇人共同生活在一個世界上，同時也害怕仇人再來迫害，就帶領全族人躲藏隱藏，改變姓名，遷到新平郡真寧縣安村避難。披荊斬棘，挖洞造屋，在那裡安下了家。和祖先居住過的故鄉已經天南地北，相隔遙遠。到現在我家客居此地已經三代了，最初被封為靈應君，不久受封應聖侯。後來因為陰靈普濟眾生，功德惠及百姓，又被封為普濟王。對待臣下恩威並重，受到世人的尊敬。我就是普濟王的九女兒，成年後嫁給象郡石龍的小兒子。丈夫繼承了先輩威猛暴烈的性格，又正是血氣方剛的青年，不肯遵守法紀的約束，父親也不管教，他常用殘酷暴虐的手段來處理事情，絲毫不把禮教放在心上。不出一年，果然受到天帝的責罰，斷絕了他家的宗嗣，從神靈的名單中清除了出去。只有我一人得到了赦免。

「父母逼我改嫁，我始終不肯答應。前來求親的王侯貴族絡繹不絕，而我的決心堅定不移，甚至要割掉自己的鼻子來表明心跡。父母被我的剛烈性格所激怒，就把我送到本地的外宅隱居，從此和家裡人斷絕了音信，至今已有三十六年了。雖然雙親的怒氣還沒有平息，使我長久得不到親情的溫暖，遠離眾人孤寂地生活，但我依然不肯改變志向。最近幾年，朝那湫的小龍王因為最小的弟弟還沒結婚，暗中前來行聘求親。我

不為他的甜言蜜語和豐厚彩禮動心，嚴厲地拒絕了，但他還來糾纏。我即使殘毀形體，犧牲生命，也決不答應，朝那王於是就和我父親結交，想促成這樁親事。便讓他的小弟弟臨時遷居到我父王居住地的西側，想收買我父王，結成姻親。我父親知道我不會屈服，就命令朝那王帶兵逼迫，我也率領家奴五十多人，發給他們武器，在城郊的曠野上迎戰敵人。由於雙方力量相差懸殊，我們屢戰屢敗，士兵們都疲憊不堪，又沒有援兵可倚仗，想要收拾殘兵，固守孤城死戰到底，又擔心遭到春秋時晉國智伯水淹晉陽、六朝梁代侯景火燒台城一樣的結果，一旦城被攻破，被壞小子污辱，那樣即使我死後到九泉之下，也無顏面對石龍兒子的亡魂。所以《詩經》中說：『柏木小船輕輕蕩，漂在那條河中央。那個垂髮少年郎，和我真是好一雙。我誓死不再作他想！我的天哪我的娘，對我一點不體諒！』這是當年衛國公子遺孀自誓的話。又有詩說：『誰說老鼠沒有牙，怎麼穿牆入我家？誰說你還沒娶妻，為啥害我把官司打？雖然和我把官司打，死活也不把你嫁！』這是邵伯審理案子的狀詞，意思是衰亂的風氣已經興起，忠信的教化正在衰落，但無論男子多麼殘暴強大，也決不能讓貞烈的女性屈服。如今您的教化足以感動天地鬼神，作為古往今來的風範，鼓勵女子恪守貞信，德化不在邵公之下。希望您能助以一臂之力，借給我一點軍隊，挫敗敵人的囂張氣焰，挽救孤苦無依的弱女子，助成

我實現終生的誓言，也表明您扶危救難的心跡。我滿懷赤誠向您說了這一切，希望您不要拒絕。」

周寶雖然心中已經答應了她的請求，但因為她的訴說條理分明、引徵廣博，感到很驚異，想先藉故推託，以便驗證她所說的是否符合事實。就說：「邊疆的事務十分繁忙，戰爭近在眼前。朝廷因為國家西部邊疆淪落於敵人手中，有三十多個州被戰火毀壞，滿目荒涼，正要商議出動軍隊，收復失地。我隨時都會接到皇帝的命令，所以絲毫不敢放鬆懈怠。不是今天晚上，就是明天清晨，出征西城的先鋒部隊就要出發了。我徒然對你的遭遇感到悲憤和同情，卻實在沒有時間完成你的囑託。」九娘子回答說：「當年楚昭王以方城山為城，以漢水為池，擁有楚、越一帶廣大的土地，依仗父兄兩代創下的資本，在外有強國與之互相呼應，在內有三家賢能的大夫輔佐，然而吳國的軍隊一發動，楚國的士兵便鳥散雲飛似的潰敗。來不及守禦城池，就比兔子還快地逃跑了，鎮國的寶玉被運到敵國，祖先的宗廟被敵人踏為平地。以萬乘大國君主的威勢，竟然無法保全先王的遺骨。直到申包胥向秦王請求出兵，血淚交流，玷污了秦宮的地面，晝夜不停地痛哭了七天，秦哀公同情楚國因禍亂敗亡的命運，最終為他派出了軍隊，打敗吳兵，收復了楚地，才使楚國亡而復興。況且楚國本是春秋時的強國之一，申包胥是楚國衰落時的一名大夫，因為矢盡援絕，不惜屈辱自己向

人低頭，甚至不顧性命，終於使強大的秦國受到感動。何況我一個弱女子，因為立志守節受到父母的指責，又因為孤寡困弱受到壞人的欺負，情勢如此危急，難道就引不起您一點同情之心嗎？」

周寶説：「九娘子是神靈一脈，呼吸吐納可以變幻風雲。渺小的人類，本來就在你的掌握之中，又為何向塵俗中人表現出軟弱，而使自己陷入如此尷尬的境地呢？」九娘子回答説：「我家庭的聲望，海內無人不知。比如説彭蠡龍王、洞庭龍王，都是我的外祖父族類。陵水龍王、羅水龍王，都是我的中表兄弟。兄弟一輩裡裡外外共有一百多人，分散居住在吳越之間，各自佔有一份封土。長安一帶八條主要河流的龍王，一半都是我家親戚。如果我派一名使者，傳遞一封短信，通告彭蠡、洞庭，召集陵水、羅水，率領吳越一帶的精銳，徵調長安八河的將帥，然後傳告黃河水神馮夷，遊説開山大神巨靈，掀動潮神伍子胥的波濤，發動江神陽侯的鬼怪，驅使閃電，指揮驚雷，扇動疾風，翻捲巨浪，百支人馬齊發，六路大軍並進，必將一戰成功，朝那王一介小小的鱗類，立刻就會化為齏粉。方圓千里的涇城，轉眼之間就將變作一汪污水潭。説到就能做到，決不是説大話。當年，涇陽龍王和我外祖父洞庭君世代結為姻親，後來因為夫妻感情不和，涇陽小龍遺棄了洞庭君的小女兒，招致錢塘君一怒之下，傷害生命毀壞莊稼，圍困高山淹

沒丘陵。涇水小龍不久就葬身於我外祖父的口中。如今涇水岸上依然遺存着當年的車痕馬跡，史書上也詳細記載着此事的經過，決不是我信口誇張。但我因為丈夫一家得罪了天帝，還沒有得到昭雪，所以我不得不銷聲匿跡，以至危困到這種地步。您如果不能理解我的一片誠意，始終以別的事為藉口推脫，那麼我剛才所説的一切都會成為現實，即使因此而遭到上帝的譴責，也在所不辭。」周寶於是答應了她。酒終飯罷，九娘子再三拜謝而去。

周寶直睡到將近傍晚時才醒，而夢中所聞所見，彷彿真的一樣。第二天，他就派兵一千五百人，駐守在善女湫神女廟旁。

當月初七日，雞叫頭遍的時候，周寶正要起床，窗外還是黑洞洞的。忽見一人經過帷幕來到床帳前，好像是侍奉起居的僕人。周寶呼喚他點燃蠟燭，那人竟不回答。周寶便厲聲斥罵他。那人才説：「人鬼相隔，請不要用燭光逼迫我。」周寶心中知道有些不對，就屏聲靜氣，小心地問：「莫非是九娘子嗎？」來人回答：「我是九娘子派來的。昨天承蒙您派兵相助，拯救危難，但陽界和陰間不同，您派來的軍隊我們無法調遣。如果您能遵守以前的諾言，希望再想別的方法。」沒多久，窗紗外漸漸發白，定睛看去，來人已消失了蹤影。

周寶思索了很久，才明白了他的意思。於是召來屬吏，命

他按照士兵名冊，挑選出已經戰死的士兵名單，得到騎兵五百人，步兵一千五百人，又從中選出押衙孟遠充任行營都虞侯，派人把名單和公文送交善女湫神。

當月十一日，周寶調回駐守湫神廟的部隊。周寶在廳堂前接見他們，調動隊形的時候，忽然有一名士兵倒在地上，口能動，眼能眨，就是不能說話，也不像暴病死去的樣子。於是把他安置在廊屋下，到次日天亮才甦醒。周寶派人盤問他，他回答說：「我開始時看見一個穿青袍的人從東而來，非常有禮地和我相見，對我說：『我家貴主承蒙相公無比深恩，拯救於水火之中，但還不能完全實現願望。現在想借你的聰明機敏，再次傳達貴主的心願，請不要推辭，多多盡力。』我急忙找藉口拒絕，那人就牽着我衣袖不放，我一陣昏暈倒在了地上，只覺得緊跟着青衣人一起往前走，不久就來到九娘子廟。那人催促我加快腳步，來到帷帳之前，只聽見貴主對我說：『昨天承蒙相公憐憫孤弱危急，派你們在我這裡守護，路途往返，非常辛苦吧？我承蒙相公再次借兵，而且這一次兵馬強壯，衣甲整齊，對他的誠意深感欣慰。只是都虞侯孟遠位低才疏，沒有甚麼謀略，本月九日有敵軍三千多人騷擾我近郊，我便令孟遠率領新到官兵在平原上迎擊他們。不料孟遠佈設埋伏時走漏了消息，反而被敵人打敗。現在我很想得到一位有謀略的將領，請你迅速返回，轉達我的心願。』說完，我拜辭出來，昏昏沉沉

好像喝醉了一樣。此後就甚麼也不知道了。」

　　周寶聽了他的訴說，感到和自己夢中情形相符，心中想證明這件事，就決定改派制勝關關使鄭承符代替孟遠，當月十三日晚上在後球場擺設桌案，灑酒焚香，寫了文書告請九娘子神收管。到十六日，制勝關來人報告：「本月十三日夜三更，關使突然死亡。」周寶大為驚歎，派人飛騎前去驗看，關使鄭承符果然已死。但心口、後背還有餘溫，夏日停屍，屍體也並不腐爛。他的家人都感到非常奇怪。

　　後來忽然有一個夜晚，陰風驟起慘烈異常，飛沙走石，毀屋拔樹，禾苗盡被吹倒，直到天亮風才停止。但天上陰雲密佈，整日都不消散。到了傍晚，忽然一聲驚雷震響，閃電劃破天空，鄭承符忽然發出幾聲呻吟，家人忙開棺驗看，過了好久，鄭承符竟然甦醒過來。這一晚，親朋鄰居都聚集在鄭承符的家中，又悲又喜。過了一夜，鄭承符完全恢復了。

　　家人問他是怎麼回事，鄭承符說：「我開始時看見一個人穿着有紫色綬帶服飾的袍子，騎着駿馬，跟隨着十多人來到門前，下馬召我相見。寒暄見禮後，手捧一紙文書交給我說：『貴主得陽間一夢，知你有蓋世之才，想效仿三顧茅廬的故事，意欲消滅邦國的仇敵，特派小臣送來禮物，聊表對君子的尊敬，以期能復興邦國，希望你不要讓我多次奔波。』我來不及找理由推辭，只是連稱不敢當。正在應酬之際，只見聘禮已展示在

庭中，有鞍馬器甲，彩服錦緞，以及珍玩、箭袋之類，都陳列在庭院中。我推辭不得，只好深深拜謝，收起禮物，來人催促我上車，所駕馭的馬匹高大駿偉，裝飾華麗，僕役馬匹也整齊恭肅。眨眼之間，已經走出一百餘里，只見有三百多名騎兵前來迎候，前呼後擁，彷彿大將軍出行一般，我也非常得意。

「正在指點環顧之間，遠遠望見一座大城，城牆高大，溝塹深廣。我恍恍惚惚不知來到了哪裡。接着在城外搭起帳篷，奏響鼓樂，設宴款待我。宴後進入城中，只見圍觀者擠滿了道路兩旁。引路的兵卒，穿梭在人群中，也不知經過了幾道城門，才來到一處地方，好像是座官署。陪同的人讓我下馬更衣去見貴主，貴主派人傳話，要以賓主之禮相待，我想自己既然已經接受了公文和鎧甲兵器等作戰裝備，就是臣子了，於是堅決辭謝貴主的好意，請求全副武裝拜見以示敬意，貴主又派人傳命說：『請解去弓袋箭囊，用比賓主之禮稍低一些的禮節相見就可以了。』我於是放下武器，快步進入殿中，看見貴主坐在廳上，我上前拜見，完全依照臣子對君主的禮節。「拜罷，貴主連聲喚我走上台階，我就再次拜謝後，從西階登上大廳。只見有幾十名紅妝翠眉，蟠龍髻鳳的女子站立在貴主身旁，又有幾十名彈弦弄管、濃妝異服的侍役女子，角落處還有幾名腰間佩金玉、繫紫帶、滿頭插簪身垂絲縧的女子，輕裘大帶、白玉橫腰侍立在堂下的為數更多。貴主又命召來女客五六人，每

人都帶着十幾名隨從，擦肩接踵，成群結伴而來。我也只好低垂目光深深作揖，不敢多禮。坐定後，貴主又命幾位偏裨將領陪我同坐。於是樂曲奏響，酒席開始。「酒送上來後，貴主斂袖舉杯，正要開口祝詞，說明禮聘我的用意時，忽見烽煙四起，外面一片叫鬧喧嘩之聲。有人稟報說：『朝那賊騎兵步兵共幾萬人，今天清晨攻破邊防要塞，現已進入疆界，幾路並進，各地告急的烽火接連不斷，請趕快派兵增援。』廳中陪坐的人無不相顧失色。各位女子也顧不上道別，就慌忙逃散了。我和各將領走到階下聽令，貴主手扶欄桿對我說：『我受相公格外恩惠，同情我孤弱無依，多次派兵相助拯救危難。但因裝備不利，謀略不行，不能成功。現在我不揣冒昧，特意委任您為將軍，就是為了應付目前這種危急局面。希望您不要以人鬼有別為藉口，對我的難處多加幫助。』於是又另外賜給我戰馬兩匹，黃金甲一副，旌旗旄鉞以及珍寶器用等物琳琅滿目，堆在庭院，不計其數。命彩衣女二人，交給我統兵符信，賞賜極其豐厚。我捧着兵符拜別出來，號令各路將領，指揮隊伍，內外齊聲響應。

「當夜，出城迎敵。探子幾次來報，都說『敵人聲勢越來越大』。我平常對這一帶山川地理，形勢險要很熟悉，就帶兵連夜出發，在離城百餘里的地方，把隊伍分佈在各個要害之處；並公佈賞罰條例，號令三軍，設下三重埋伏等待敵人。天

亮前，佈置完畢。敵人仗着上次的勝利，輕敵冒進，還以為是孟遠統帥部隊呢，我親自率領幾名騎兵登上高處觀察，只見塵煙四起，敵人的陣容非常整齊。我便先派小股部隊前去挑戰，故意示弱，以引誘敵人。我們與敵短兵相接，且戰且退，兵器撞擊之聲猶如天崩地裂一般，我帶兵詐敗，敵人也就出動全部精兵向前猛追。這時，一聲吶喊，我軍伏兵盡起，轉戰十里，四面夾攻，敵人潰敗，死屍如麻。狡猾的朝那小龍且戰且跑，漏網而去，隨從逃亡的兵卒不過十幾人。我挑選三十名精壯騎兵奮力追趕，果然將其活捉回營。這一戰，殺得血染草木，骨曝原野，腥穢沖天，繳獲的武器堆積如山。

「我把俘獲的敵軍統帥用輕車押送到貴主處，貴主登平朔樓受降，舉國百姓，都來觀看。把朝那小王押到樓前，以禮責問，朝那只是連稱『死罪死罪』，沒有別的話可說。於是貴主下令把他押赴都市腰斬。剛要行刑，有一位使者乘坐傳車從普濟王處趕來，手持詔令，催促赦免朝那，他轉達普濟王的話說：『朝那的罪過，實際上就是我的罪過。你赦免了他，也就等於減輕了我的罪過。』貴主因為父親又和她恢復了聯繫，喜不自勝，對眾將說：『朝那輕舉妄動，原是我父親的命令；如今讓赦免他，也是我父親的命令。我過去違抗父命，是為了堅守貞節；如果現在再違父命，就會招致不祥了。』於是命人為朝那鬆綁，派一人騎馬送他回去。還沒走到朝那鎮，朝那就

羞愧交加，死在路上。我因為克敵有功，大受恩寵賞賜，不久被隆重拜為平難大將軍，食邑朔方地區一萬三千戶。又賞賜住宅、車馬、寶器、衣服、婢僕、園林、別墅、旌旗、鎧甲等無數。眾將也依次受到獎賞。

「第二天，貴主大張宴席，有幸同坐的不過五六人。上次那六七名女子都在座相陪，風姿豔態，更覺動人。通宵暢飲，十分開心。侍者送上美酒，貴主舉杯對我說：『我很不幸，從小獨處空閨，天性孤傲堅貞，不肯屈從父命，隱居在此，已經三十六年了。我蓬頭灰臉，不肯枉死，又遭頑童欺凌，幾乎陷入兇險的境地。倘若不是相公的大恩，將軍的威武，那麼我這立志守節的寡婦，早已成為朝那王的囚徒了。如此大恩大德，我將永生不忘。』於是用七寶鐘斟酒，命人『遞給鄭將軍』。我離席拜謝而飲。我因此觸動了思家之情，便一再用懇切的言語請求返回人間，終於得到准許給假一個月。宴會後我就出來。

「第二天，我辭別了貴主，率領手下三十多人，沿來路返回。一路經過之處，耳聞雞鳴犬吠，不禁很是心酸。不久回到家中，看見家人正圍作一團哭泣。又見靈帳高掛，隨我來的手下一人讓我趕快鑽入棺材縫中去。我要奔上前去和家人相見，被身邊的人夾持將我往上一聳。然後只聽得一聲響雷，我便醒過來了。」

鄭承符從此不理家事，只把後事託付給妻子兒女。果然在一個月之後，無疾而終。

當初他快暴死的時候，曾對親近的人說：「我本出身軍旅，一生戎馬征戰，雖然沒有大的功勞，但也盡了我微薄之力。由於遭到無端誣陷，被貶謫到這裡，平生的志向，鬱鬱不得伸展。大丈夫終當扇長風，掀巨浪，舉泰山之石以壓細卵，決東海之水以滅螢火，奮獵鷹猛犬之雄心，為人雪不平之事。我早晚將有所受命，和你們分別的那一天，大概不遠了。」

當月十三日，有人從薛舉城清早出發趕路，走了十幾里，天色才剛剛發亮，忽然看見前面車塵競起，旌旗招展，有數百名騎馬武士，中間簇擁着一個人，神情頗為自得，近前細看，原來是鄭承符將軍。那過路人驚訝半晌，佇立路邊，眼見這支人馬如疾風飛雲一般往善女湫奔去，一會兒就不見了。

卷六

隋遺錄上

原著　顏師古

　　大業十二年，煬帝將幸江都，命越王侑留守東都。宮女半不隨駕，爭泣留帝。言遼東小國，不足以煩大駕，願擇將征之。攀車留惜，指血染鞅。帝意不回，因戲以帛題二十字賜守宮女云：

　　「我夢江南好，征遼亦偶然。

　　　但存顏色在，離別只今年。」

　　車駕既行，師徒百萬前驅。大橋未就，別命雲屯將軍麻叔謀，濬黃河入汴堤，使勝巨艦。叔謀銜命，甚酷，以鐵腳木鵝試彼淺深，鵝止，謂濬河之夫不忠，隊伍死水下。至今兒啼，聞人言「麻胡來」，即止。其訛言畏人皆若是。

　　帝離都旬日，幸宋何妥所進牛車。車前隻輪高廣，

疏釘為刃，後隻輪庫下，以柔榆為之，使滑勁不滯，使牛御焉（車名見《何妥傳》）。自都抵汴郡，日進御車女。車幰垂鮫綃網，雜綴片玉鳴鈴，行搖玲瓏，以混車中笑語，冀左右不聞也。

長安貢御車女袁寶兒，年十五，腰肢纖墮，駴冶多態。帝寵愛之特厚。時洛陽進合蒂迎輦花，云得之嵩山塢中，人不知名。採者異而貢之。會帝駕適至，因以迎輦名之。花外殷紫，內素膩菲芬，粉蕊，心深紅，跗爭兩花。枝幹烘翠類通草，無刺，葉圓長薄。其香穠芬馥，或惹襟袖，移日不散，嗅之令人多不睡。帝命寶兒持之，號曰司花女。

時詔虞世南草《征遼指揮德音敕》於帝側，寶兒注視久之。帝謂世南曰：「昔傳飛燕可掌上舞，朕常謂儒生飾於文字，豈人能若是乎？及今得寶兒，方昭前事。然多憨態。今注目於卿。卿才人，可便嘲之。」世南應詔為絕句曰：

「學畫鴉黃半未成，垂肩嚲袖太憨生。

緣憨卻得君王惜，長把花枝傍輦行。」

上大悅。

至汴，上御龍舟，蕭妃乘鳳舸，錦帳彩纜，窮極侈靡。舟前為舞台，台上垂蔽日簾。簾即蒲擇國所進，以

負山蚊睫紉蓮根絲，貫小珠，間睫編成，雖曉日激射，而光不能透。每舟擇妍麗長白女子千人，執雕板鏤金楫，號為殿腳女。

一日，帝將登鳳舸，憑殿腳女吳絳仙肩。喜其柔麗，不與群輩齒，愛之甚，久不移步。絳仙善畫長蛾眉。帝色不自禁，回輦召絳仙，將拜婕妤。適值絳仙下嫁為玉工萬群妻，故不克諧。帝寢興罷，擢為龍舟首楫，號曰崆峒夫人。由是殿腳女爭效為長蛾眉。司宮吏日給螺子黛五斛，號為蛾綠。螺子黛出波斯國，每顆直十金。後徵賦不足，雜以銅黛給之，獨絳仙得賜螺黛不絕。

帝每倚簾視絳仙，移時不去，顧內謁者云：「古人言：『秀色若可餐。』如絳仙，真可療飢矣。」因吟《持楫篇》賜之，曰：

「舊曲歌桃葉，新妝豔落梅。

將身倚輕楫，知是渡江來。」

詔殿腳女千輩唱之。

時越溪進耀光綾，綾紋突起，時有光彩。越人乘樵風舟，泛於石帆山下，收野繭繰之。繰絲女夜夢神人告之曰：「禹穴三千年一開。汝所得繭，即江淹文集中蠹魚所化也。絲織為裳，必有奇文。」織成果符所夢，故進

之。帝獨賜司花女洎絳仙，他姬莫預。蕭妃恚妒不懌，由是二姬稍稍不得親幸。

帝常醉遊諸宮，偶戲宮婢羅羅者。羅羅畏蕭妃，不敢迎帝，且辭以有程妃之疾，不可薦寢。帝乃嘲之曰：

「箇人無賴是橫波，黛染隆顱簇小蛾。

幸好留儂伴成夢，不留儂住意如何？」

帝自達廣陵，宮中多效吳言，因有儂語也。

帝昏湎滋深，往往為妖祟所惑，嘗遊吳公宅雞台，恍惚間與陳後主相遇，尚喚帝為殿下。後主戴輕紗皂幘，青綽袖，長裾，綠錦純緣紫紋方平履。舞女數十許，羅侍左右。中一人迥美，帝屢目之。後主云：「殿下不識此人耶？即麗華也。每憶桃葉山前乘戰艦與此子北渡，爾時麗華最恨，方倚臨春閣試東郭㕙紫毫筆，書小砑紅綃作答江令『璧月』句。詩詞未終，見韓擒虎躍青驄駒，擁萬甲直來衝入，都不存去就，便至今日。」俄以綠文測海蠡，酌紅粱新醞勸帝。帝飲之甚歡，因請麗華舞《玉樹後庭花》。麗華辭以拋擲歲久，自井中出來，腰肢依拒，無復往時姿態。帝再三索之，乃徐起，終一曲。

後主問帝：「蕭妃何如此人？」帝曰：「春蘭秋菊，各一時之秀也。」後主復詩十數篇，帝不記之，獨愛《小

窗》詩及《寄侍兒碧玉》詩。《小窗》云：

「午睡醒來晚，無人夢自驚。

夕陽如有意，偏傍小窗明。」

《寄碧玉》云：

「離別腸猶斷，相思骨合銷。

愁雲若飛散，憑仗一相招。」

麗華拜帝，求一章。帝辭以不能。麗華笑曰：「嘗聞『此處不留儂，會有留儂處』，安可言不能？」帝強為之操觚曰：

「見面無多事，聞名亦許時。

坐來生百媚，實個好相知。」

麗華捧詩，顰然不懌。後主問帝：「龍舟之遊樂乎？始謂殿下致治在堯舜之上，今日復此逸遊。大抵人生各圖快樂，曩時何見罪之深耶？三十六封書，至今使人快快不悅。」帝忽悟，叱之云：「何今日尚目我為殿下，復以往事訊我邪？」隨叱聲恍然不見。

譯文

　　大業十二年，隋煬帝要南遊江都，叫越王楊侑留守東都。有一半宮女不隨駕出遊，流着淚爭相挽留煬帝。說是遼東區區小國，不必勞御駕親征，但請挑選好將領前去征討。她們攀住車駕不願讓他走，以至指頭流血，染紅了套馬的皮帶。煬帝不肯改變主意，為此在絹帛上戲題了四句話賜給留守的宮女們說：

　　「我夢見江南景物真好，遼東也只須偶然征討。

　　只要能保證容顏不改，離別只今年何須煩惱。」

　　煬帝乘車出發，有百萬人馬為他作前驅。大橋尚未造好，就另叫雲屯將軍麻叔謀，將黃河通到汴郡堤岸的運河挖深，使它能夠航行大船。叔謀奉命後，所用的手段很殘酷，他叫人製造一種鐵腳木鵝，用來測試河水的深淺，鵝停住了，就說是疏浚的民工不盡心盡力，整隊的人就因此而死於水底。直到今天，小兒啼哭時，聽到人說「麻胡來了」，就不哭了。有關他的那些駭人聽聞的傳說，大多如此。

　　煬帝離京城十天後，乘坐了南朝宋時何妥進獻的那種牛

車。車子前面有一隻高大的輪子，輪子的接觸面佈滿疏疏朗朗的釘子；車後有一隻很矮小的輪子，是用柔軟的榆木製成的：這樣使車子行走時不致打滑不前。車用牛拉。從京城到汴邵，每天都進獻侍候皇帝車駕的女子。車上懸掛輕盈的絹紗帳幔，上面點綴着許多玉片和響鈴，車行走時就搖動發出清脆悅耳的聲音，以混淆車內的笑語，使車旁隨從的人聽不清裡面説的話。

長安進貢了一名侍候車駕的女子袁寶兒，十五歲，細腰苗條，傻裡傻氣的，神情體態招人喜歡。煬帝對她寵愛得不得了。當時，洛陽獻上合蒂迎輦花，説是在嵩山山塢裡採到的，大家都不知道它叫甚麼名字。採來的人覺得很奇異，就進貢給皇帝了。正值皇帝車駕到達，因而就叫它為迎輦花。花的外圍紅紫色，裡面白膩芳香，帶粉的花蕊，花心深紅，蒂托上並開着兩朵花。枝幹翠綠烘托，有點像通草，無刺，葉子呈長橢圓形，很薄。花的香氣極其濃鬱，有時接觸到衣襟袖子，過幾天都不敗，用鼻子聞聞它，會使人好久不想睡覺。煬帝就叫寶兒捧這花，稱她為司花女。

當時，煬帝正命虞世南前來身邊起草《征遼指揮德音敕》，寶兒盯着他看了好久。煬帝就對世南説：「從前傳説趙飛燕身輕，可以在掌上跳舞，我常説那不過是儒生在文字上的誇飾罷了。哪裡有人真能那樣呢？現在有了寶兒，才明白前人所

述是怎麼一回事了。然而她看去特別傻氣。現在她盯着你看，你是有才學之人，可以就此嘲笑她幾句。」世南奉命便作了一首絕句說：

「學着自己打扮，多半還畫不成額黃；

垂下肩胛拖着袖子，看去一副傻樣。

因為有點傻氣，反得到君王的愛惜，

常常手捧花枝，行走在皇帝的車旁。」

煬帝看了，大為開心。

到達汴郡，煬帝乘坐龍舟，蕭妃乘坐鳳舸，錦緞作風帆，彩絲編纜繩，奢侈到了極點。船的前部搭起舞台，台上垂掛遮蔽陽光的簾子，簾子是蒲擇國製造的，用一種叫甚麼「負山蚊睫」的韌而細的材料，以「蓮根絲」縫合，相間地穿上小珠子編織而成。雖然早晨的陽光激射，也不能透過它去。每條大船上挑選一千名妍麗白淨的高個子女子，手執金板雕鏤成的船槳，稱之為殿腳女。

有一天，煬帝將登上鳳舸去，手扶着殿腳女吳絳仙的肩頭，很喜歡她的溫柔美麗，跟別的殿腳女很不一樣，越看越愛，好久都邁不開腳步。絳仙善於畫長長的蛾眉。煬帝見了她就神色難以自制。回車駕後，就將絳仙召了來，準備封她為婕妤。不巧絳仙剛下嫁給一個叫萬群的玉工做了妻子，所以這件事辦不成。煬帝與她睡覺的興頭過後，就提拔她為龍舟執槳的

頭頭，號稱崆峒夫人。從此，殿腳女都爭相仿效，畫起長蛾眉來了。掌宮內事務的官吏每天要供給這批人五斛螺子黛作畫眉之用，稱為蛾綠。螺子黛是波斯國出產的，每顆價值十金。後來徵收不到那麼多，就只好搭配些銅黛供給，唯獨絳仙能不間斷地得到螺黛。

每當煬帝倚着簾子看絳仙，總是一站好久不離開，他回顧舟內來拜見他的臣僚説：「古人説過，『秀美的姿色彷彿可以品嘗。』像絳仙那樣，真可以解除飢餓了啊！」於是吟成了《持楫篇》，賜給她，詩歌説：

「舊時的曲子將愛妾桃葉歌唱，

新妝的麗人比梅花落瓣漂亮。

將身子往輕盈的船槳邊一靠，

便知道這是龍舟在橫渡大江。

還叫千名殿腳女都來唱這支歌。」

當時，越溪地方進獻上來一種耀光綾，綾羅的花紋凸起，時時閃耀光彩。那是越地人乘坐當地特有的小船，划到石帆山下，收集到野繭，繰織而成的。繰絲女曾夜間夢見神仙告訴她説：「禹穴三千年才開一次，多難得啊！你所得到的繭，就是江淹文集中提到的衣魚變的。用它織成衣裳，必定會有奇異的文彩。」織成後，果然與夢中所言相符，所以進獻上來了。煬帝只將它賜給司花女寶兒以及絳仙二人，別的女子都沒有這樣

的福氣。蕭妃又妒又恨，心裡很不開心。從此，這兩個女子就漸漸不能像以前那樣可以隨時親近煬帝了。

煬帝曾醉遊各處宮室，偶然玩弄了一個名叫羅羅的宮中婢女。羅羅害怕蕭妃，不敢接納煬帝，而推託有從前程妃所患的那種病，不能同皇上睡覺。煬帝便作詩嘲笑她説：

「這個人使儂無奈的是眼橫秋波，

高高的額頭下畫黛色雙眉緊鎖。

幸好有儂相伴你才做一場好夢，

你不肯留儂住下究竟心意如何？」

自從煬帝到達廣陵後，宮中的人多學着講吳地方言，所以詩中也不説「我」而有「儂」呀「儂」的話。

煬帝深深地沉湎於聲色之中，往往被妖魅邪祟所迷惑。他曾遊吳公宅的雞台，恍惚之間與陳後主相遇，後主依然以諸侯、王子之稱叫煬帝為「殿下」。後主頭戴輕紗烏巾，黑色的寬袖，長長的衣裙，綠錦滾邊的紫紋方平鞋，有幾十個舞女在身旁侍奉着。其中一人特別美麗，煬帝不斷地注視她。後主説：「殿下不認識這個人嗎？她就是張麗華呀！我常常回憶起在桃葉山前乘坐着戰艦與她一同北渡的情景。那時麗華最恨了，因為她剛在臨春閣試着用東郭銑的紫毫筆，在光滑的小紅絹上寫詩來和答尚書令江總的『璧月』句。詩詞尚未寫完，就見韓擒虎騎着青白色的馬，簇擁着千萬名提刀持戟的士兵，直

衝入而來，無論逃奔的或要歸順的都不曾留下，就這樣到了今天。」一會兒，後主用有綠色斑紋的測海蠡殼，斟上用紅粱新釀的美酒，勸煬帝飲。煬帝喝得很開心，就請麗華跳《玉樹後庭花》舞。麗華推說自己許多年不跳舞了，自從打井裡出來後，腰肢便不靈活了，也不能有從前那樣的姿態了。煬帝苦苦要求再三，她便緩緩起身，舞了一曲。

後主問煬帝：「蕭妃比起這個人來，怎麼樣？」煬帝說：「春天的蘭花秋天的菊花，各人都是一時之中最出色的。」後主又作詩十幾首，煬帝都不記得了，只記得最喜歡的《小窗》詩及《寄侍兒碧玉》詩。《小窗》詩說：

「午間醉眠醒來已經不早，四周無人睡夢自己驚了。

夕陽彷彿對我頗有感情，偏能靠近小窗為我相照。」

《寄碧玉》詩說：

「離別的心緒令人腸斷，相思之苦把骨都銷完。

悠悠愁魂倘已經飛散，那得憑你一聲召喚。」

麗華向煬帝下拜，求詩一首。煬帝推辭自己不會作詩。麗華笑着說：「曾聽說『此處不留儂，當有留儂處』。怎麼可以說不會作呢？」煬帝只得勉強提筆寫了一首說：

見你的面沒有更多事情，只不過片刻前才知芳名。

同坐一起倒有百種媚態，實在可成為很好的知音。

麗華捧了詩讀，紅着臉不太高興。後主問煬帝：「乘龍舟

而遊，玩得開心嗎？當初據說殿下治理國家想超過堯舜，今天卻又如此安逸遊樂。大概人生在世，本不過各自尋求快樂罷了，從前你又為甚麼要那樣深深地加罪於我呢？你的那三十六封信，直到今天還使我心裡非常不愉快。」煬帝忽有所悟，便大聲呵叱他說：「為甚麼你到今天還把我當作『殿下』，又拿過去的事情來問我？」隨着呵叱之聲，恍然清醒，那些人都不見了。

隋遺錄下

原著　顏師古

　　帝幸月觀，煙景清朗。中夜，獨與蕭妃起臨前軒。
簾掩不開，左右方寢。帝憑妃肩，說東宮時事。適有小
黃門映薔薇叢調宮婢，衣帶為薔薇冒結，笑聲吃吃不
止。帝望見腰支纖弱，意為寶兒有私。帝披單衣亟行擒
之，乃宮婢雅娘也，回入寢殿，蕭妃誚笑不知止。帝因
曰：「往年私幸妥娘時，情態正如此。此時雖有性命，不
復惜矣。後得月賓，被伊作意態不徹。是時儂憐心，不
減今日對蕭娘情態。曾效劉孝綽為《雜憶》詩，常念與
妃。妃記之否？」蕭妃承問，即念云：

　　「憶睡時，待來剛不來。

　　卸妝仍索伴，解珮更相催。

　　博山思結夢，沉水未成灰。」

又云：

「憶起時，投籤初報曉。

被惹香黛殘，枕隱金釵裊，

笑動上林中，除卻司晨鳥。」

帝聽之，咨嗟云：「日月遄逝，今來已是幾年事矣。」妃因言：「聞說外方群盜不少，幸帝圖之。」帝曰：「儂家事，一切已託楊素了。人生能幾何？縱有他變，儂終不失作長城公。汝無言外事也！」

帝嘗幸昭明文選樓，車駕未至，先命宮娥數千人昇樓迎侍。微風東來，宮娥衣被風綽，直拍肩項。帝睹之，色荒愈熾。因此乃建迷樓，擇下俚稚女居之，使衣輕羅單裳，倚檻望之，勢若飛舉。又爇名香於四隅，煙氣霏霏，常若朝霧未散，謂為神仙境不我多也。樓上張四寶帳，帳各異名：一名「散春愁」，二曰「醉忘歸」，三曰「夜酣香」，四曰「延秋月」。妝奩寢衣，帳各異製。

帝自達廣陵，沉湎失度，每睡，須搖頓四體，或歌吹齊鼓，方就一夢。侍兒韓俊娥尤得帝意，每寢必召，命振聳支節，然後成寢，別賜名為「來夢兒」。蕭妃嘗密訊俊娥曰：「帝常不舒，汝能安之，豈有他媚？」俊娥畏威，進言：「妾從帝自都城來，見帝常在何妥車。車行高

下不等，女態自搖。帝就搖怡悅。妾今幸承皇后恩德，侍寢帳下，私效車中之態以安帝耳，非他媚也。」他日，蕭后誣罪去之，帝不能止。暇日登迷樓，憶之，題東南柱二篇云：

「黯黯愁侵骨，綿綿病欲成。

須知潘岳鬢，強半為多情。」

又云：

「不信長相憶，絲從鬢裡生。

閒來倚樓立，相望幾含情。」

殿腳女自至廣陵，悉命備月觀行宮，由是絳仙等亦不得親侍寢殿。有郎將自瓜州宣事回，進合歡水果一器。帝命小黃門以一雙馳騎賜絳仙，遇馬急搖解。絳仙拜賜私恩，附紅箋小簡上進曰：

「驛騎傳雙果，君王寵念深。

寧知辭帝里，無復合歡心。」

帝省章不悅，顧黃門曰：「絳仙如何？何來辭怨之深也？」黃門懼，拜而言曰：「適走馬搖動，及月觀，果已離解，不復連理。」帝意不解，因言曰：「絳仙不獨貌可觀，詩意深切，乃女相如也。亦何謝左貴嬪乎？」

帝於宮中嘗小會，為拆字令，取左右離合之意。時杳娘侍側。帝曰：「我取『杳』字為十八日。」杳娘復解

「羅」字為四維。帝顧蕭妃曰：「爾能拆朕字乎？不能當醉一杯。」妃徐曰：「移左畫居右，豈非『淵』字乎？」時人望多歸唐公，帝聞之不懌，乃言：「吾不知此事，豈為非聖人耶？」

於是奸蠹起於內，盜賊生於外，值閽裴虔通，虎賁郎將司馬德勤等，引左右屯衛將軍宇文化及將謀亂，因請放官奴分直上下。帝可奏，即宣詔云：「門下，寒暑迭用，所以成歲功也。日月代明，所以均勞逸也。故士子有遊息之談，農夫有休勞之節。咨爾髳眾，服役甚勤，執勞無怠。埃塭溢於爪髮，蟣蝨結於兜鍪。朕甚憫之，俾爾休番從便。噫戲！無煩方朔滑稽之請，而從衛士遞上之文。朕於侍從之間，可謂恩矣。可依前件事！」是有焚草之變。

右《大業拾遺記》者，上元縣南朝故都，梁建瓦棺寺閣。閣南隅有雙閣，閉之，忘記歲月。會昌中，詔拆浮圖，因開之。得筍筆千餘頭，中藏書一帙，雖皆隨手靡潰，而文字可紀者，乃《隋書》遺稿也。中有生白藤紙數幅，題為《南部煙花錄》，僧志徹得之。及焚釋氏群經，僧人惜其香軸，爭取紙尾拆去，視軸，皆有魯郡文忠顏公名，題云手寫。是錄即前之筍筆，可不舉而知也。志徹得錄前事，及取《隋書》校之，多隱文，特有

符會，而事頗簡脫。豈不以國初將相，爭以王道輔政，顏公不欲華靡前跡，因而削乎？今堯風已還，德車斯駕。獨惜斯文湮沒，不得為辭人才子談柄，故編云《大業拾遺記》。本文缺落，凡十七八，悉從而補之矣。

譯文

　　煬帝來到月觀，月光如籠輕煙，清明淨朗。半夜裡，單獨與蕭妃起來走近前窗。簾幕低垂不捲，侍奉的人都已入睡。煬帝挨着蕭妃的肩膀，談起在東宮時的事來。剛好有個黃門小太監在薔薇叢中調戲宮婢，衣帶被薔薇鈎住了，笑聲吃吃不停。煬帝望見那女的腰肢細弱，以為是寶兒在跟誰幽會，就連忙披件單衣前去捉拿，原來是宮婢雅娘。回到寢殿，蕭妃譏笑不止。煬帝對她說：「往年我私會妥娘時，情態也是如此，當時雖有性命也不再愛惜了，後來我得到了月賓，被她故作意態弄得糊裡糊塗。那時我愛她之心，並不亞於我今天對你蕭娘的情意。我仿效劉孝綽作了《雜憶》詩，還念給你聽過，你還記得嗎？」蕭妃見問，立即就念道：

　　「回憶睡覺的時候，等待他來他卻偏偏不來。

　　卸完了妝還在尋找情侶，解下玉珮心緒更是難耐。

　　爐煙將我相思化作好夢，香料恰如我心尚未成灰。」

　　又一首道：

　　「回憶起床的時候，計時人報時間剛剛拂曉。

錦緞被褥沾着餘香殘黛，鴛鴦枕上隱見金釵裊裊。

上林苑中響起陣陣笑聲，還有誰呢除了司晨的鳥？」

煬帝聽罷，歎息說：「光陰飛逝，到今天已是多少年的事了啊！」蕭妃就說：「我聽說外地聚眾結夥的盜賊不少，皇上要多考慮考慮才好。」煬帝說：「皇家的事情，一切都已委託楊素去處理了。人生能有多久呢？即使有意料不到的變故發生，我最終總還能像陳後主那樣當一個長城公的。你還是別談外界的事吧！」

煬帝曾去昭明文選樓，車駕未到，先叫好幾千宮女站在樓上等候迎接。微風從東吹來，宮女的衣裙被風掀起，一直拍打到肩膀頭頸下。煬帝望見，色荒越加熾烈。因此建造了迷樓，挑選平民百姓家的少女來住着，讓她們身穿輕羅單衣，靠在欄干上望過去，樣子就像要飛起來似的。又在四面角落裡點燃名貴的香料，煙氣漾漾，經常像朝霧未散的樣子。說就是神仙境界也不會比我這裡好到哪兒去。樓上張設四座寶帳，名稱各不相同：第一座叫「散春愁」，第二座叫「醉忘歸」，第三座叫「夜酣香」，第四座叫「延秋月」。每座寶帳分給的化妝用品、睡衣等也製作各異。

煬帝自從到達廣陵後，沉湎於聲色過了度，以至每次睡覺，必須搖動擺弄他的四肢，或者在歌吹鼓樂聲中，才能睡上一會兒。侍女韓俊娥最能讓煬帝稱心。每次睡前，必定召她

來，命她聳動四肢關節，然後成眠，因而賜她別名為「來夢兒」。蕭妃曾私下問俊娥說：「皇帝身體不舒服，你倒能讓他安定下來，難道有別的甚麼媚術？」俊娥懼怕蕭妃之威，就講了自己的方法說：「我隨駕從都城出來，路上常見皇上乘坐何妥車，這車走動時上下顛簸，同車的女子身體也隨之而起伏搖擺，皇帝對這種顛動非常開心。我如今有幸承蒙您皇后恩德，讓我在帳下服侍皇上睡覺，我就暗暗模仿車中搖擺顛動的樣子，讓皇帝安心罷了，並非有其他甚麼媚術。」過了些日子，蕭妃誣她有罪，就把她給趕走了，煬帝也沒法阻止。閒暇之日，煬帝登迷樓，想起她來，便在樓的東南柱上題了兩首詩，說：

「黯黯愁緒入骨深，綿綿病勢看欲成。

須知潘岳有霜鬢，多半只為太多情。」

又一首是：

「日夜相憶怎不信，銀絲已從鬢間生。

閒來倚樓久佇立，幾多含情不見人。」

殿腳女自從到廣陵後，都被安置到月觀行宮中備皇帝來遊時侍奉。從此，絳仙等也不能親自在寢殿中服侍煬帝起居了。有一員郎將從瓜州宣佈政令回來，進獻了一筐連枝而生的合歡水果。煬帝命小太監騎了馬將一對水果送去賜給絳仙。正好馬跑得疾，成雙的合歡果經顛簸搖晃，就散開了。絳仙拜謝皇恩

私加於自己，就附上一張紅箋作回覆，題了詩由來人帶回，詩說：

「驛騎傳送來水果一雙，君王對我的寵念真深！

哪知道離開金殿以後，它就不再有合歡心情。」

煬帝看了詩，心中不樂，回顧太監問道：「絳仙怎麼樣了？甚麼事使她寫詩有如此深的怨恨呢？」太監懼怕，下拜回話說：「剛才馬跑時顛動，到月觀，合歡果已分散開，不再是連理的了。」煬帝的心情仍舊不能釋然，就說道：「絳仙不但容貌不錯，詩意也深切，可算得是一位女司馬相如，比起晉武帝的貴嬪左芬來，哪有絲毫遜色呢？」

煬帝在宮中曾設小宴，玩拆字酒令，是將合成一個字的上下左右筆畫分拆開來的意思。當時，杏娘在一旁，煬帝就說：「我取『杏』字為『十八日』。」杏娘又分拆「羅」字為「四維」。煬帝回顧蕭妃說：「你能拆『朕』字嗎？不會的話，要罰酒一杯。」蕭妃遲疑地說：「把左邊一筆移到右邊去，不就是『淵』字嗎？」當時唐公李淵已是眾望所歸，煬帝聽了很不高興，就說：「我不知道這種事，難道就不是聖人了？」

當時，朝廷內部奸徒為害，外界盜賊滋生。值閣裴虔通、虎賁郎將司馬德勤等侍衛官員導引左右屯衛將軍宇文化及策劃發動叛亂，便請求讓官奴分成上下兩班輪流值宿。煬帝准奏，即宣佈詔書說：「門下眾奴，寒暑交替，目的在於完成一年的

收成；日月相繼出沒，用意在於平均人們的勞逸。所以讀書人有遊學和閒居的説法，農夫有休息和勞動的時節。可歎你們這些剃去頭髮的奴眾，服役相當勤快，操勞不敢懈怠；塵土沾滿手指髮根，蟣蝨生於頭盔之中。我很同情你們，讓你們可隨自己方便輪流休息。啊，不必勞煩東方朔之流詼諧滑稽的請求，而批准了衛士們遞上來的奏文。我對侍從官員們該説是有恩的了。可以依照前面那件出去辦。」後來裴虔通等人謊稱草坊失火，發動叛亂，致使宮廷政變發生。

以上是《大業拾遺記》。上元縣是南朝的故都，梁代建造了瓦棺寺樓閣。樓閣的南頭角落有兩間房子，關閉着，忘了年月。唐武宗會昌年間，詔命拆除寺塔，就打開了。從中得到一千多支荀筆，其中還藏着一套書。雖然都是隨手一翻就會破碎的，但文字尚可找出頭緒來，那是《隋書》的遺稿。其中有生白藤紙幾幅，題作《南部煙花錄》。由僧人志徹得到了它。待到焚毀佛教經卷之時，僧人們可惜經卷上的香木軸，爭着拿紙尾來拆開。一看書軸，才發現上面都有魯郡文忠顏公真卿的名字，題為手寫。這部《煙花錄》用的就是以前的荀筆，這不説也可以知道。志徹因此能錄下前朝之事來。等到拿《隋書》來校對，發現有許多隱去真事的文字，特有與本事相符之處，而事情卻很簡略。莫非因為開國之初將相們爭相以王道輔佐政事，顏公師古也不想存前代華靡事跡，故而已將它刪削過一番

了嗎？如今堯舜之風氣已經回來，道德的車輪正在向前。我只是可惜這文章湮沒無聞，不能被文人才子當作談論的資料，所以編寫了它，題之為《大業拾遺記》。原文缺失十之七八，現在都已將它補寫齊了。

隋煬帝海山記上

原著　缺名

　　余家世好蓄古書器，惟煬帝事詳備，皆他書不載之文。乃編以成記，傳諸好事者，使聞其所未聞故也。

　　煬帝生於仁壽二年[①]，有紅光竟天，宮中甚驚，是時牛馬皆鳴。帝母先是夢龍出身中，飛高十餘里，龍墜地，尾輒斷。以其事奏於文帝，文帝沉吟默塞不答。

　　帝三歲，戲於文帝前。文帝抱之臨軒愛玩，親之甚久，曰：「是兒極貴，恐破吾家。」文帝自茲雖愛而不意於勇。帝十歲，好觀書，古今書傳，至於藥方天文地理伎藝術數，無不通曉。然而性偏忍，陰默疑忌，好用鉤

----

① 隋煬帝實生於陳宣帝太建元年（569），隋文帝仁壽二年（602），煬帝已三十四歲，兩年後即殺文帝而登位。

贖人情深淺焉。

　　時楊素有戰功，方貴用，帝傾意結之。文帝得疾，內外莫有知者。時后亦不安，旬餘日不通兩宮安否。帝坐便室，召素謀曰：「君國之元老。能了吾家事者君也。」乃私執素手曰：「使我得志，我亦終身報公。」素曰：「待之。當自有謀。」

　　素入問疾，文帝見素，起坐，謂素曰：「吾常親鋒刃，冒矢石，出入死生，與子同之，方享今日之貴。吾自惟不免此疾，不能臨天下。倘吾不諱，汝立吾兒勇為帝。汝背吾言，吾去世亦殺汝。此事吾不語人，汝立吾族中人，吾之死目不合。」素曰：「國本不可屢易，臣不敢奉詔。」帝因憤懣，乃大呼左右曰：「召吾兒勇來！」力氣哽塞，回面向內不言。

　　素乃出語帝曰：「事未可，更待之。」有頃，左右出報素曰：「帝呼不應，喉中呦呦有不足。」帝拜素：「願以終身累公。」素急入，帝已崩已，乃不發。明日，素袖遺詔立帝。時百官猶未知，素執圭謂百官曰：「文帝遺詔立帝。有不從者，戮於此！」左右扶帝上殿，帝足弱，欲倒者數四，不能上。素下，去左右，以手扶接帝。帝執之，乃上。百官莫不嗟歎。素歸，謂家人輩曰：「小兒子吾已提起，教作大家。即不知了當得否？」

素恃有功，見帝多呼為郎君。侍宴內殿，宮人偶覆酒污素衣，素怒，叱左右引下殿，加撻焉。帝頗惡之，隱忍不發。一日，帝與素釣魚於池，與素並坐，左右張傘以遮日色。帝起如廁，回見素坐赭傘上，風骨秀異，堂堂然。帝大疑忌。帝多欲，有所不諧，為素請而抑之，由是愈有害素意。會素死，帝曰：「使素不死，夷其九族。」

先，素欲入朝，出，見文帝執金鉞，逐之曰：「此賊！吾欲立勇，汝竟不從吾言。今必殺汝！」素驚呼入室，召子弟二人而語之曰：「吾必死，以見文帝出語也。」不移時，素死。

帝自素死，益無憚，乃闢地，周二百里，為西苑，役民力常百萬數。苑內為十六院，聚土石為山，鑿池為五湖四海。詔天下境內所有鳥獸草木，驛至京師。

銅台進梨十六種：黃色梨、紫色梨、玉乳梨、臉色梨、甘棠梨、輕消梨、蜜味梨、墮水梨、圓梨、木唐梨、坐國梨、天下梨、水全梨、玉沙梨、沙味梨、火色梨。陳留進十色桃：金色桃、油光桃、銀桃、烏蜜桃、餅桃、粉紅桃、胭脂桃、迎冬桃、崑崙桃、脫核錦紋桃。青州進十色棗：三心棗、紫紋棗、圓愛棗、三寸棗、金槌棗、牙美棗、鳳眼棗、酸味棗、蜜波棗、（缺）。南

留進五色櫻桃：粉櫻桃、蠟櫻桃、紫櫻桃、朱櫻桃、大小木櫻桃。蔡州進三種栗：巨栗、紫栗、小栗。酸棗進十色李：玉李、橫枝李、蜜甘李、牛心李、綠紋李、半斤李、紅垂李、麥熟李、紫色李、不知熟李。揚州進：楊梅、枇杷。江南進：銀杏、櫃子。湖南進三色梅：紅紋梅、弄黃梅、二圓成梅。閩中進五色荔枝：綠荔枝、紫紋荔枝、赭色荔枝、丁香荔枝、淺黃荔枝。廣南進八般木：龍眼木、梭木、榕木、橘木、胭脂木、桂木、根木、柑木。易州進二十四相牡丹：赭紅、赭木、鞓紅、壞紅、淺紅、飛來紅、袁家紅、起州紅、醉妃紅、起台紅、雲紅、天外黃、一拂黃、軟條黃、冠子黃、延安黃、先春紅、顫風嬌。

天下共進花卉草木鳥獸魚蟲，莫知其數，此不具載，詔起西苑十六院：景明一、迎暉二、棲鸞三、晨光四、明霞五、翠華六、文安七、積珍八、影紋九、儀鳳十、仁智十一、清修十二、寶林十三、和明十四、綺陰十五、絳陽十六。皆帝自製名。院有二十人，皆擇宮中嬪麗謹厚有容色美人實之。每一院，選帝常幸御者為之首。每院有宦者，主出入市易。

又鑿五湖，每湖方四十里：南曰迎陽湖，東曰翠光湖，西曰金明湖，北曰潔水湖，中曰廣明湖。湖中積

土石為山，構亭殿，曲屈盤旋廣袤數千間，皆窮極人間華麗。又鑿北海，周環四十里。中有三山，效蓬萊、方丈、瀛洲，上皆台榭迴廊。水深數丈，開溝通五湖四海。溝盡通行龍鳳舸。帝常泛東湖。帝因製《湖上曲‧望江南》八闋：

湖上月，偏照列仙家。水浸寒光鋪象簟，浪搖晴影走金蛇。偏稱泛靈槎。光景好，輕彩望中斜。清露冷侵銀兔影，西風吹落桂枝花。開宴思無涯。

湖上柳，煙裡不勝垂。宿露洗開明媚眼，東風搖弄好腰肢。煙雨更相宜。環曲岸，陰覆畫橋低。線拂行人春晚後，絮飛晴雪暖風時。幽意更依依。

湖上雪，風急墮還多。輕片有時敲竹戶，素華無韻入澄波。煙水玉相磨。湖水遠，天地色相和。仰面莫思梁苑賦，朝尊且聽玉人歌。不醉擬如何？

湖上草，碧翠浪通津。修帶不為歌舞綬，濃鋪堪作醉人茵。無意襯香衾。晴霽後，顏色一般新。遊子不歸生滿地，佳人遠意寄青春。留詠卒難伸。

湖上花，天水浸靈葩。浸蓓水邊勻玉粉，濃苞天外剪明霞。只在列仙家。開爛熳，插鬢若相遮。水殿春寒微冷豔，玉軒清照暖添華。清賞思何賒。

湖上女，精選正宜身。輕恨昨離金殿侶，相將今是

採蓮人。清唱滿頻頻。軒內好，嬉戲下龍津。玉琯朱弦聞畫夜，踏青鬥草事青春。玉輦是群真。

湖上酒，終日助清歡。檀板輕聲銀線暖，醅浮春米玉蛆寒。醉眼暗相看。春殿曉，仙豔奉杯盤。湖上風煙光可愛，醉鄉天地就中寬。帝主正清安。

湖上水，流繞禁園中。斜日暖搖清翠動，落花香緩眾紋紅。蘋末起清風。閒縱目，魚躍小蓮東。泛泛輕搖蘭棹穗，沉沉寒影上仙宮。遠意更重重。

帝常遊湖上，多令宮中美人歌此曲。

譯文

　　我家世世代代好收藏古書、古器皿，只有隋煬帝的事跡收得最詳備，文字都是其他書中所不記載的。於是就將它編成一篇記，希望傳給喜歡異聞軼事的人，使他們能見聞到一些從來也不曾見聞過的事情。

　　煬帝生於仁壽二年。生時滿天紅光，宮中的人都很吃驚，這時，牛馬也都鳴叫起來。他母親產前夢見有條龍從自己體內出來，向高空飛騰十餘里，然後跌落到地下，尾巴立即摔斷了。她就將夢中所見奏報文帝。文帝默然沉思，沒有回答。

　　煬帝名廣 [①]。三歲時，在文帝前遊戲，文帝抱了他在窗前撫愛逗玩，與他親熱了很久，說：「這孩子長相極尊貴，只恐怕將來要毀了我們帝王家的事業。」從此，文帝雖然仍愛楊廣，但心裡已不想把帝位傳給他了。楊廣十歲時，喜歡看書，凡古今書傳，以至於藥方、天文、地理、技藝、方術、命相等，無

[①] 　此處張夢錫本原作「帝名勇」，又有「雖愛而不意於勇」之語，與後文帝欲立勇為帝矛盾，諸本無「名勇」二字，煬帝名廣，今據史改。

不通曉。然而生性偏僻忍心，狡獪多疑，總好探求別人深藏的心思。

那時，楊素有戰功，正被文帝重用，楊廣用盡心計與他結交。文帝得病，內外都沒有人知道。當時，皇后也正好身體不安，有十幾天時間，兩宮之間互不通候，不知對方是否安好。楊廣坐在便室裡，請來楊素商量說：「您是國朝元老，能處理好我家的事情的人，只有您。」便暗暗地握着楊素的手說：「您若讓我實現心願，我也終身報答您。」楊素說：「您等着吧，我自會有辦法的。」

楊素進宮去問候文帝的病，文帝見楊素來，便坐了起來，對他說：「我曾經親臨戰場，面對利刃，冒着箭雨飛石，出生入死，與你一同戰鬥過，才享有今天的尊貴。我自己想想，這場病是逃不過去的，不能再治理天下事了。倘若我死了，你就立我的兒子楊勇為帝。如果你違背了我的話，我死後也要殺了你的。這件事我不告訴別人。你要是立我家族中別的人，我是死不瞑目的。」楊素說：「太子是楊廣，國之立本，不可屢屢更改，老臣不敢遵命。」文帝非常慎懣，便大聲喊左右的人說：「把我兒子楊勇叫來！」氣就哽塞住了，他轉過臉去向着裡面不說話。

楊素就出來，對楊廣說：「事情還不行，你再等着吧。」過一會，侍候的人出來報告楊素說：「皇上叫人不應，喉嚨裡

有咿咿呦呦的聲音。」楊廣向楊素下拜說:「我願把我的一生託付給您。」楊素急忙入內,文帝已駕崩了,就先不發喪。次日,楊素將遺詔藏在袖子裡而宣佈立帝。那時朝廷中文武百官還甚麼也不知道。楊素手執祭祀用的珪璧對百官說:「文帝有遺詔,立太子楊廣為帝,誰不服從,就地處決。」左右侍者就扶着楊廣上殿,楊廣一雙腿軟弱無力,有三四次都搖搖晃晃地要跌倒,上不了殿。楊素下殿,叫左右人讓開,把手伸了過去扶持他,楊廣緊緊拉住,才上了殿。百官無不歎息。楊素回家,對家裡人說:「這小子我已經把他給提起來,讓他當了皇帝,就不知道此事辦得妥當不妥當?」

楊素自恃有功,見了煬帝多稱他為郎君。曾在內殿陪煬帝宴飲,宮女偶然不小心打翻酒,弄髒了楊素的衣服,楊素發怒,當場就叫左右拉下殿去,給她一頓板子。煬帝心裡很恨他,但隱忍着不表露出來。有一天,煬帝與楊素在池邊釣魚,兩人並坐在一起,左右侍者張設了黃羅傘給他們遮太陽。煬帝起身上廁所,回來時見楊素坐在黃羅傘下,風度長相俊秀奇異,看去威儀堂堂,煬帝大為疑慮猜忌。煬帝喜歡享受,有些事情卻不能如願,被楊素提出異議給阻止了,因此越加生出要加害楊素的心思。正值楊素病死,煬帝說:「假如楊素不死,我要滅他九族!」

在此之前,楊素去上朝,出門,看見文帝拿把金斧頭來追

趕他，説：「你這個賊種，我想要立楊勇為帝，你竟敢不聽我的話，今天我一定要殺了你！」楊素驚恐地呼喊，逃回家裡，叫來他兩個子侄，對他們説：「我死定了，因為我見到了文帝，他已經説這話了。」不到一個時辰，楊素就死了。

自從楊素死後，煬帝更肆無忌憚，便開闢了周邊二百里的土地，作為西苑，用於勞役的人力常多至百萬。苑內造十六個院，堆土疊石造山，開掘水池作成五湖四海。下達詔書要全國各地將特有的鳥獸草木，運送到京師裡來。

銅台進貢的梨有十六種，即黃色梨、紫色梨、玉乳梨、臉色梨、甘棠梨、輕消梨，蜜味梨、墮水梨、圓梨、木唐梨、坐國梨、天下梨、水全梨、玉沙梨、沙味梨、火色梨。陳留進貢的桃有十種，即金色桃、油光桃、銀桃、烏蜜桃、餅桃、粉紅桃、胭脂桃、迎冬桃、崑崙桃、脱核錦紋桃。青州進貢的棗有十種，即三心棗、紫紋棗、圓愛棗、三寸棗、金槌棗、牙美棗、鳳眼棗、酸味棗、蜜波棗等。南留進貢的櫻桃有五種，即粉櫻桃、蠟櫻桃、紫櫻桃、朱櫻桃、大小木櫻桃。蔡州進貢的栗有三種，即巨栗、紫栗、小栗。酸棗進貢的李有十種，即玉李、橫枝李、蜜甘李、牛心李、綠紋李、半斤李、紅垂李、麥熟李、紫色李、不知熟李。揚州進貢的是楊梅、枇杷。江南進貢的是銀杏、榧子。湖南進貢的是三種梅，即紅紋梅、弄黃梅、二圓成梅。閩中進貢的是五種荔枝，即綠荔枝、紫紋荔

枝、赭色荔枝、丁香荔枝、淺黃荔枝。廣南進貢了八種樹木，即龍眼樹、梭樹、榕樹、橘樹、胭脂樹、桂樹、根樹、柑樹。易州進貢了二十四種花色的牡丹，即赭紅、赭木、輕紅、壞紅、淺紅、飛來紅、袁家紅、起州紅、醉妃紅、起台紅、雲紅、天外黃、一拂黃、軟條黃、冠子黃、延安黃、先春紅、顫鳳嬌等。

全國各地總共進貢的花卉、草木、鳥獸、魚蟲，不知其數，這裡不能一一記載了。詔令建造西苑十六院，即景明、迎暉、棲鸞、晨光、明霞、翠華、文安、積珍、影紋、儀風、仁智、清修、寶林、和明、綺陰、絳陽。都是煬帝自己定的名稱。每院二十人，都挑選宮內佳麗中為人細心忠厚、有姿色的美人去住。每一院選出一名煬帝最喜愛、常與他親熱的人為頭頭。每院還有太監，掌管出入購買等事。

又開挖了五湖，每湖方圓四十里。即南叫迎陽湖，東叫翠光湖，西叫金明湖，北叫潔水湖，中叫廣明湖。湖中堆起泥土石塊來做成山，構築亭台宮殿，曲折盤旋，廣大到幾千間房屋，都是人世間最最華麗的。又開掘了北海，環海四十里。水中有三山，仿效蓬萊、方丈、瀛洲三仙島，上面都建有台榭迴廊，水深數丈，開溝渠通五湖四海。溝渠都能通行龍舟鳳舸。煬帝常常乘船遊玩東湖。還因此填寫了雙調《望江南‧湖上曲》詞八首，詞說：

「湖上的月啊，你照見的是一群神仙。水浸着寒光恰似鋪着象牙席子，浪搖着倒影又見無數金蛇蜿蜒。人如同乘坐仙筏上天。光景真妙啊，斜照的月彩望似輕煙。寒冷的清露打濕了天上玉兔，西風又吹落月宮中桂子點點。開宴時令人遐想無邊。

湖上的柳啊，煙霧般長條若不勝情。夜露洗滌後睜開明媚的柳眼，東風搖弄時扭動苗條的腰身。她在煙雨中更為相稱。繞着曲岸啊，畫橋上低低覆蓋濃陰。晚春後枝似金線拂着來去過客，暖風時絮如飛雪天空一片晴明。深情地更又依依向人。

湖上的雪啊，風勁吹紛紛飄墜更多。輕盈的雪片有時敲打着竹窗，潔白的雪花無聲地落入清波。煙水上好似白玉相磨。湖水寥闊啊，天空與大地顏色相和。仰面時不必去想梁苑作賦，舉起杯且來聽聽玉人唱歌。對此景不解又將如何？

湖上的草啊，碧綠似波浪直達湖津。長長的裙帶不為歌女舞姬而繫，濃濃地平鋪正好作醉人的綠茵。它無意去配錦褥香衾。雨過天晴啊，顏色全都鮮嫩如新。遊子不歸滿地都生出對遠道的思念，佳人懷念遠方藉以寄託自己的青春。吟詠也難以表達深情。

湖上的花啊，水中天浸着閬苑仙葩。倒映在水邊的蓓蕾如美人敷上香粉，濃麗的花苞又似天外剪來一段明霞。她只生長在群仙之家。爛漫開放啊，鬢邊插人面如被掩遮。水邊宮殿春

寒她也帶着微冷，玉砌樓房日照使她暖意增加，興味長賞玩何等清雅！

　　湖上少女啊，精心挑選來都很相稱。昨日離別金殿裡的情侶心有微恨，今朝她們相約相伴成了採蓮的人。唱不完那清脆的歌聲。椒房裡好啊，嬉戲中得蒙君王寵幸。吹管撥弦的奏樂聲日夜可聞，趁春天正好踏青鬥草比輸贏。伴車駕真是一群仙人。

　　湖上的酒啊，終日裡能助彼此心歡。檀板輕敲中酒瀉如銀線融融意暖，新醅美酒浮春米好似玉蛆般消寒。蒙矓中醉眼偷愉相看。春殿早晨啊，仙女豔姬都捧來杯盤，湖面上輕煙微風光景多麼可愛，醉鄉裡天地無際就數此中最寬。君王此刻正安逸消閒。

　　湖上的水啊，縈繞着流向禁園之中。斜日暖暖地照着碧波搖動，落花片片地漂浮水紋都紅。青蘋之末起一陣清風。閒中眺望啊，魚兒跳躍在小蓮之東。畫船平穩前進輕輕把木蘭槳划動，深深的寒水中倒影都像上了天宮。這情意更是悠悠無窮。」

　　煬帝經常遊於湖上，總是命宮中的美女來唱這支曲子。

隋煬帝海山記下

原著　缺名

　　大業六年，後苑草木鳥獸繁息茂盛。桃蹊李徑，翠蔭交合，金猿青鹿，動輒成群。自大內開為御道，通西苑，夾道植長松高柳。帝多幸苑中，無時，宿御多夾道而宿，帝往往中夜即幸焉。

　　一夕，帝泛舟遊北海，惟宮人數十輩。帝升海山殿，是時月初朦朧，晚風輕軟，浮浪無聲，萬籟俱息。俄水上有一小舟，只容兩人。帝謂十六院中美人。泊至，有一人先登贊道，唱：「陳後主謁帝。」帝意恍惚，亦忘其死。帝幼年於後主甚善，乃起迎之。後主再拜，帝亦鞠躬勞謝。既坐，後主曰：「憶昔與帝同隊戲，情愛甚於同氣。今陛下富有四海，令人欽服。始者謂帝將致理於三王之上，今乃甚取當時樂以快平生，亦甚美事。

聞陛下已開隋渠，引洪河之水，東遊維揚，因作詩來奏。」乃探懷出詩，上帝。詩曰：

「隋室開茲水，初心謀太奢。

一千里力役，百萬民吁嗟。

水殿不復反，龍舟興已遐。

鶖流催白浪，觸浪噴黃沙。

兩人迎客溯，三月柳飛花。

日腳沉雲外，榆梢噪暝鴉。

如今投子欲，異日便無家。

且樂人間景，休尋漢上槎。

東喧舟艤岸，風細錦帆斜。

莫言無後利，千古壯京華。」

帝觀書，拂然慍曰：「死生，命也。興亡，數也。爾安知吾開河為後人之利？」帝怒叱之。後主曰：「子之壯氣，能得幾日？其終始更不若吾。」帝乃起而逐之，後主走，曰：「且去！且去！後一年，吳公台下相見。」乃投於水際。帝方悟其死。帝兀坐不自知，驚悸移時。

一日，明霞院美人楊夫人喜報帝曰：「酸棗邑所進玉李，一夕忽長，陰橫數畝。」帝沉默甚久，曰：「何故而忽茂？」夫人云：「是夕，院中聞空中若有千百人，語言切切，云：『李木當茂。』洎曉看之，已茂盛如此。」帝

欲伐去。左右或奏曰：「木德來助之應也。」又一夕，晨光院周夫人來奏云：「楊梅一夕忽爾繁盛。」帝喜，問曰：「楊梅之茂，能如玉李乎？」或曰：「楊梅雖茂，終不敵玉李之盛。」帝自於兩院觀之，亦自見玉李至繁茂。後梅李同時結實，院妃來獻。帝問二果孰勝，院妃曰：「楊梅雖好，味清酸，終不若玉李之甘。苑中人多好玉李。」帝歎曰：「惡楊好李，豈人情哉，天意乎！」後帝將崩揚州，一日，院妃報楊梅已枯死。帝果崩於揚州。異乎！

一日，洛水漁者獲生鯉一尾，金鱗赤尾，鮮明可愛。帝問漁者之姓。姓解，未有名。帝以朱筆於魚額書「解生」字以記之，乃放之北海中。後帝幸北海，其鯉已長丈餘，浮水見帝，其魚不沒。帝時與蕭院妃同看，魚之額朱字猶存，惟「解」字無半，尚隱隱「角」字存焉。蕭后曰：「鯉有角，乃龍也。」帝曰：「朕為人主，豈不知此意？」遂引弓射之。魚乃沉。

大業四年，道州貢矮民王義，眉目濃秀，應對甚敏。帝尤愛之。常從帝遊，終不得入宮。帝曰：「爾非宮中物。」義乃自宮。帝由是愈加憐愛，得出入。帝臥內寢，義多臥榻下；帝遊湖海回，義多宿十六院。

一夕，帝中夜潛入棲鸞院。時夏氣暄煩，院妃牛慶兒臥於簾下。初月照軒，頗明朗，慶兒睡中驚魘，若不

救者。帝使義呼慶兒，帝自扶起，久方清醒，帝曰：「汝夢中何苦如此？」慶兒曰：「妾夢中如常時。帝握妾臂，遊十六院。至第十院，帝入坐殿上。俄而火發，妾乃奔走。回視帝坐烈焰中，妾驚呼人救帝。久方睡覺。」帝性自強，解曰：「夢死得生。火有威烈之勢，吾居其中，得威者也。」大業十年，隋乃亡，入第十院，帝居火中，此其應也。

龍舟為楊玄感所燒。後敕揚州刺史再造，制度又華麗，仍長廣於前舟。舟初來進，帝東幸維揚，後宮十六院皆隨行。西苑令馬守忠別帝曰：「願陛下早還都輦，臣整頓西苑以待乘輿之來。西苑風景台殿如此，陛下豈不思戀，捨之而遠遊也？」又泣下，帝亦愴然，謂守忠曰：「為吾好看西苑，無令後人笑吾不解裝景趣也！」左右亦疑訝。帝御龍舟，中道，夜半，聞歌者甚悲。其歌曰：

「我兄征遼東，餓死青山下。

今我挽龍舟，又困隋堤道。

方今天下飢，路糧無些少。

前去三十程，此身安可保。

寒骨悗荒沙，幽魂泣煙草。

悲損閨內妻，望斷吾家老。

安得義男兒，憫此無主屍。

引其孤魂回，負其白骨歸。」

帝聞其歌，遂遣人求其歌者，至曉不得其人。帝頗徊徨，通夕不寢。揚州朝百官，天下朝貢無一人至。有來者在路，乃兵奪其貢物。帝猶與群臣議，詔十三道起兵，誅不朝貢者。帝知世祚已去，意欲遂幸永嘉，群臣皆不願從。

帝未遇害前數日，帝亦微識玄象，多夜起觀天，乃召太史令袁充，問曰：「天象如何？」充伏地泣涕曰：「星文太惡，賊星逼帝坐甚急。恐禍起旦夕，願陛下遽修德滅之。」帝不樂，乃起，入便殿挽膝俯首不語。乃顧王義曰：「汝知天下將亂乎？汝何故省言而不告我也？」義泣對曰：「臣遠方廢民，得蒙上恩，自入深宮，久膺聖澤。又常自宮，以近陛下。天下大亂，固非今日，履霜堅冰，其來久矣。臣料大禍，事在不救。」帝曰：「子何不早教我也？」義曰：「臣不早言。言，即臣死久矣。」帝乃泣下，曰：「卿為我陳成敗之理。朕貴知也。」

翌日，義上書云：

「臣本出南楚卑薄之地，逢聖明為治之時。不愛此身，願從入貢。臣本侏儒，性尤蒙滯。出入金馬，積有歲華，濃被聖私，皆逾素望，侍從乘輿，周旋台閣。臣

雖至鄙，酷好窮經，頗知善惡之本源，少識興亡之所自。還往民間，頗知利害。深蒙顧問，方敢敷陳。

「自陛下嗣守元符，體臨大器，聖神獨斷，諫諍莫從，獨發睿謀，不容人獻。大興西苑，兩至遼東，龍舟逾於萬艘，宮闕遍於天下，兵甲常役百萬，士民窮乎山谷。征遼者百不存十，沒葬者十未有一。帑藏全虛，穀粟踴貴。乘輿竟往，行幸無時，兵士時從，常逾萬人。遂令四方失望，天下為墟。方今百姓之賦，存者可計。子弟死於兵役，老弱困於蓬蒿，兵屍如嶽，餓殍盈郊，狗彘厭人之肉，鳥鳶食人之餘。聞臭千里，骨積高山，膏血野草，狐鼠盡肥，陰風無人之墟，鬼哭寒草之下。目斷平野，千里無煙。殘民削落，莫保朝昏，父遺幼子，妻號故夫。孤苦何多，饑荒尤甚。亂釁方始，生死孰知。人主愛人，一何如此？

「陛下情性毅然，孰敢上諫。或有鯁言，又令賜死，臣下相顧，鉗結自全。龍逢復生，安敢議奏？上位近臣，阿諛順旨，迎合帝意，造作拒諫。皆出此途，乃逢富貴。陛下過惡，從何得聞？

「方今又敗遼師，再幸東土，社稷危於春雪，干戈遍於四方，生民方入塗炭，官吏猶未敢言。陛下自惟，若何為計？陛下欲幸永嘉，坐延歲月。神武威嚴，一何消

爍？陛下欲興師則兵吏不順，欲行幸則侍衛莫從。帝當此時，如何自處？陛下雖欲發憤修德，特加愛民。聖慈雖切救時，天下不可復得。大勢已去，時不再來。巨廈將顛，一木不能支；洪河已決，掬壤不能救。

「臣本遠人，不知忌諱。事忽至此，安敢不言？臣今不死，後必死兵，敢獻此書，延頸待盡。」

帝省義奏，曰：「自古安有不亡之國，不死之主乎？」義曰：「陛下尚猶蔽飾己過。陛下平日，常言：『吾當跨三皇，超五帝，下視商周，使萬世不可及。』今日其勢如何？能自復回都輦乎？」帝乃泣下，再三加歎。義曰：「臣昔不言，誠愛生也；今既具秦，願以死謝也。天下方亂，陛下自愛。」少選，報云：「義已自刎矣。」帝不勝悲傷，特命厚葬焉。

不數日，帝遇害。時中夜，聞外切切有聲。帝急起，衣冠御內殿。坐未久，左右伏兵俱起，司馬戩攜刃向帝。帝叱之曰：「吾終年重祿養汝。吾無負汝，汝何負我！」帝常所幸朱貴兒在帝旁，謂戩曰：「三日前，帝慮侍衛薄衣小寒，有詔：宮人悉絮袍褲。帝自臨視之。數千袍兩日畢工。前日賜公。第豈不知也？爾等何敢逼脅乘輿？」乃大罵戩。戩曰：「臣實負陛下，但目今二京已為賊據，陛下歸亦無路，臣死亦無門。臣已萌逆節，雖

欲復已，不可得也。願得陛下首以謝天下。」乃攜劍上殿。帝復叱曰：「汝豈不知諸侯之血入地尚大旱，況人主乎？」戡進帛。帝入內閣自絕。賁兒猶大罵不息，為亂兵所殺耳。

譯文

　　大業六年，後苑的草木生長茂盛，鳥獸繁殖興旺。桃李樹下，小徑縱橫，翠蔭交合，猿猴麋鹿，成群結隊。從皇宮裡開闢出一條專用的道路，直通西苑；路兩旁都種植高大的青松楊柳。煬帝經常去遊西苑，而且去來時間不定，侍衛人員常常只好在夾道中過夜，因為煬帝有時半夜裡也要去。

　　有一天晚上，煬帝乘船遊北海，只有十幾名太監跟隨着。煬帝登上海山殿。當時月色朦朧，晚風輕軟，波浪無聲，萬籟俱寂。忽然看到水上有一條小船，只坐着兩個人，煬帝還以為是十六院中的美人。等到船靠岸，前面一個先登岸來通報說：「陳後主謁見皇上。」煬帝這時心中恍恍惚惚，也忘記他是已死的人了。──煬帝幼年時與後主很要好，就起身相迎。後主拜了幾拜，煬帝也躬身答禮。彼此坐定後，後主說：「回憶從前與陛下一道遊戲，友愛之情比同胞手足還深。今天陛下已富有四海，令人實在佩服。皇帝登位之初，說是要使自己治國理政的業績超過上古三王，現在倒很以幼年時那樣的遊戲玩樂來快慰平生，這也是很美的事。聽說陛下已開掘了隋渠，引來了

黃河的水，要東遊維揚，所以我作了一首詩來進獻。」說着從懷裡掏出詩來，送給煬帝。詩說：

「隋皇帝開了這條渠水，當初想的就過於豪奢。

一千里河要耗多少勞力，唉聲歎氣有上百萬人家。

臨水的宮殿已不再返回，乘龍舟早使你逸興無涯。

畫船航行的水流催着白浪，船頭激起波濤如噴射黃沙。

兩個人逆流前去迎客，三月裡柳樹正在飛花。

沉沉的雲頭外日光下徹平地，榆樹的枝頭上已聒噪着暮鴉。

如今一切都滿足了你的慾望，有朝一日你也可能不再有家。

姑且對人間美景盡情享樂，別再找上月宮的江漢靈槎。

往東去船隻經過的兩岸喧鬧不絕，微風中一望無盡的錦帆燦若雲霞。

不要說沒有為後人謀福利，為京都增添壯麗千古堪誇。」

煬帝看完詩，將衣袖一拂，很生氣地說：「生與死，是命數；興與亡，是天意。你怎麼知道我開河是為後人謀福利？」煬帝怒氣沖沖地將他罵了一頓。後主說：「你的氣很壯，但不知能保持多久？恐怕到頭來比我還不如呢。」煬帝起身要追趕他，後主邊跑邊說道：「你去吧，你去吧！一年以後，我們在吳公台下再見！」便跑到水邊隱沒不見了。這時，煬帝才想

起後主是早已死了的。煬帝一動不動地坐着發呆，驚悸了好長時間。

　　有一天，明霞院美人楊夫人報告煬帝説：「酸棗邑進貢的玉李樹，有天夜裡忽然很快地生長，樹蔭相聯好幾畝地。」煬帝沉默了好久，説：「甚麼原因使它忽然茂盛起來的呢？」夫人説：「那一個晚上，院內的人都聽到空中好像有千百個人在低聲地説話，説是『李樹應當茂盛了』。待到天亮時去看，已經繁茂成這樣。」煬帝想要把這些李樹砍掉，左右有人勸奏説：「這是五行之中的木德來幫助隋室的兆頭吧。」又一個晚上，晨光院中的周夫人來奏告説：「院中的楊梅樹一夜之間忽然繁茂起來了。」煬帝很高興，就問：「楊梅的繁茂有像玉李那樣嗎？」有人説：「楊梅雖然也不錯，終不及玉李更茂盛。」煬帝自己到兩個院子裡去看，也看到玉李極其茂盛。後來楊梅和玉李都同時結了果，院妃前來進獻。煬帝就問兩種果子哪一種好。院妃説：「楊梅雖好，味道帶酸，終不如玉李的甘甜更好。」煬帝歎息説：「惡楊好李，哪裡是人情如此呢，看來是天意吧。」後來煬帝在揚州臨死前，一天，院妃報告，楊梅已枯死了。果然，煬帝就駕崩於揚州。多怪呀！

　　有一天，洛水的漁夫捕到一條鯉魚，金鱗赤尾，鮮明可愛。煬帝問漁夫姓甚麼。他説姓解，沒有起過名字。煬帝就拿朱筆在魚額頭題寫了「解生」二字作為記號，將它放到北海

中。後來，煬帝去遊北海，這鯉魚長得有一丈多了。浮出水面來，見了煬帝也不下沉。當時，煬帝與蕭院妃一同在觀看，魚額頭上的朱字還在，只是「解」字的一半已沒有了，還隱隱可見「角」字留着。蕭后説：「鯉魚有角，就是龍啊！」煬帝説：「我身為皇帝，難道會不知道這意思嗎？」便拉開弓射魚，魚就潛入水底了。

大業四年，道州進獻了一名矮人叫王義。他生得濃眉秀目，口齒伶俐，回答問題非常機敏，煬帝特別喜歡他。他常常跟着煬帝出遊，但始終不能入宮。煬帝説：「你是不可以進入宮中的人。」王義就閹割了自己。煬帝從此對他愈加憐愛了，讓他出入於宮中。煬帝睡在內宮寢殿中，王義就常常睡在他床榻的下方；煬帝遊湖海回來，王義常隨宿於十六院。

有一個晚上，煬帝半夜裡偷偷到棲鸞院。當時夏季暑氣煩熱，院妃牛慶兒就在簾子下面睡。剛上來的月亮照着窗子，十分明朗。慶兒睡中夢魘驚叫，好像沒救了的樣子。煬帝叫王義喊醒慶兒，自己也上去將她扶起，慶兒過了好一會才清醒過來。煬帝問：「你睡夢中為甚麼這樣驚叫？」慶兒説：「我夢見同平時一樣，皇上握着我的手臂，去遊十六院。到第十院，皇上進院坐在殿上。一會兒起火了，我就奔跑。回頭看見皇上坐在熊熊烈火之中。我驚恐地拚命喊，叫人來救皇上。過了好久才醒過來。」煬帝個性要強，便解釋説：「夢見死反而能生。

火有威烈之勢，我在其中，當是我能獲得威勢的兆頭。」大業十年，隋室開始趨向滅亡。進第十院，煬帝處於火中，就是這夢的應驗。

龍舟被楊玄感燒毀。後來又敕令揚州刺史再造，規格比以前的龍舟更長更寬，造得比原來的更華麗。龍舟剛造好來進獻，煬帝就東遊維揚，後宮十六院的人都隨駕東行。西苑就命馬守忠管理，守忠送別煬帝時說：「但願陛下的車駕能早日返回都城，臣整頓好西苑恭候陛下乘車前來。西苑有這樣好的風景樓台，陛下難道不思戀而拋棄它去遠遊嗎？」說着又流淚哭泣起來。煬帝心裡也一陣淒愴，就對守忠說：「為我好好地看管着西苑吧，別讓後人嘲笑我不懂得裝點景物雅趣呀！」左右之人都為這些不祥的話感到疑惑驚訝。煬帝乘着龍舟，中途半夜裡，聽到有人在唱歌，唱得十分悲苦。歌說：

「我哥哥去征伐遼東，在青山下飢餓死亡。

如今我為龍舟拉繂，又被困在隋堤道上。

正當天下都在捱餓，一路幾乎沒有口糧。

還得再趕三十站路，我這條命哪得保障！

屍骨在荒沙裡悲悱，幽魂在煙草中憂傷。

閨房內哭壞了妻子，望兒歸盼殺了爹娘。

怎能有仗義的男兒，憐憫他野死無人葬。

引導他的孤魂歸去，背他白骨返回故鄉！」

煬帝聽了歌，便派人去尋找唱歌的人，找到天亮也沒有找到這個人。煬帝心裡反覆想着這件事，通宵睡不着覺。百官在揚州朝見煬帝，全國各地的朝貢使沒有一個來的。有來的走在半路上就被兵士搶去了貢物。煬帝還與群臣商議，下詔書要十三道①起兵，誅殺那些不來朝貢的人。煬帝知道楊家的帝業大勢已去，心想前往永嘉，臣僚們都不願意跟着去。

　　煬帝在遇害的前幾天，他也略懂些玄理天象，就常夜間起來觀天。他召來太史令袁充，問道：「你看天象怎麼樣？」袁充伏地哭泣説：「星相太凶險了，賊星逼皇帝的星座很急。恐怕有災禍要起於旦夕之間，希望陛下趕快修德舉福消除災禍。」煬帝悶悶不樂，便起身到便殿中，抱着膝，低着頭，不説話。他看了看王義説：「你知道天下將要大亂了嗎？你為甚麼很少説話而不肯提醒我呢？」王義哭泣着回答説：「臣是遠方的一個殘廢人，卻能蒙皇上恩典。自從我來到深宮後，長久來，總得到聖上的恩澤，又曾自閹，以接近陛下。天下大亂，本不是今天才發生的，一地濃霜，三尺堅冰，寒冷由來已久了。臣預料將有大禍臨頭，事情是無法挽救的。」煬帝説：「你為甚麼不早些教我呢？」王義説：「臣是沒有早説。説了，臣已經死去好久了。」煬帝於是哭泣道：「你就給我講講成敗的道理吧，

_____

① 大區。

我覺得知道原因是重要的。」

　第二天，王義就上書説：

「臣出生在被人瞧不起的南楚，正逢聖明治理天下之時，不吝惜自己的身體，願意隨入貢者來到皇上身邊。臣是個侏儒，生性更是愚鈍。進出於皇宮金馬門已有好些年頭了。所受聖上的多方厚愛，都超過了平素所期望的，還侍從車駕到各官署周旋。臣雖則很鄙陋，但極喜歡研讀經書，知道一點善惡的起源，也識得些興亡之根由。在民間來來去去，略知事情的利害。蒙皇上深切顧問，才敢陳述自己之所見。

「自從陛下繼承帝業，君臨天下，只憑聖明獨斷專行，從不接受臣下的勸諫批評；獨自運用自己的智慧，而不讓別人獻計獻策。大興土木建造西苑，兩次遠到遼東；龍舟超過萬艘，宮殿遍於天下。徵兵常多至百萬，使山谷裡都難找老百姓了。去征遼的，一百個人活下來的不到十個，得到埋葬的卻十個沒有一個。國庫裡的錢全空了，糧食價格飛漲。皇上的車駕竟還出遊，也不定時間，説去就去，兵士跟隨而行，常常超過萬人。這樣就使四方人民失望，天下都變成了丘墟。如今百姓手裡的錢，已所存無幾，年輕人死於兵役，老弱被困於野草荒地之中，士兵的屍體已成山嶽，飢餓倒斃的人遍於郊野，豬狗都以人肉為食，飛鳥啄食着殘餘的軀體。臭氣千里可聞，白骨堆積如山，鮮血塗滿草野，狐狸老鼠都被餵肥了。陰風在無人的

廢墟上吹過，冤鬼在秋草之下哭泣。放眼平野一望，千里不見人煙。幸存的百姓遭到殘害，朝不保夕；做父親的離開人世，丟下幼小的兒子，做妻子的號哭她死去的丈夫。孤苦的人不知有多少，饑荒更為嚴重。禍亂才剛剛開始，今後的死活又誰能知道。君主愛百姓，為甚麼竟到達如此地步呢？

「陛下性情很不隨和，誰又膽敢上陳諫言。有誰話說得鯁直些，就下令賜死，臣僚相顧失色，大家閉口不言，以求自保。即使是古代最敢直諫的關龍逢再活過來，又怎敢再有所奏議呢？身居高位的近臣，阿諛順從，迎合皇上的心意，想理由來拒絕諫言。只要都這樣做去，就能享有榮華富貴。陛下的過錯和作的孽，又能從哪裡聽到呢？

「現在征遼的軍隊剛剛失敗，又再東遊維揚，國家危亡之勢如同春天裡的雪花，干戈遍於四方，生靈正在塗炭，官吏們還是不敢講話。陛下自己想想，還能有甚麼辦法呢？陛下想要到永嘉去，藉那種苟延時日，以往那種英武威嚴，為甚麼全都不見了呢？陛下想要興兵討伐，將士們不肯聽命；想要離此南去，侍衛們又不願跟從。遇到這種時候，又能如何自處呢？陛下即使想要發憤修德造福，加倍地愛民，聖明仁慈的舉措即使能切中救助時弊的需要，但天下還是不可能再得到的了。大勢已去，時不再來。大廈將要倒塌了，一根木頭是支撐不住的；大河已經決口了，一捧泥土是無濟於事的。

「臣原是僻遠無知的人，不知道忌諱。事情忽然到了這個地步，怎麼敢不說出來呢？臣即使今天不死，以後也必定會死於亂兵刀劍之下，所以敢於獻上此書，伸出脖子等待處決。」

楊帝看了王義的奏章後說：「自古以來，哪有不亡的國家、不死的君主呢？」王義說：「陛下還在掩飾自己的過失。陛下平時常常說，自己要超越古代的三皇五帝，俯視殷商周朝，使萬世都不可及。今天的情勢又怎樣呢？還能夠自己回車還京都嗎？」楊帝這才流下眼淚，又再三歎息。王義說：「臣從前不肯說這些，確實是貪生，今天已一切都奏明了，我願以一死來謝罪。天下正大亂，望陛下好自珍重！」過一會兒，左右來報告說：「王義已自刎了！」楊帝不勝悲傷，特命給予厚葬。

過不了幾天，楊帝就遇害了。當時，正是半夜裡，聽到外間有竊竊低語之聲。楊帝急忙起身，穿戴好衣服帽子，坐在內殿中。坐不多久，埋伏着的士兵都一擁而出，司馬戡手執刀劍向楊帝走來。楊帝呵叱他說：「我終年到頭以很厚的俸祿養着你。我沒有對不起你的地方，你為甚麼要幹對不起我的事呢？」常被楊帝寵愛的朱貴兒在一旁，對司馬戡說：「三天前，皇上還擔心侍衛們衣服太單薄會受冷，下詔令要宮中之人都換棉袍褲。皇上親自去察看製衣，幾千套棉袍褲兩天就完工了。前天賞賜給你，難道你不知道？你們怎敢來威脅逼迫皇上呢？」於是大罵司馬戡。司馬戡說：「臣子確實有負於陛下。

但如今二京已被賊兵佔領，陛下要想回去也沒有路了，臣要想效死報國也沒有門了。臣已萌生了叛逆的念頭，即使要回復到原先那樣也不可能了。希望能得到陛下的腦袋來向天下百姓謝罪。」說着，便提劍走上殿來。煬帝又呵叱他說：「你難道不知道諸侯的血灑落到地上尚且要發生大旱，何況是皇帝的血呢？」司馬戡就獻上一條絹帛。煬帝便進到內閣中自縊了。朱貴兒還是罵不絕口，被叛亂的士兵所殺。

迷樓記

原著　缺名

　　煬帝晚年，尤沉迷女色。他日，顧謂近侍曰：「人主享天地之富，亦欲極當年之樂，自快其意。今天下安富無外事，此吾得以遂其樂也。今宮殿雖壯麗顯敞，苦無曲房小室，幽軒短檻。若得此，則吾期老於其中也。」近侍高昌奏曰：「臣有友項昇，浙人也，自言能構宮室。」翌日，召而問之。昇曰：「臣先乞奏圖。」後數日，進圖。帝披覽，大悅，即日詔有司，供其材木。凡役夫數萬，經歲而成。樓閣高下，軒窗掩映。幽房曲室，玉欄朱楯，互相連屬，回環四合，曲屋自通。千門萬戶，上下金碧。金虯伏於棟下，玉獸蹲乎戶旁，壁砌生光，瑣窗射日。工巧云極，自古無有也。費用金玉，帑庫為之一虛。人誤入者，雖終日不能出。帝幸之，大喜，顧左

右曰：「使真仙遊其中，亦當自迷也。可目之曰迷樓。」詔以五品官賜昇，仍給內庫帛千匹賞之。詔選後宮良家女數千，以居樓中。每一幸，有經月不出。

是月，大夫何稠進御童女車。車之制度絕小，只容一人，有機處於其中，以機礙女子手足，纖毫不能動。帝以處女試之，極喜。召何稠語之曰：「卿之巧思，一何神妙如此？」以千金贈之，旌其巧也。何稠出，為人言車之機巧。有識者曰：「此非盛德之器也。」稠又進轉關車，用挽之，可以升樓閣如行平地。車中御女則自搖動，帝尤喜悅。帝語稠曰：「此車何名也？」稠曰：「臣任意造成，未有名也，願帝賜佳名。」帝曰：「卿任其巧意以成車，朕得之，任其意以自樂，可名任意車也。」何稠再拜而去。

帝令畫工繪士女會合之圖數十幅，懸於閣中。上官時自江外得替回。鑄烏銅扉八面，其高五尺而闊三尺，磨以成鑑，為屏，可環於寢所，詣闕投進。帝以屏內迷樓，而御女於其中，纖毫皆入於鑑中。帝大喜曰：「繪畫得其象耳，此得人之真容也，勝繪畫萬倍矣。」又以千金賜上官時。

帝日夕沉荒於迷樓，罄竭其力，亦多倦怠。顧謂近侍曰：「朕憶初登極日，多辛苦無睡，得婦人枕而藉之，

方能合目。才似夢，則又覺。今睡則冥冥不知返，近女色則憊，何也？」

他日，矮民王義上奏曰：

「臣田野廢民，作事皆不勝人。生於思薄絕遠之域，幸因入貢，得備後宮掃除之役。陛下特加愛遇，臣嘗一自宮以侍陛下。自茲出入臥內，周旋宮室，方今親信，無如臣者。臣由是竊覽殿中簡編，反覆玩味，微有所得。臣聞精氣為人之聰明。陛下當龍潛日，先帝勤儉，陛下鮮親聲色，日近善人。陛下精實於內，神清於外，故日夕無寢。陛下自數年聲色無數，盈滿後宮，陛下日夕遊宴於其中。非元日大辰，陛下何嘗御前殿？其餘多不受朝。設或引見遠人，非時慶賀，亦日宴坐朝，曾未移刻，則聖躬起入後宮。夫以有限之體而投無盡之慾，臣固知其憊也。

「臣聞古者有野叟獨歌舞於盤石之上，人詢之曰：『子何獨樂之多也？』叟曰：『吾有三樂，子知之乎？』『何也？』叟曰：『人生難遇太平世。吾今不見兵革，此一樂也。人生難得支體全完。吾今不殘疾，此二樂也。人生難得老壽。吾今年八十矣，此三樂也。』其人歎賞而去。陛下享天下之富貴，聖貌軒逸，章龍姿鳳，而不自愛重，其思慮固出於野叟之外。臣蕞爾微軀，難圖報效，

罔知忌諱，上逆天顏。」

因俯伏泣涕。帝乃命引起。翌日，召義語之曰：「朕昨夜思汝言，極有深理。汝真愛我者也。」乃命義後宮擇一靜室，而帝居其中，宮女皆不得入。居二日，帝忿然而出曰：「安能悒悒居此乎？若此，雖壽千萬歲，將安用也！」乃復入迷樓。

宮女無數，後宮不得進御者亦極眾。後宮女侯夫人有美色，一日，自經於棟下。臂懸錦囊，中有文。左右取以進帝，乃詩也。

《自感》三首云：

「庭絕玉輦跡，芳草漸成窠。
隱隱聞簫鼓，君恩何處多？」

「欲泣不成淚，悲來翻強歌。
庭花方爛熳，無計奈春何。」

「春陰正無際，獨步意如何？
不及閒花柳，翻承雨露多。」

《看梅》二首云：

「砌雪無消日，捲簾時自矄。
庭梅對我有憐意，先露枝頭一點春。」

「香清寒豔好，誰識是天真。
玉梅謝後陽和至，散與群芳自在春。」

《妝成》云：

「妝成多自惜，夢好卻成悲。

不及楊花意，春來到處飛。」

《遣意》云：

「秘洞扃仙卉，雕窗鎖玉人。

毛君真可戮，不肯寫昭君。」

《自傷》云：

「初入承明日，深深報未央。

長門七八載，無復見君王。

春寒人骨清，獨臥愁空房，

颯履步庭下，幽懷空感傷。

平日新愛惜，自待聊非常。

色美反成棄，命薄何可量？

君恩實疏遠，妾意徒彷徨。

家豈無骨肉，偏親老北堂。

此身無羽翼，何計出高牆？

性命誠所重，棄割良可傷。

懸帛朱棟上，肝腸如沸湯。

引頸又自惜，有若絲牽腸。

毅然就死地，從此歸冥鄉！」

帝見其詩，反覆傷感。帝往視其屍，曰：「此已死，

顏色猶美如桃李。」乃急召中使許廷輔曰：「朕向遣汝入後宮擇女入迷樓，何故獨棄此人也？」乃令廷輔就獄，賜自盡，厚禮葬侯夫人。帝日誦詩，酷好其文，乃令樂府歌之。帝又於後宮親擇女百人入迷樓。

大業八年，方士□千進大丹，帝服之，蕩思愈不可制，日夕御女數十人。入夏，帝煩躁，日引飲數百杯，而渴不止。醫丞莫君錫上奏曰：「帝心脈煩盛，真元太虛，多引飲，即大疾生焉。」因進劑治之。仍乞置冰盤於前，俾帝日夕朝望之，亦治煩躁之一術也。自茲諸院美人各市冰以為盤，望行幸，京師冰為之踴貴，藏冰之家，皆獲千金。

大業九年，帝將再幸江都。有迷樓宮人靜夜抗歌云：
「河南楊柳謝，河北李花榮。

楊花飛去去何處？李花結果自然成。」

帝聞其歌，披衣起聽，召宮女問之云：「孰使汝歌也？汝自歌之耶？」宮女曰：「臣有弟，民間得此歌，曰：『道途兒童多唱此歌。』」帝默然久之，曰：「天啟之也，人啟之也！」帝因索酒，自歌云：

「宮木陰濃燕子飛，興衰自古漫成悲。

他日迷樓更好景，宮中吐豔變紅輝。」

歌竟，不勝其悲。近侍奏：「無故而悲，又歌，臣

皆不曉。」帝曰：「休問。他日自知也。」後帝幸江都。唐帝提兵號令入京，見迷樓，大驚曰：「此皆民膏血所為也！」乃命焚之。經月火不滅，前謠前詩皆見矣。方知世代興亡，非偶然也。

譯文

　　隋煬帝晚年，特別沉迷於女色。有一天，他回頭對近身的侍者說：「君主享有天地間所有的財富，也想能盡量享受少小時的歡樂，而使自己愉快滿足。現在天下太平富庶，內外無事，這正該是我能實現這種樂事的時候。如今宮殿雖然壯麗、明亮而寬敞，遺憾的是沒有曲折的小房密室、幽深的門窗和短小的欄杆。如果能有這樣的居處，那麼我很想在其中度過自己的晚年。」近侍高昌奏道：「臣有個朋友項昇，是浙江人，自稱擅長構建宮室。」次日，就召項昇來問。項昇說：「讓臣先奏進圖樣，請皇上御覽。」幾天後，進上圖樣，煬帝打開看了，非常高興。當天就詔令有關部門，供給用料木材。共役使勞力數萬人，花了一年多時間才建成。樓閣高低參差，門窗彼此掩映。幽深曲折的房間，白玉的、朱紅的直橫欄杆，互相連接，回環四合。曲屋之間，自然溝通。千門萬戶，上下金碧。金雕的虯龍蟄伏在樑棟之下，玉琢的怪獸蹲坐在門戶兩旁，牆壁與石砌生光，鏤花窗戶映日。工巧到了極點，是從古以來所未有的。耗費金玉之多，國庫也為之而一空，外人誤入樓中，

即使轉上一整天也走不出來。煬帝來過以後，非常高興，回顧左右說：「就讓真的神仙來遊此地，也該迷路了。可以叫它『迷樓』。」詔命賜給項昇五品官，還給他內庫裡的絹帛千匹作為賞賜。詔命挑選後宮佳麗、良家少女數千人，居住在樓中。煬帝每去遊玩一次，有時一個多月都不出來。

當月，大夫何稠進獻一種玩少女的車子。車子的尺寸規格非常小，只能容一人在內，有機關裝置在車中，機關能鎖住少女的手腳，使她一點也動彈不得。煬帝用處女來試驗，非常高興。召見何稠，對他說：「你的巧思怎麼能如此神妙呢？」便以千金相賜，以表彰他的巧思。何稠出來後，向人談起車子的機巧，有識得造車意圖的人說：「這種東西不是合乎道德的器械。」何稠又進獻一種可轉動機關的車子，用人拉它，可以上升，登臨樓閣如履平地。在車中玩女子，女子會自動搖擺，煬帝更為高興。他問何稠說：「這車子叫甚麼名稱？」何稠說：「是我隨意製造的，還沒有起名，希望皇上賜它佳名。」煬帝說：「你靠自己的巧意而造出車子來，我得到它，任憑我的心意用它來取樂，可以名之為『任意車』。」何稠再三拜謝而去。

煬帝令畫工描繪男子與女子歡會的圖畫幾十幅，懸掛在閣樓中。那一年，上官時從長江以南被替調回來。他用烏銅鑄造了八扇門板，每扇高五尺，闊二尺，將它打磨光滑，成為鏡子，作為屏風，可以環立在寢室的四周。便到皇宮裡來進獻。

煬帝將銅屏放在迷樓內，而戲弄女子於其中，人的形體連最細微的部分都清晰地映入鏡中。煬帝大喜說：「圖畫只能畫出人的假象，這可以得到人的真容，遠比繪畫好過萬倍呢！」又以千金賞賜上官時。

煬帝在迷樓中日夜沉溺於荒淫之中，耗盡了精力，感到十分疲憊。他回頭對近侍說：「我回憶初登位時，很辛苦卻不想睡覺，枕在婦女身上才能合上眼睛。剛像要入夢，又醒了過來。如今一睡倒就迷迷糊糊醒不過來，接近女色，就感到十分疲勞，這是甚麼緣故呢？」

另有一天，矮民王義上奏道：

「臣是個殘疾人，鄉巴佬，做事處處不如別人。生在曠漠而極遙遠的地方，幸而被進貢入朝，能供後宮打掃雜役之用。陛下特別加愛於我，臣曾自閹以侍奉陛下。從此出入於臥室之內，來往於後宮諸室之間。目前陛下親信中，還沒有一個能像臣這樣。臣因此能私下翻閱宮中的圖書，反覆玩味，略有所得。臣所說精氣表現為人的耳聰目明。陛下在登基之前，先文帝治國勤儉，陛下絕少親近聲色，天天與品德好的人在一道，陛下的精氣充實於內，神志清明於外，所以日夜不想睡覺。這幾年來，陛下聲色之事太多，後宮內都滿盈了。陛下白天黑夜地遊樂宴飲在其中，非元旦重大節日，陛下何嘗到前殿去坐？其餘的日子大多都不受朝拜。偶而引見遠來賓客，受不定時的

慶賀，也只是到很晚才坐朝，坐不到片刻，就起身到後宮裡去了，把精力有限的身子投入到無窮無盡的慾望裡去。臣本來就知道這樣下去，非精疲力竭不可。

「臣聽說古時有一個山野裡的老人，獨自在一塊大石上又歌又舞，人家問他說：『你怎麼獨自一人會如此快樂呢？』老人說：『我有三件樂事，你知道嗎？』『哪三件？』老人說：『人生在世難得遇見太平時世，我現在沒有見到戰爭殺戮，這是第一樂；人生在世難得肢體完好無缺，我現在沒有殘疾，這是第二樂；人生在世難得老來健康長壽，我現在已經八十歲了，這是第三樂。』那個人讚賞歎息而去。陛下享有天下的富貴，尊容軒昂飄逸，光彩似龍，風姿如鳳，而不自己珍重愛惜，心裡想的全在山野老人所想之外。臣是微不足道的人，難以想出能報效皇恩的主意，不知忌諱，冒犯天顏。」

說完俯伏在地，流淚哭泣。煬帝就命人扶他起來。次日，召王義來對他說：「我昨天晚上細想了你的話，覺得很有深刻的道理。你是真正愛我的人。」便命王義在後宮找一間靜室，自己住在裡面，所有宮女都不准入內。住了兩天，煬帝悶然地出來說：「怎麼能鬱鬱寡歡地住在這樣的地方？像這樣過日子，即使能活到千萬歲，又有甚麼用呢？」便又到迷樓裡去了。

迷樓中宮女無數，後宮不能見到皇帝的也極多。後宮女侯夫人長得很美，有一天，懸樑自盡了。她臂上掛着一個錦囊，

裡面裝着文章。左右將它取下來，送給煬帝看，原來是詩。

《自感》詩三首説：

「庭院裡不見御駕經過，芳草萋萋已長得成窠。

隱隱聽見有簫鼓之聲，君王的恩寵何處最多？」

「想哭泣沒有眼淚下墮，悲哀時反而勉強唱歌。

庭院裡花正開得爛漫，對春光真是無可奈何。」

「春季裡陰雲密似天羅，獨個兒漫步心情如何？

我命運不及花草樹木，它們受雨露反比我多。」

《看梅》詩二首説：

「階前雪未有消融時刻，捲簾時自己皺眉蹙額。

庭院裡的梅花對我有愛憐之意，

它在枝頭上先露出一點點春色。」

「寒冷中豔色正好香氣清，誰能夠識得它一片天真。

玉梅凋謝後陽和之氣來到，散在群芳中化作自在青春。」

《妝成》詩説：

「梳妝完自我憐惜惆悵，夢兒好醒來化作悲傷。

倒不如楊花多麼自在，春天裡到處隨風飄蕩。」

《遣意》詩説：

「秘洞中有着仙葩一莖，雕窗內緊鎖如玉美人。

畫師毛延壽實在可殺，他不肯如實描繪昭君。」

《自傷》詩説：

「剛到宮女居住的地方，就向金殿奏報過情況。

在長安已經七八年了，卻從來未曾見過君王。

春寒料峭有清氣入骨，獨自睡眠總愁對空房。

步履輕盈地走在庭下，深藏着春心空自感傷。

平日裡不斷愛惜容顏，總等待機遇自天而降。

姿色雖美好卻被拋棄，命運之不幸實難衡量。

君王的恩情真已疏遠，賤妾的心意徒然彷徨。

難道我家裡沒有骨肉？還有老母親尚在北堂。

我身上可惜沒長翅膀，有何辦法能飛出高牆？

生命的確是非常寶貴，要割棄它也實在可傷。

將絹帛高懸棟樑之上，肝腸好像翻滾的沸湯。

伸長頭頸又自我憐惜，好比有絲縷牽肚掛腸。

咬咬牙斷然跨入死地，從此後去往地府冥鄉。」

　　煬帝看了她的詩，反覆傷感。他又去看她的屍體，說：「這是已經死了的人，容顏還像桃花那麼美！」便急召中使許廷輔說：「我從前派你到後宮去挑選美女到迷樓裡來，你為甚麼獨獨不要這個人？」就下令廷輔入獄，賜他自盡，用厚禮殯葬侯夫人。煬帝天天誦讀她的詩，非常喜愛她的文字，就令樂府官署譜了曲歌唱。煬帝又親自在後宮中挑選百名女子進了迷樓。

　　大業八年，一個方術之士姓某名千的，進獻了一種製成丸丹的春藥，煬帝服用以後，淫思蕩念越發不能控制了。一晝夜

間，要與幾十個女子做愛。入夏後，煬帝感到十分煩躁，每天要喝上幾百杯水，還是不能解渴。太醫莫君錫上奏說：「皇上心脈煩盛，真元太虛，再多喝水，立即就會生大病的。」便進獻方劑治療，那只是給一隻冰盤放在煬帝的面前，使他日夜對着冰盤看，這也就是治煩躁的一種方法。從此各院中美人都去買冰來做成盤，希望藉此使煬帝能到自己的院裡來。京城裡的冰因此而價格飛漲，貯藏冰塊的人家，都獲利千金。

大業九年，煬帝準備再東遊江都。有迷樓宮女在靜夜裡高聲歌唱道：

「河南的楊柳凋謝，河北的李花繁榮。

楊花飛去了，去往何處？李花結果實，自然成功。」

這歌聲傳到煬帝耳中，他披了衣服起來聽，並召這個宮女來問她說：「誰教你唱這支歌的？是你自己作了歌唱的嗎？」宮女說：「臣妾有個弟弟，是他從民間聽來的，他說：『路上的兒童都在唱這歌。』」煬帝沉默不語了好久，說：「老天爺啟示他們啊，老天爺啟示他們啊！」煬帝於是要來酒，自己作歌唱道：

「皇家樹蔭濃密燕子飛翔，興衰古來如此莫太悲傷。

有朝一日迷樓更有好景，宮中吐露艷色變成紅光。」

唱完歌，不勝其悲。近侍奏道：「皇上無緣無故悲傷，又唱這樣的歌，臣等都不懂是甚麼意思。」煬帝說：「不必多

134　卷六

問，將來自然明白。」後來煬帝去遊江都。唐帝提兵下令進入京都。太宗看到迷樓，大為驚訝地說：「這都是用百姓的膏血建成的。」就下令將樓焚毀，大火燒了個把月不熄。前面的歌謠和詩中所言，都顯現了。這才知道世代的興亡，並非是偶然的。

開河記

原著　缺名

　　睢陽有王氣出，占天耿純臣奏後五百年當有天子
興。煬帝已昏淫，不以為信。

　　時遊木蘭庭，命袁寶兒歌《柳枝詞》。因觀殿壁上有
《廣陵圖》，帝瞪目視之，移時不能舉步。時蕭后在側，
謂帝曰：「知他是甚圖畫，何消皇帝如此掛意？」帝曰：
「朕不愛此畫，只為思舊遊之處。」於是帝以左手憑後
肩，右手指圖上山水及人煙村落寺宇，歷歷皆如目前。
謂后曰：「朕為陳主時，守鎮廣陵，旦夕遊賞。當此之
時，以雲煙為美景，視榮貴若深冤。豈期久有臨軒，萬
機在務，使不得豁於懷抱也？」言訖，聖容慘然。后曰：
「帝意欲在廣陵，何如一幸？」帝聞，心中豁然。

　　翌日與大臣議，欲泛巨舟自洛入河，自河達海入

淮，方至廣陵。群臣皆言似此程途，不啻萬里，又孟津水緊，滄海波深，若泛巨舟，事有不測。時有諫議大夫蕭懷靜（乃蕭后弟）奏曰：「臣聞秦始皇時，金陵有王氣，始皇使人鑿斷砥柱，王氣遂絕。今睢陽有王氣，又陛下意在東南，欲泛孟津，又慮危險。況大梁西北有故河道，乃是秦將王離畎水灌大梁之處，欲乞陛下廣集兵夫，於大梁起首開掘，西自河陰，引孟津水入，東至淮口，放孟津水出。此間地不過千里，況於睢陽境內過，一則路達廣陵，二則鑿穿王氣。」帝聞奏大喜，群臣皆默。

帝乃出敕：「朝堂如有諫朕不開河者，斬之。」詔以征北大總管麻叔謀為開河都護，以蕩寇將軍李淵為副使。淵稱疾不赴，即以左屯衛將軍令狐辛達代李淵為開渠副使都督。自大梁起首，於樂台之北建修渠新所署，命之為卞渠（古只有此「卞」字，開封城乃卞邑），因名其府署為卞渠上源傳舍也（傳舍，驛名。因卞渠此處起首，故號卞渠上源也）。詔發天下丁夫，男年十五已上者至，如有隱匿者斬三族。帝以河水經於卞，乃賜「卞」字加「水」。丁夫計三百六十萬人。乃更五家出一人，或老，或少，或婦人等供饋飯食。又令少年驍卒五萬人，各執杖為督工吏，如節級隊長之類，共五百四十三萬餘

人。叔謀乃令三分中取一分人，自上源而西至河陰，通連古河道（乃王離浸城處），迤邐趨愁思台而至北去。又令二分丁夫，自上源驛而東去。

其年乃隋大業五年，八月上旬建功。畚鍤既集，東西橫佈數千里。才開斷未及丈餘，得古堂室，可數間，瑩然肅淨。漆燈晶煌，照耀如晝。四壁皆有彩畫花竹龍鬼之像，中有棺柩，如豪家之葬。其促工吏聞於叔謀。命啟棺，一人容貌如生，肌膚潔白如玉而肥。其髮自頭而出，覆其面，過腹胸下裹其足，倒生而上，及其背下而方止。搜得一石銘，上有字如倉頡鳥跡之篆。乃召夫中有識者免其役。有一下邳民，讀曰：

「我是大金仙，死來一千年。

數滿一千年，背下有流泉。

得逢麻叔謀，葬我在高原。

髮長至泥丸，更候一千年，方登兜率天。」

叔謀乃自備棺槨，葬於城西隅之地（今大佛寺是也）。

次開掘陳留。帝遣使持御署玉祝，並白璧一雙，具少牢之奠，祭於留侯廟以假道。祭訖，忽有大風，出於殿內窗牖間，吹樂人面。使者退。自陳留果開掘東去，往來負擔拖鍬者，風馳電激。遠近之人，蹂踐如蜂屯蟻聚。數日，達雍邱。

時有一夫，乃中牟人，偶患傴僂之疾，不能前進，墮於隊後，伶仃而行。是夜月色澄靜，聞呵殿聲甚嚴。夫鞠躬俟道左，良久，見清道繼至，儀衛莫述。一貴人戴侯冠，衣王者衣，乘白馬。命左右呼夫至前，謂曰：「與吾言你十二郎，還白璧一雙。爾當賓於天（煬帝有天下十二年）。」言畢，取璧以授。夫跪受訖，欲再拜，貴人躍馬西去。屆雍邱，以獻於麻都護，熟視，乃帝獻留侯物也。詰其夫，夫具道。叔謀性貪，乃匿璧。又不曉其言，慮夫泄於外，乃斬以滅口。

然後於雍邱起工。至大林，林中有小祠廟。叔謀訪問村叟，曰：「古老相傳，呼為隱士墓，其神甚靈。」叔謀不以為信，將塋域發掘。數尺，忽鑿一竅嵌空，群夫下窺，有燈火熒熒。無人敢入者，乃指使將官武平郎將狄去邪者，請入探之。叔謀喜曰：「真荊聶之輩也！」命繫去邪腰，下鈎，約數十丈，方及地。去邪解其索，行約百步，入一石室。東北各有四石柱，鐵索二條繫一獸，大如牛。熟視之，一巨鼠也。須臾，石室之西有一石門洞開。一童子出，曰：「子非狄去邪乎？」曰：「然也。」童子曰：「皇甫君坐來已久。」乃引入。見一人朱衣，頂雲冠，居高堂之上。去邪再拜。其人不言，亦不答拜。綠衣吏引去邪立於堂之西階下。良久，堂上人呼

力士牽取阿麼來（阿麼，煬帝小字）。武夫數人，形貌醜異魁奇，控所見大鼠至。去邪本乃廷臣，知帝小字，莫究其事，但屏氣而立。堂上人責鼠曰：「吾遣爾暫脫毛皮，為國中主。何虐民害物，不遵天道？」鼠但點頭搖尾而已。堂上人益怒，令武士以大棒撾其腦。一擊，摔然有聲如牆崩，其鼠大叫若雷吼。方欲舉杖再擊，俄一童子捧天符而下。堂上驚躍，降階俯伏聽命。童子乃宣言曰：「阿麼數本一紀，今已七年。更候五年，當以練巾繫頸死。」童子去，堂上人復繫鼠於舊室中。堂上人謂去邪曰：「與吾語麻叔謀：『謝你不伐吾域，來歲奉爾二金刀，勿謂輕酬也。』」言訖，綠衣吏引去邪於他門出。

　　約行十數里，入一林，躐石攀藤而行。回顧，已失使者。又行三里餘，見草舍，一老父坐土榻上。去邪訪其處，老父曰：「此乃嵩陽少室山下也。」老父問去邪所至之處，去邪一一具言。老父遂細解去邪。去邪知煬帝不永之事。且曰：「子能免官，即脫身於虎口也。」去邪東行，回視茅屋，已失所在。時麻都護已至寧陽縣。去邪見叔謀，具言其事。元來去邪入墓後，其墓自崩。將謂去邪已死，今日卻來。叔謀不信，將謂狂人。去邪乃託狂疾，隱終南山。時煬帝以患腦痛，月餘不視朝。訪其因，皆言帝夢中為人撾其腦，遂發痛數日。乃是去邪

見鼠之日也。

叔謀既至寧陵縣，患風癢，起坐不得。帝令太醫令巢元方往治之。曰：「風入腠理，病在胸臆。須用嫩羊肥者蒸熟，糝藥食之，則瘥。」叔謀取半年羊羔，殺而取腔，以和藥，藥未盡而病已痊。自後每令殺羊羔，日數枚。同杏酪五味蒸之，置其腔盤中，自以手臠擘而食之，謂曰含酥臠。鄉村獻羊羔者日數千人，皆厚酬其直。

寧陵下馬村民陶郎兒，家中巨富，兄弟皆兇狠。以祖父塋域傍河道二丈餘，慮其發掘。乃盜他人孩兒年三四歲者，殺之，去頭足，蒸熟，獻叔謀。咀嚼香美，迥異於羊羔，愛慕不已。召詰郎兒，郎兒乘醉泄其事。及醒，叔謀乃以金十両與郎兒，又令役夫置一河曲以護其塋域。郎兒兄弟自後每盜以獻，所獲甚厚。

貧民有知者，竟竊人家子以獻，求賜。襄邑、寧陵、睢陽所失孩兒數百，冤痛哀聲，旦夕不輟。虎賁郎將段達為中門使，掌四方表奏事，叔謀令家奴黃金窟將金一埒贈與。凡有上表及訟食子者，不訊其詞理，並令笞背四十，押出洛陽。道中死者，十有七八。時令狐辛達知之，潛令人收孩骨，未及數日，已盈車。於是城市村坊之民有孩兒者，家做木櫃，鐵裹其縫。每夜，置母子於櫃中，鎖之，全家秉燭圍守。至天明，開櫃見子，

即長幼皆賀。

既達睢陽界，有濠寨使陳伯恭言此河道若取直路，徑穿透睢陽城，如要回護，即取令旨。叔謀怒其言回護，令推出腰斬。令狐辛達救之。時睢陽坊市豪民一百八十戶，皆恐掘穿其宅並塋域，乃以醵金三千兩，將獻叔謀，未有梯媒可達。忽穿至一大林，中有墓，故老相傳云宋司馬華元墓。掘透一石室，室中漆燈、棺柩、帳幕之類，遇風皆化為灰燼。得一石銘，曰：

「睢陽土地高，汴水可為濠。

若也不迴避，奉贈二金刀。」

叔謀曰：「此乃詐也。不足信。」是日，叔謀夢使者召至一宮殿上，一人衣絳綃，戴進賢冠。叔謀再拜，王亦答拜。拜畢，曰：「寡人宋襄公也。上帝命鎮此方，二千年矣。倘將軍借其方便，回護此城，即一城老幼皆荷恩德也。」叔謀不允。又曰：「適來護城之事，蓋非寡人之意。況奉上帝之命，言此地候五百年間，當有王者建萬世之基。豈可偶為逸遊，致使掘穿王氣。」叔謀亦不允。良久，有使者入奏云：「大司馬華元至矣。」左右引一人，紫衣，戴進賢冠，拜覲於王前。王乃敘護城之事。其人勃然大怒曰：「上帝有命，臣等無心。叔謀愚昧之夫，不曉天命。」大呼左右，令置拷訊之物。王曰：

「拷訊之事，何法最苦？」紫衣人曰：「銅汁灌之口，爛其腸胃，此為第一。」王許之。乃有數武夫拽叔謀，脫去其衣，惟留犢鼻，縛鐵柱上，欲以銅汁灌之。叔謀魂膽俱喪。殿上人連止之曰：「護城之事如何？」叔謀連聲言：「謹依上命。」遂令解縛，與本衣冠。王令引去，將行，紫衣人曰：「上帝賜叔謀金三千兩，取於民間。」叔謀性貪，謂使者曰：「上帝賜金，此何言也？」使者曰：「有睢陽百姓獻與將軍，此陰注陽受也。」忽如夢覺，但覺神不住體。睢陽民果賂黃金窟而獻金三千兩。叔謀思夢中事，乃收之。立召陳伯恭，令自睢陽西穿渠，南北回屈，東行過劉趙村，連延而去。令狐辛達知之，累上表，亦為段達抑而不獻。

至彭城，路經大林中，有偃王墓。掘數尺，不可掘，乃銅鐵也。四面掘去其土，唯見鐵。墓旁安石門，扃鎖甚嚴。用酇陽民計，撞開墓門。叔謀自入墓中，行百餘步，二童子當前云：「偃王顒候久矣。」乃隨而入。見宮殿，一人戴通天冠，衣絳綃衣，坐殿上。叔謀拜，王亦拜，曰：「寡人塋域，當於河道。今奉與將軍玉寶，遣君當有天下，倘然護之，丘山之幸也。」叔謀許之。王乃令使者持一玉印與叔謀。又視之，印文乃「百代帝王受命玉印」也。叔謀大喜。王又曰：「再三保惜，乃刀

刀之兆也。」（刀刀者，隱語，亦二金刀之意也。）叔謀出，令兵夫日護其墓。時煬帝在洛陽，忽失國寶，搜訪宮闈，莫知所在，隱而不宣。

帝督功甚急。叔謀乃自徐州，朝夕無暇，所役之夫已少一百五十餘萬，下寨之處，死屍滿野。

帝在觀文殿讀書，因覽《史記》，見秦始皇築長城之事，謂宰相宇文述曰：「始皇時至此已及千年，料長城已應摧毀。」宇文述順帝意，奏曰：「陛下偶然續秦皇之事，建萬世之業，莫若修其城，堅其壁。」帝大喜。乃詔以舒國公賀若弼為修城都護，以諫議大夫高熲為副使，以江淮、吳楚、襄鄧、陳蔡、并開拓諸州丁夫一百二十萬修長城。詔下，弼諫曰：「臣聞始皇築長城於絕塞，連延一萬里，男死女曠，婦寡子孤，其城未就，父子俱死。陛下欲聽狂夫之言，學亡秦之事，但恐社稷崩離，有同秦世。」帝大怒，未發其言。宇文述在側，乃掇曰：「爾武夫狂卒，有何知，而亂其大謀？」弼怒，以象簡擊宇文述。帝怒，令囚若弼於家，是夜飲鴆死。高熲亦不行。宇文述乃舉司農卿宇文弼為修城都護，以民部侍郎宇文愷為副使。時叔謀開汴渠盈灌口，點檢丁夫，約折二百五十萬人。其部役兵士舊五萬人，折二萬三千人。工既畢，上言於帝。遣決汴口，注水入汴渠。

帝自洛陽遷駕大渠。詔江淮諸州造大船五百隻。使命至，急如星火。民間有配蓋造船一隻者，家產破用皆盡，猶有不足，枷項笞背，然後鬻貨男女，以供官用。龍舟既成，泛江沿淮而下。至大梁，又別加修飾，砌以七寶金玉之類。於吳越間取民間女年十五六歲者五百人，謂之殿腳女。至於龍舟御航，即每船用采纜十條，每條用殿腳女十人，嫩羊十口，令殿腳女與羊相間而行，牽之。時恐盛暑，翰林學士虞世基獻計，請用垂柳栽於汴渠兩堤上。一則樹根四散，鞠護河堤；二乃牽船之人，護其陰涼；三則牽舟之羊食其葉。上大喜，詔民間有柳一株，賞一縑。百姓競獻之。又令親種，帝自種一株，群臣次第種，方及百姓。時有謠言曰：「天子先栽，然後萬姓栽。」栽畢，帝御筆寫賜垂楊柳姓楊，曰楊柳也。

時舳艫相繼，連接千里，自大梁至淮口，聯綿不絕。錦帆過處，香聞千里。既過雍邱，漸達寧陵界。水勢漸緊，龍舟阻礙，牽駕之人，費力轉甚。時有虎賁郎將鮮于俱羅為護纜使，上言水淺河窄，行舟甚難。上以問虞世基。曰：「請為鐵腳木鵝，長一丈二尺，上流放下，如木鵝住，即是淺。」帝依其言，乃令右翊將軍劉岑驗其水淺之處。自雍邱至灌口，得一百二十九處。帝

大怒，令根究本處人吏姓名。應是木鵝住處，兩岸地分之人皆縛之，倒埋於岸下，曰：「今教生為開河夫，死作抱沙鬼。」又埋卻五萬餘人。

既達睢陽，帝問叔謀曰：「坊市人煙，所掘幾何？」叔謀曰：「睢陽地靈，不可干犯。若掘之，必有不祥。臣已回護其城。」帝怒，令劉岑乘小舟根訪屈曲之處，比直路較二十里。帝益怒，乃令擒出叔謀，囚於後獄。急使宣令狐辛達詢問其由，辛達奏：自寧陵便為不法，初食羊臠，後啗嬰兒；養賊陶郎兒，盜人之子；受金三千兩，於睢陽擅易河道。乃取小兒骨進呈。帝曰：「何不達奏？」辛達曰：「表章數上，為段達扼而不進。」

帝令人搜叔謀囊橐間，得睢陽民所獻金，又得留侯所還白璧及受命寶玉印。上驚異，謂宇文述曰：「金與璧皆微物。寡人之寶，何自而得乎？」文述曰：「必是遣賊竊取之矣。」帝瞪目而言曰：「叔謀今日竊吾寶，明日盜吾首矣。」辛達在側，奏曰：「叔謀常遣陶郎兒盜人之子，恐國寶郎兒所盜也。」上益怒，遣榮國公來護兒，內使李百藥，太僕卿楊義臣推鞫叔謀，置台署於睢陽。並收陶郎兒全家，令郎兒具招入內盜寶事。郎兒不勝其苦，乃具事招款。又責段達所收令狐辛達奏章即不奏之罪。案成進上，帝問丞相宇文述。述曰：「叔謀有大罪四條：

食人之子，受人之金，遣賊盜寶，擅移開河道。請用峻法誅之。其子孫取聖旨。」帝曰：「叔謀有大罪，為開河有功，免其子孫。」只令腰斬叔謀於河側。

時來護兒受敕未至間，叔謀夢一童子自天而降，謂曰：「宋襄公與大司馬華元遣我來，感將軍護城之惠意，往年所許二金刀，今日奉還。」叔謀覺，曰：「據此先兆，不祥。我腰領難存矣。」言未畢，護兒至，驅於河之北岸，斬為三段。郎兒兄弟五人，並家奴黃金窟並鞭死。中門使段達免死，降官為洛陽監門令。

譯文

　　睢陽有王氣出現。觀占天文的耿純臣奏告説，今後五百年間，會有天子興起。隋煬帝已昏憒荒淫了，不相信這話。

　　這時，煬帝去遊玩木蘭庭，叫袁寶兒唱《柳枝詞》。他見到殿壁上有一幅《廣陵圖》，便瞪着眼睛看，半天都邁不開腳步。當時，蕭后在旁邊，對煬帝説：「不知它是甚麼圖畫，怎麼會使皇上如此關心呢？」煬帝説：「我並不是喜愛這畫，只是因為思念以前游過的地方。」於是他將左手搭在蕭后肩上，右手指畫着圖上的山水及人物、村落、寺廟，清楚得如在眼前。他對蕭后説：「我當陳王時，鎮守過廣陵，從早到晚遊賞這些地方。那時候，把雲山煙霞當作美景，把富貴榮華看成冤家。哪裡想到長期當皇帝，甚麼事情都要管，竟使我不能舒展懷抱！」説罷，滿臉愁容。蕭后説：「既然皇上心裡嚮往廣陵，何不就前去一遊呢？」煬帝聽了，心裡豁然開朗。

　　次日，與大臣們商議，想要乘坐大船從洛水入黃河，再從黃河到渤海，渡海進入淮河，方去往廣陵。大臣都説，若按這條路線走去，何止萬里呢；再説孟津一帶水流湍急，渤海水

深浪大，要是乘坐大船，只怕會出甚麼意外。當時，諫議大夫蕭懷靜（蕭后的弟弟）奏道：「臣聽說秦始皇時，金陵出現過王氣，始皇派人去把砥柱鑿斷，王氣也就沒有了。現在睢陽有王氣，陛下又想去遊東南，船要經過孟津，又顧慮有危險。況且大梁的西北舊有河道，那是秦朝將軍王離注水灌淹大梁的地方。希望陛下能大量調集士兵民夫，從大梁作為起點開掘河渠，西面從河陰引來孟津的水進入渠道，東到淮口，將孟津之水放出去。其間的距離不過千里，何況在睢陽的境內經過，一則水路直達廣陵，二則可藉此鑿斷王氣。」煬帝聽了所奏，大為高興。群臣一片靜默，誰也不說話。

煬帝便下敕傳旨：倘有人勸諫我不要開河的，就斬。詔命征北大總管麻叔謀任開河都護，任蕩寇將軍李淵為副使。李淵推辭有病，不赴任，就以左屯衛將軍令狐辛達代李淵為開渠副使都督。從大梁起到樂台北，建立修渠官署，渠就叫作卞渠（古時只有這個「卞」字，開封城就叫卞邑），因此就把府署的名稱稱作卞渠上源傳舍（「傳舍」是驛站的稱謂；因為卞渠從這裡開始，所以叫作「卞渠上源」）。詔令徵集天下壯丁民夫，男子凡十五歲以上、五十歲以下的都要報到，如果有隱瞞不報的，便要斬三族。煬帝因黃河之水流經卞，就賜「卞」字加三點水為「汴」。壯丁計三百六十萬人，此外又五家出一人，或老人，或兒童，或婦女，供送飯食。又令驍勇的青少年士兵五

萬人各執棍棒擔任督工吏，如同軍官、隊長之類。這樣，加在一起共有五百四十三萬多人。麻叔謀命令其中三分之一人，從上源向西到河陰，把古河道（即王離淹城的地方）連通起來，蜿蜒伸展到愁思台而向北去。又命令三分之二的壯丁民夫，從上源驛向東開掘。

那一年，為隋大業五年，八月上旬開始動工。畚箕鍬鋤既經雲集，自西到東，橫佈數千里。剛開掘不到一丈多深，就掘到一座古老的堂屋，大約有好幾間房室，很乾淨肅穆。有塗漆的燈盞明晃晃地點燃着，照耀室內如同白晝。四面牆上都用彩色畫着花竹龍鬼的圖像。室的中間有一具棺材，很像豪門人家的墓葬。那些監工報告了麻叔謀，叔謀命令將棺材打開。見棺內盛着一個人，容貌就像活着，肌膚潔白如玉，身軀肥胖。他的頭髮從頭上長出後，將他的面孔全覆蓋住了，又過胸腹而下，裹住他的腳，倒長上來，到達背底才止。棺中找到一方石銘，上有字好像倉頡創造的鳥跡篆字。於是召集壯丁宣佈：有識得此字者可免除其勞役。有一個下邳人，讀道：

「我是大金仙，死來一千年。

滿了一千年，背下有流泉。

遇見麻叔謀，葬我在高原。

髮繞上丹田。再等一千年，方登兜率天。」

麻叔謀便自己備了棺木，將他改葬在城的西郊（即今大佛

寺所在地）。

　　接着開掘陳留。煬帝派遣使者拿了親署的祝告詞和白璧一雙，備了豬羊之類，到留侯廟祭奠，為了要從這裡通過水路。祭奠畢，忽然有一陣大風從殿內窗戶間出來，直吹得人的面孔受不了，使者連忙退走。從陳留果然就向東開掘了去，來來往往挑着擔子的、拖着鐵鍬的，風馳電激般地奔走。遠近踩着泥土的人恰似蜜蜂成群、螞蟻聚集，密密麻麻。幾天後，到達雍邱。

　　當時有一民夫，是中牟人，偶然得了曲背直不起身子的病，不能前進，落到了隊伍的後面，只好孤零零地獨自慢行。那天夜間，月色澄淨，聽到有差役喝道之聲十分威嚴。民夫躬着身子等待在路旁，好久才看到有清道的差役相繼來到，儀仗衛隊就不必說了。有一貴人頭戴侯爵的帽子，穿着王者的衣服，騎着匹白馬。命左右把民夫叫到他面前來，對民夫說：「替我帶話給你的十二郎（煬帝在位十二年），奉還他白璧一雙。他快要到天上去做客了。」說完，拿出白璧來交付給他。民夫跪着接受了，還想再拜，貴人已縱馬而去。民夫到達雍邱，將璧獻給麻都護。叔謀仔細一看，正是煬帝獻給留侯張良的祭品。詰問民夫，民夫一一說明情況。叔謀生性貪婪，便隱藏了白璧。又不懂留侯對民夫所說的話，只怕他泄露到外面去，就斬了民夫滅口。

然後在雍邱動工。遇到一大片樹林，林中有座小祠廟。叔謀訪問一鄉村老人，老人說：「古老相傳，稱這祠廟為隱士墓，廟中的神非常靈驗。」叔謀不信這話，連墓域一起發掘。才掘了幾尺，忽然挖出一個空洞來，民夫們向下窺看，見有燈火熒熒發光，沒有人敢進去。叔謀就指使他的將官去，有武平郎將叫狄去邪的，表示願意入洞探察。叔謀高興地說：「你真是荊軻、聶政一流的勇士。」於是命人用繩索繫住去邪的腰，向下垂放，大約下放了幾十丈才到底。去邪解去繩索，走了百來步，進入一間石室。東北各有四根石柱，用兩條鐵鏈繫住一頭怪獸，大得像頭牛。細看它，原來是一隻大老鼠。一會兒，石室的西面有一扇石門打開了，一個童子出來說：「先生不是狄去邪嗎？」回答說：「是的。」童子說：「皇甫君在此坐等你好久了。」便帶了他進裡面去。看見一個人身穿紅衣，頭戴高帽，坐在高堂之上。去邪拜了幾拜，那人不說話，也不回禮。有名綠衣吏帶着去邪到大堂西面的階下站着。過了好久，堂上人叫力士去把阿麼牽上來（阿麼，煬帝的小名）。有幾名形貌醜異魁梧的武夫，拉着剛才見到過的大老鼠來了。去邪原先是朝廷裡的官員，知道煬帝的小名，不懂究竟是怎麼回事，只是屏住氣站着。堂上人斥責老鼠說：「我叫你暫且脫去毛皮，去當國中的君主。你為甚麼虐待百姓，殘害生靈，不遵守天道？」老鼠只是點點頭搖搖尾巴。堂上人更加動了怒，命令武

士用大棒敲擊它的腦袋。一下敲去，忽喇一聲像牆倒塌一樣。那老鼠大叫起來，聲如雷鳴。正要舉棒再敲，一會兒就見有一名童子手捧天符降臨。堂上人吃驚地跳起來，走到階台下俯伏聽命。童子就宣佈説：「阿慶命中注定是一紀十二年。現在已經過去七年了，再等五年，就該用巾帛繫住頭頸讓他死。」童子去了，堂上人又命令把老鼠牽回到原來的石室裡去鎖着。堂上人對去邪説：「替我帶話去告訴麻叔謀，就説，『謝謝你不侵犯我的墓域，來年奉贈你兩把金刀，不要嫌我酬報太輕。』」説完，綠衣吏就帶着去邪從別的門出去。

　　大約走了十幾里路，進了一處樹林，踩着石頭、攀着膝蔓而行。回頭看，使者已不見了。又走了三里多路，看見有一座茅屋，一個老頭兒坐在土床上。去邪前去詢問是甚麼地方。老頭兒説：「這是嵩陽少室山的山下。」老頭兒問去邪到過哪裡。去邪把經過都一一告訴了他。老頭兒便細細地給去邪講解是怎麼回事。去邪於是知道煬帝在世的時間不會太久了。老頭兒只説：「你如果能丟掉官不做，就可以從虎口脱身了。」去邪向東走，回頭再看茅屋，已不知所在了。當時，麻都護已到了寧陽縣。去邪見了叔謀，就告訴他自己的奇遇。原來去邪進入墓穴後，這墓就自動崩塌了。大家以為去邪已經死了，想不到今天能回來。叔謀不相信他所説的那些怪事，以為他瘋了。去邪便假託得了狂病，到終南山去隱居了。那時，煬帝因為患腦痛

病，一個多月不臨朝了，探問原因，都説皇上夢中被人敲了腦袋，痛了好幾天。那正是去邪看到大老鼠的日子。

叔謀到了寧陵縣後，患了風癢病，不能起身坐立。煬帝命太醫令巢元方去為他治療。巢元方説：「風邪侵入了肌肉空隙和皮膚，病在胸臆間。須要用幼嫩的肥羊蒸熟了，掺和着藥吃，病就會好起來的。」叔謀就拿半歲的羊羔，殺了，去臟留腔，和藥服用，藥還沒有吃完，病就痊癒了。此後，就經常叫人殺羊羔，一天殺幾隻，將杏酪、各種調味品放在羊羔腔內一起蒸熟，自己用手撕着吃，稱之為含酥臠。鄉村裡來獻羊羔的每天有幾千人，都以高價付給他們錢。

寧陵下馬村村民陶郎兒，家裡極富有，兄弟都非常兇狠。因祖上的墓地緊靠着要開掘的河道，只差二丈多地，擔心墓被發掘，就偷來別人家三四歲的孩子，將他殺了，去掉頭足，蒸熟後獻給叔謀。吃起來味道非常香美，與羊羔完全不同，叔謀喜歡得不得了。把郎兒叫來問，郎兒喝醉酒後把事情泄露了。等醒過來，叔謀拿了十兩金子給他，又命令開河的民夫將河道添一彎曲處，以此來保護陶家的祖墳。郎兒兄弟從此常常去偷孩子來獻給叔謀，獲得了非常豐厚的報酬。

貧民中有知道此事的，也都爭相盜竊人家的孩子來獻給叔謀，以求賞賜。襄邑、寧陵、睢陽地界內，丟失的孩子有好幾百，呼冤號痛的悲慟之聲，從早到晚不絕於耳。虎賁郎將段達

擔任中門使，掌管各地呈送上來的表書奏章，叔謀命家奴黃金窟帶了黃金去贈送給他。凡有上表和訴訟兒子被吃掉的，不問他投訴的理由如何，一概命鞭打脊背四十下，押送出洛陽。在路上死去的，十有七八。當時，令狐辛達知道此事，私下派人收集孩兒的殘骨，沒有幾天，已經裝滿了車。於是城市村坊的老百姓家裡有小孩的，都做了木櫃，木櫃的接縫處用鐵包裹起來。每到夜裡，就把母親和孩子放到櫃子裡去，鎖住，一家人點着蠟燭，圍起來看守。到天亮時，打開櫃子看到孩子在，一家老小都彼此慶賀。

到達睢陽地界，有個濠寨使叫陳伯恭的說，這河道倘若取直路開，正好穿透睢陽城；如果需要迴護這城，就請給予指示。叔謀聽到他說迴護便發火，命令推出去腰斬。令狐辛達出面救了他。那時，睢陽城鎮豪紳之家有一百八十戶，都怕開河掘穿他們的住宅和祖墳，就準備用集資起來的三千兩金子獻給叔謀，還沒有找到可作中間媒介的人送去。忽然開河通到一大片樹林中，有一座墳墓，據古老傳說是宋司馬華元的墓。開下去掘通了一座石室，室中的漆燈、棺材、帳幕之類的東西，遇見風都化作了灰塵。有一方石銘，上面刻着幾句話，說：

「睢陽土地高，汴水可為濠。

若也不迴避，奉贈二金刀。」

叔謀說：「這是騙人的把戲，不可相信。」那一天，叔謀

夢見有使者召他去到一座宮殿上，有一人穿着大紅綢袍，戴一頂進賢冠，是王者模樣。叔謀拜了幾拜。那王也回拜答禮，拜畢，說：「我是宋襄公，上帝命我鎮守此地，已二千年了。倘若將軍能行個方便，回護這城，那麼，全城老少都會感激您恩德的。」叔謀不答應。那王又說：「剛才所說護城的事，其實並不是我的意思，而是奉了上帝之命，說這裡今後五百年間，會有王者出來建立萬世之基業。怎麼可以為了一時之遊樂，致使王氣被掘斷呢？」叔謀還是不答應。過了好久，有使者進來奏報說：「大司馬華元到了。」左右引進一個人來，紫袍，戴進賢冠，拜見於那王之前。那王就述說了護城的事。那個人聽了勃然大怒說：「上帝有命要保護，叔謀這愚昧匹夫，居然不知道天命！」便大喊左右，令他們準備好拷問的刑具。那王問：「拷問起來，哪一種方法最痛苦？」紫衣人說：「將融化的銅汁灌到嘴裡，使其腸胃焦爛，可算第一。」那王表示可以。便有幾名武士上來拖走叔謀，剝光他的衣服，只留一條短褲，將他綁在鐵柱上，要用銅汁來灌口。叔謀嚇得魂飛膽喪。殿上人連忙阻止武士，問道：「護城的事怎麼樣？」叔謀連聲說：「遵命遵命！」那王就命鬆綁，把原來的衣帽還給他。又命將他領出去。臨走時，紫衣人說：「上帝賜金三千兩給叔謀，從民間取得。」叔謀性本貪財，便問使者說：「上帝賜金，這話甚麼意思？」使者說：「有睢陽的老百姓會奉獻給將軍的，這叫陰

間的意向由陽間來授受。」恍惚之間像是夢醒了，只覺得神魂還不附在自己體內。睢陽人民果然賄賂了家奴黃金窟，請他轉交獻金三千兩。叔謀回想夢中的事，就收下了。立即召來陳伯恭，令他將河道從睢陽的西面經過，向南去轉彎，然後往東過劉趙村，再不斷地向前去。令狐辛達知道後，幾次上表，都被段達扣壓下來，不奏報上去。

到了彭城，河道要經過大片森林，那裡有一座偃王墓。掘了幾尺，就掘不下去了，原來是銅鐵鑄成的。把四面的泥土刨去，就只露出鐵來。鐵墓旁安裝有石門，閉鎖得很嚴實。採用鄭陽百姓的意見，撞開了墓門。叔謀自己進入墓中，走了一百多步，有兩個童子站在他面前說：「偃王恭候您多時了。」叔謀就隨着童子進去，看見一座宮殿，有一人戴通天冠，穿大紅袍，坐在殿上。叔謀下拜，那王也回拜，說：「我的墓域，正在要掘的河道上。現在奉贈將軍玉寶，使您將得到天下。倘若能得到保護，那就是我墓地的幸運了。」叔謀答應了。那王就命使者拿一玉印來交付給叔謀。叔謀細看，印章上的文字是「百代帝王受命玉印」。叔謀非常高興。那王又說：「多加保護愛惜，這是刀刀的兆頭。」（「刀刀」是隱語，也就是「二金刀」的意思。）叔謀出墓來，就命令士兵民夫說：「保護好這座墓。」當時，煬帝在洛陽，忽然丟失了國寶，在宮闈中到處尋問搜查，也不知它的下落，就隱瞞着不宣佈。

煬帝督責工程進度很急。叔謀從徐州起，就命令從早到晚不停地掘河，被奴役的民夫已少了一百五十多萬，一路駐紮營寨的地方，死屍遍野。

　　煬帝在觀文殿讀書，因閱覽《史記》，讀到秦始皇築長城的事，便對宰相宇文述說：「從秦始皇那時到今天已有一千年了，料想長城已該塌毀了吧！」宇文述順着煬帝的心意奏道：「陛下既然有意於繼續秦皇的事，建立萬世之功業，不如就把長城修復起來，把城牆重新加固。」煬帝大為高興。就詔命以舒國公賀若弼為修城都護，以諫議大夫高熲為副使，由江、淮，吳、楚、襄、鄧、陳、蔡、并等州廣徵壯丁民夫一百二十萬人修城。詔書下達，若弼就奏諫說：「臣聽說秦始皇在邊塞上築長城，綿延一萬里，老百姓男的死亡，女的獨身，妻成寡婦，子做孤兒，長城還沒有築成，他和他兒子都死了。陛下聽信狂人的話，學亡國的秦皇行事，只恐怕國家的崩潰，也會跟秦朝的命運一樣。」煬帝大怒，還沒有來得及開口，宇文述在一旁，搶過話頭來說：「你這個狂妄的大兵！你懂得甚麼，卻來攪亂人家的重大決策！」若弼發怒，用象牙手板擊打宇文述。煬帝發怒，令將若弼關在家裡，讓他當晚喝毒酒而死。高熲也不去。宇文述就薦舉司農卿宇文弼為修城都護，以民部侍郎宇文愷為副使。當時叔謀開汴渠已至灌口，檢點民夫，大約損失了二百五十萬人。他部下的士兵原有五萬人，損失了二萬

三千人。工程完畢後，奏告煬帝。使人在汴口處開口子，將黃河之水注入汴渠。

煬帝從洛陽遷移到大梁，詔命江淮各州造大船五百隻。使命傳到，急如星火。民間百姓有分配到造一條船的，家產都全部用光，還是不夠，頸上套枷鎖，背上遭鞭打，然後賣男賣女，以供官家之用。龍舟造成後，在長江下水，沿淮河航行。到達大梁，又另外加工裝飾，鑲嵌上各種寶石、金玉之類。在吳、越一帶徵選民間十五六歲的女子五百人，稱之為殿腳女。叫她們到龍舟上執槳，其實是每條船用彩綢搓成纜繩十條，每條用殿腳女十人、嫩羊十隻，叫殿腳女與羊間隔着走，用來牽龍舟。當時恐怕盛夏暑氣太盛，翰林學士虞世基獻計：請用垂柳種在汴渠兩岸的河堤上。一則樹根會散開來，可以加固河堤；二則牽船的人可以在樹下得到陰涼；三則牽船的羊可以吃它的葉子。煬帝大喜，下詔宣佈民間送來柳樹一株，賞細絹一匹。百姓爭相前來獻柳。又令每人親自種植，煬帝自種一株，臣僚們再依次種，然後輪到百姓。當時民間有流傳的話說：「天子先栽，然後百姓栽。」栽種完畢，煬帝御筆題寫賜垂柳姓楊，叫楊柳。

當時，船尾船頭相繼，連接千里，從大梁到淮口，連綿不絕。錦帆經過的地方，香氣百里可聞。過了雍邱，漸漸到達寧陵地界。水勢也漸漸急起來，龍舟受到了阻礙，牽船的人越來越費勁。這時，虎賁郎將鮮于俱羅任護纜使，他奏說水淺河

窄，行船很困難。煬帝以此事詢問虞世基。世基說：「請製作鐵腳木鵝，長一丈二尺，放在上流，讓它順水往下流漂浮，如果木鵝停住了，就是水淺的地方。」煬帝聽從他的話，就令右翊將軍劉岑去檢驗水淺的地方。從雍邱到灌口，檢查出有一百二十九處。煬帝大怒，令查究每一個水淺處督工吏的姓名。凡是木鵝停下過的地段，將河道兩岸的人都縛起來，倒埋在岸下水中，說：「活着叫你們當開河夫，死了去做抱沙鬼。」又埋掉了五萬多人。

到了睢陽，煬帝問叔謀說：「城裡街坊人家被掘掉了多少？」叔謀說：「睢陽地靈，不可以冒犯。倘若掘掉了它，必定會有不祥。臣已經回護了這座城。」煬帝發怒，令劉岑乘坐小船查清河道彎曲之處，比原定的直路相差有二十里地。煬帝越加發怒，便令逮捕叔謀，囚禁在後牢裡。急派使者宣示令狐辛達，要查詢此事的經過原因。辛達奏道：「從寧陵起，叔謀便在幹不法勾當。開始只吃羊肉，後來就煮食嬰兒；養了竊賊陶郎兒，去偷人家的孩子；接受三千兩金的賄賂，在睢陽擅自更改河道。」就取來小兒殘骨進呈上去。煬帝問：「為甚麼不奏報？」辛達說：「已多次上過表章，被段達扣壓，不給上奏。」

煬帝令人搜查叔謀的箱囊時，發現睢陽百姓所獻的金子，又抄到留侯歸還的白璧和受天命的寶玉印章。煬帝萬分驚訝，對宇文述說：「金子與白璧都是不足道的東西，只是我的玉璽

寶印他是從哪裡得到的呢？」宇文述說：「必定是他派了竊賊來偷了去的。」煬帝瞪着眼睛說：「叔謀今天能竊取我的寶印，明天還不把我腦袋也偷去！」辛達在一旁，奏道：「叔謀常常派陶郎兒去偷人家的孩子，恐怕國寶就是郎兒偷的。」煬帝更加動怒，就派樂國公來護兒、內使李百藥、太僕卿楊義臣將叔謀嚴審治罪，設立辦此案的府署於睢陽。同時逮捕了陶郎兒全家，要郎兒從實招認潛入宮中偷了國寶的事。郎兒受不了嚴刑拷打之苦，就都一一認了罪。又指控段達收了令狐辛達的奏章而不上奏的罪名，罪案成立後，奏進煬帝。煬帝問丞相宇文述該如何處置。宇文述說：「叔謀有四大罪狀：吃人家的孩子，受人家的賄賂金，派竊賊偷寶，擅自移動河道。請用嚴峻的刑法誅殺。至於他的子孫們，聽候聖旨裁決。」煬帝說：「叔謀有大罪。為了他開河有功，就赦免他的子孫吧！」只命將叔謀本人在河邊腰斬。

來護兒接受敕命還沒有來到叔謀那兒時，叔謀夢見有一童子自天而降，對他說：「宋襄公與大司馬華元派我來，感謝將軍護城的心意，往年許諾的二金刀，今天奉還給你。」叔謀醒來，說：「據這一預兆看，不吉利，我的腰和頭頸怕是保不住了。」話未說完，護兒就到了，押他去河道的北岸，斬為三段。郎兒兄弟五人，以及家奴黃金窟都用鞭子打死。中門使段達免於死罪，降官為洛陽監門令。

⊙

卷七

綠珠傳

原著　史官樂史

　　綠珠者，姓梁，白州博白縣人也。州則南昌郡，古越地，秦象郡，漢合浦縣地。唐武德初，削平蕭銑，於此置南州；尋改為白州，取白江為名。州境有博白山，博白江，盤龍洞，房山，雙角山，大荒山。山上有池，池中有婢妾魚。綠珠生雙角山下，美而豔。越俗以珠為上寶，生女為珠娘，生男為珠兒。綠珠之字，由此而稱。

　　晉石崇為交趾采訪使，以真珠三斛致之。崇有別廬在河南金谷澗。澗中有金水，自太白源來。崇即川阜置園館。綠珠能吹笛，又善舞《明君》（明君，昭君也。避晉文帝諱，改昭為明）。明君者，漢妃也。漢元帝時，匈

奴單于①入朝，詔王嬙配之，即昭君也。及將去，入辭，光彩射人，天子悔焉，重難改更，漢人憐其遠嫁，為作此歌。崇以此曲教之，而自製新歌曰：

「我本良家子，將適單于庭。

辭別未及終，前驅已抗旌。

僕御流涕別，轅馬悲且鳴。

哀鬱傷五內，涕泣沾珠纓。

行行日已遠，遂造匈奴城。

延佇於穹廬，加我閼（於連切）氏（音支）名。

殊類非所安，雖貴非所榮。

父子見陵辱，對之慚且驚。

殺身良不易，默默以苟生。

苟生亦何聊，積思常憤盈。

願假飛鴻翼，乘之以遐征。

飛鴻不我顧，佇立以屏營。

昔為匣中玉，今為糞上英。

朝華不足歡，甘與秋草並。

傳語後世人，遠嫁難為情。」

崇又製《懊惱曲》以贈綠珠。崇之美豔者千餘人，

---

① 首領。

166　卷七

擇數十人，妝飾一等，使忽視之，不相分別。刻玉為倒龍佩，縈金為鳳凰釵，結袖繞楹而舞。欲有所召者，不呼姓名，悉聽佩聲，視釵色。佩聲輕者居前，釵色豔者居後，以為行次而進。

趙王倫亂常，賊類孫秀使人求綠珠。崇方登涼觀，臨清水，婦人侍側。使者以告，崇出侍婢數百人以示之，皆蘊蘭麝而披羅縠。曰：「任所擇。」使者曰：「君侯服御，麗矣。然受命指索綠珠。不知孰是？」崇勃然曰：「吾所愛，不可得也。」秀因是譖倫族之。收兵忽至，崇謂綠珠曰：「我今為爾獲罪。」綠珠泣曰：「願效死於君前。」崇因止之，於是墜樓而死。崇棄東市。

時人名其樓曰綠珠樓。樓在步庚里。近狄泉。狄泉在王城之東。綠珠有弟子宋褘，有國色，善吹笛，後入晉明帝宮中。

今白州有一派水，自雙角山出，合容州江，呼為綠珠江。亦猶歸州有昭君灘，昭君村，昭君場；吳有西施谷，脂粉塘：蓋取美人出處為名。又有綠珠井，在雙角山下。耆老傳云：「汲此井飲者，誕女必多美麗。里閭有識者以美色無益於時，因以巨石鎮之，爾後雖有產女端妍者，而七竅四肢多不完具。」異哉！山水之使然。昭君村生女皆炙破其面，故白居易詩曰：

「不取往者戒，恐貽來者冤。

至今村女面，燒灼成瘢痕。」

又以不完具而惜焉。牛僧孺《周秦行紀》云：「夜宿薄太后廟，見戚夫人，王嬙，太真妃，潘淑妃，各賦詩言志。別有善笛女子，短鬟窄衫具帶，貌甚美，與潘氏偕來。太后以接坐居之，令吹笛，往往亦及酒。太后顧而謂曰：『識此否？石家綠珠也。潘妃養作妹。』太后曰：『綠珠豈能無詩乎？』綠珠拜謝，作曰：

『此日人非昔日人，笛聲空怨趙王倫。

紅殘鈿碎花樓下，金谷千年更不春。』

太后曰：『牛秀才遠來，今日誰人與伴？』綠珠曰：『石衛尉性嚴忌。今有死，不可及亂。』」然事雖詭怪，聊以解頤。

噫！石崇之敗，雖自綠珠始，亦其來有漸矣。崇常刺荊州，劫奪遠使，沉殺客商，以致巨富。又遺王愷鴆鳥，共為鴆毒之事。有此陰謀，加以每邀客宴集，令美人行酒，客飲不盡者，使黃門斬美人。王丞相與大將軍嘗共訪崇，丞相素不能飲，輒自勉強，至於沉醉。至大將軍，故不飲以觀其變，已斬三人。君子曰：「禍福無門，惟人所召。」崇心不義，舉動殺人，烏得無報也。非綠珠無以速石崇之誅，非石崇無以顯綠珠之名。

綠珠之墜樓，侍兒之有貞節者也。比之於古，則有曰六出。六出者，王進賢侍兒也。進賢，晉愍太子妃。洛陽亂，石勒掠進賢渡孟津，欲妻之。進賢罵曰：「我皇太子婦，司徒公女。胡羌小子，敢干我乎？」言畢投河。六出曰：「大既有之，小亦宜然。」復投河中。又有窈娘者，武周時喬知之寵婢也。盛有姿色，特善歌舞。知之教讀書，善屬文，深所愛幸。時武承嗣驕貴，內宴酒酣，迫知之將金玉賭窈娘。知之不勝，便使人就家強載以歸。知之怨悔，作《綠珠篇》以敘其怨。詞曰：

「石家金谷重新聲，明珠十斛買娉婷。

此日可憐無復比，此時可愛得人情。

君家閨閣未曾難，嘗持歌舞使人看。

富貴雄豪非分理，驕矜勢力橫相干。

辭君去君終不忍，徒勞掩面傷紅粉。

百年離別在高樓，一旦紅顏為君盡。」

知之私屬承嗣家閽奴傳詩於窈娘。窈娘得詩悲泣，投井而死。承嗣令汲出，於衣中得詩，鞭殺閽奴。諷吏羅織知之，以至殺焉。悲夫，二子以愛姬示人，掇喪身之禍。所謂倒持太阿，授人以柄。《易》曰：「慢藏誨盜，冶容誨淫。」其此之謂乎。

其後詩人題歌舞妓者，皆以綠珠為名。庾肩吾曰：

「蘭堂上客至，綺席清弦撫。

自作《明君辭》，還教綠珠舞。」

李元操云：

「絳樹搖歌扇，金谷舞筵開。

羅袖拂歸客，留歡醉玉杯。」

江總云：

「綠珠含淚舞，孫秀強相邀。」

綠珠之沒已數百年矣，詩人尚詠之不已，其故何哉？蓋一婢子，不知書，而能感主恩，憤不顧身，其志烈懍懍，誠足使後人仰慕歌詠也。至有享厚祿，盜高位，亡仁義之性，懷反覆之情，暮四朝三，惟利是務，節操反不若一婦人，豈不愧哉！今為此傳，非徒述美麗，窒禍源，且欲懲戒辜恩背義之類也。

季倫死後十日，趙王倫敗。左衛將軍趙泉斬孫秀於中書，軍士趙駿剖秀心食之。倫囚金墉城，賜金屑酒。倫慚，以巾覆面曰：「孫秀誤我也！」飲金屑而卒。皆夷家族。南陽生曰：「此乃假天之報怨。不然，何梟夷之立見乎！」

譯文

　　綠珠，姓梁，白州博白縣人。白州即南昌郡，古時的越地，秦朝叫象郡，漢朝叫合浦縣；唐高祖武德初年，削平了蕭銑的割據勢力，在這裡設置南州，不久改為白州，因有白江而命名。州境內有博白山、博白江、盤龍洞、房山、雙角山、大荒山。山上有池，池中有一種魚叫婢妾魚。綠珠出生在雙角山下，美麗而嬌豔。古越地的風俗以珠為最珍貴的寶貝，生女兒叫珠娘，生兒子叫珠兒。綠珠的名字，就是因此而起的。

　　昔朝石崇擔任交趾採訪使，用三斛珍珠將綠珠買了來。石崇有別墅在河南金谷澗。澗中有一條金水，是從太白山源頭來的。石崇就利用這裡的流水高丘建造了園館。綠珠笛子吹得很好，又善於舞《明君》曲。（明君，就是昭君，為避晉文帝司馬昭的諱，改「昭」為「明」。）明君是一位漢朝的妃子。漢元帝時，匈奴的單于入朝，元帝詔命將王嬙嫁給他。王嬙就是昭君。她到將要離去時，入朝向元帝告辭，光彩照人，元帝十分後悔，但已難更改。漢人同情她的遠嫁，作了《明君》這首歌。石崇拿它的曲調來教綠珠，而自己重新創作了歌詞，說：

「我本是良家的千金，將嫁給匈奴的首領。

向親人辭別還沒有結束，出發的儀仗已高舉旗旌。

僕人馬夫都流淚道別，車前的馬也聲聲悲鳴。

哀愁使我的肝腸寸斷，眼淚打濕了胸前珠纓。

走呀走一天天越走越遠，就這樣來到匈奴的都城。

帶我等候在氈篷之中，加給我異國皇后之名。

與異族生活無法心安，雖尊貴也並不感到榮幸。

父兄同來被欺凌遭侮辱，這使我既慚愧而又吃驚。

想一死決心也不易下，默默地只好苟且偷生。

苟且活着又有甚麼意思，無窮思緒使我憤恨填膺。

我渴望有大雁的雙翅，乘長風可以高飛遠征。

大雁飛過並不瞧我一眼，我只有木立着久久出神。

過去我就像珍藏在匣中的美玉，如今是一枝鮮花伴着大糞蒼蠅。

早晨的鮮花不能使我歡樂，我甘願與秋天的枯草同命。

我把心裡話告訴後世的人們，遠嫁到異國的心情實在酸辛！」

石崇又創作了《懊惱曲》贈送給綠珠。石崇艷麗的姬妾侍女有千餘人。他挑選了幾十個，都一樣地妝飾起來。如讓人乍然見到她們，簡直無法分別。她們腰佩美玉刻成的倒龍佩，頭戴黃金繞成的鳳凰釵，繫結長袖，繞着柱子跳舞。要想召喚

誰，不叫姓名，都只聽佩玉的聲音和看金釵的花色。佩聲輕的在前面，釵色豔的在後面，依次排列前進。

趙王司馬倫擾亂綱紀，他的賊黨孫秀派人去要求得到綠珠。石崇正登涼台、臨清水，婦女們在一旁侍候。使者告知求美人的來意，石崇叫出幾百名侍婢來讓他看，一個個都散發着蘭麝的香氣，披拂着輕盈的羅紗。石崇對他説：「由你挑選吧！」使者説：「服侍您的人都漂亮極了，只是我奉命指定要綠珠，不知哪一位？」石崇勃然變色説：「其他人我並不吝惜，就是綠珠不能給你。」孫秀因此向司馬倫進讒言，要他殺掉石崇。捉拿石崇的士兵忽然到來，石崇對綠珠説：「我今天為了你獲罪了。」綠珠哭泣着説：「我願在您的面前以一死相報答。」石崇阻止不及，她就跳樓而死。石崇被殺於東市。

當時人就稱石崇的這幢樓為綠珠樓。樓在步庚里，靠近狄泉。狄泉在王城洛邑的東頭。綠珠有個弟子叫宋褘，她容貌極美，善於吹笛。後來被選入晉明帝的宮中。

現在的白州有一條水，從雙角山流出，與容州江匯合，叫綠珠江。也如同歸州有昭君灘、昭君村、昭君場，吳地有西施谷、脂粉塘，都是因美人出生地而命名的。又有綠珠井，在雙角山下。老年人相傳説：「汲了這井裡的水飲用的人，生出女兒來必定特別漂亮。鄉里之中有見識的人以為漂亮的女子對時世沒有甚麼好處，就用大石鎮壓住這口井。從此，即使有生下

女兒很漂亮的，總是五官四肢有某些缺陷，真奇怪啊！山水竟能使人如此。昭君村生女兒都用火把她的臉炙破，所以白居易有詩說：

「不以過去的事作前車之鑒，只怕將來的人再蒙受此冤。

直到如今村裡女子的臉上，還有被燒灼過的瘢痕可見。」

又為美麗的女子卻五官四肢不完整而惋惜。牛僧孺《周秦行紀》說：「夜宿薄太后廟，見到戚夫人、王嬙、太真妃、潘淑妃，每人都作了詩抒發自己的情懷。另有一個善於吹笛的女子，短短的鬢髮，緊身的衣衫，繫一條長帶，容貌非常美麗，與潘氏一道來。太后讓她處於陪坐的位置上，叫她吹笛，有時也給她酒喝。太后回過頭來對我說：『認識她嗎？這是石家的綠珠。潘妃把她當作妹妹來養。』太后又說：『綠珠怎麼能沒有詩呢？』綠珠拜謝，作詩說：

『今天的人已不再是當年的人，

笛聲徒然把趙王司馬倫怨恨。

紅消香殘花鈿已在樓下破碎，

再過千年金谷園也沒有青春。』

「太后說：『牛僧孺秀才遠道而來，今天誰與他做伴？』綠珠說：『石衛尉妒忌心極重，今天要我死倒可以，不能陪人睡覺。』」這件事雖然有點詭怪難信，也聊以供人一笑。

唉！石崇的不幸，雖然由綠珠而起，但也早就有苗頭了。

石崇曾做過荊州刺史，他掠奪了遠方使者的財物，把客商沉入河底淹死，使自己成了巨富。又送給王愷鴆鳥，一同幹了用鴆毒害人的事。有這樣的陰謀，更加上每次邀請賓客來參加宴會，叫美人斟酒勸飲，客人不把杯子中的酒喝乾，就命門下官將美人斬首。丞相王導與大將軍王敦曾經一道拜訪石崇，丞相平素不會飲酒，只好勉強自己，以至於喝得大醉。輪到大將軍，他故意不喝，看石崇搞甚麼名堂，結果連斬了三個美人。有德行的人說過：「禍福之來，本無定準，全是人們自己招致的。」石崇居心不義，動輒殺人，怎能沒有報應呢？沒有綠珠，石崇不會這麼快被殺；沒有石崇，綠珠的名聲也不會這麼大。

綠珠跳樓自盡，表明她是侍女中有貞節的人。將歷史上其他人來比，那麼，就有一個叫六出的。六出是王進賢的侍女；進賢是晉朝愍太子司馬鄴的妃子。洛陽亂時，石勒搶了進賢橫渡孟津，想逼她做自己的妻子。進賢罵道：「我是皇太子的妻子，司徒公的女兒。胡羌小賊種！你敢冒犯我嗎？」說完就投了河。六出說：「主母有這樣的骨氣，小婢當然也該如此。」也跟着投河了。又有一個叫窈娘的，是武則天時代喬知之的寵婢，很有姿色，特別善於歌舞。知之教她讀書，她能寫很好的文章，知之對她寵愛得很。當時武承嗣正驕橫恃貴，在一次內廷宴會上，酒酣興逸時，強迫知之以金玉賭窈娘，知之輸了，

承嗣便派人到知之家去，用車子將窈娘強行載了回來。知之悔恨，寫了《綠珠篇》來抒發自己的怨情。詩說：

「石家金谷園最愛新曲新腔，明珠十斛買來漂亮的姑娘。

姑娘啊可憐楚楚無人可比，姑娘啊可愛令人鍾情難忘。

嬌婢愛妾應讓她深處閨房，石崇卻讓綠珠歌舞在當場。

富貴豪強亂綱常目無法紀，惡勢力橫行無忌搶走姑娘。

與你告辭離開你終不忍心，徒然地以手掩面熱淚漣漣。

人生永遠的離別就在高樓，一朝為你獻出年輕的生命。」

知之私下囑託承嗣家的閽奴將詩交給窈娘。窈娘得到詩後，悲傷地哭泣，就投井死了。承嗣叫人將她打撈上來，在她衣服中發現了詩，就用鞭子打死了閽奴。又暗示官吏羅織知之的罪名，終至將他殺了。可悲啊！二位都以心愛的姬妾與人見面，招來了殺身之禍。正所謂「顛倒拿寶劍，授人以把柄」。《易經》說：「財物不收藏好是教人偷盜，容貌打扮得妖豔是教人淫亂。」說的就是這種情況吧。

此後，詩人作詩提到歌舞妓的，總是以綠珠作代名。如庾肩吾的詩說：

「貴客來到蘭堂前，綺羅席上撫琴弦。

自作一曲《明君辭》，還教綠珠舞翩躚。」

李元操的詩說：

「紅樹底下搖歌扇，金谷園中開舞筵。

羅袖含情拂歸客，留郎一醉玉杯前。」

江總的詩說：

「綠珠含淚舞，孫秀強相邀。」

綠珠死去已幾百年了，詩人們尚在不斷地寫詩吟詠她，這是甚麼緣故呢？就因為她只是一個婢女，也沒有讀過書，而能夠感激主人的恩情，憤恨而不顧自身；她的志節竟如此之貞烈，實在足以使後人仰慕歌詠。至於有的人享受着豐厚的俸祿，竊取了很高的地位，沒有仁義的行為，懷着反覆的心思，朝三暮四，唯利是圖，他們的節操反而不及一個婦女，難道就不感到慚愧嗎？今天我寫這篇傳，並非徒然地想記述美色，堵塞禍源，而是想讓那些負恩背義之流以此為戒，得到點教訓。

石崇死後十天，「八王之亂」中的趙王司馬倫就失敗了。左衛將軍趙泉斬孫秀於中書省，軍士趙駿把孫秀的心剖出吃了。司馬倫被囚禁於金墉城，賜他飲金屑酒。司馬倫羞愧，拿頭巾蓋住臉說：「孫秀害了我啊！」飲金屑而死。他們的家族也都被殺。南陽生說：「這是借老天爺之手報了仇怨啊！不然的話，報應怎會如此之快，立即就遭到殺戮和滅族呢？」

楊太真外傳上

原著　史官樂史

　　楊貴妃小字玉環，弘農華陰人也。後徙居蒲州永樂
之獨頭村。高祖令本，金州刺史；父玄琰，蜀司戶。貴
妃生於蜀，嘗誤墜池中，後人呼為落妃池。池在導江縣
前。（亦如王昭君生於峽州，今有昭君村；綠珠生於白
州，今有綠珠江。）妃早孤，養於叔父河南府士曹玄璬
家。開元二十二年十一月，歸於壽邸。二十八年十月，
玄宗幸溫泉宮（自天寶六載十月，復改為華清宮），使
高力士取楊氏女於壽邸，度為女道士，號太真，住內太
真宮。

　　天寶四載七月，冊左衛中郎將韋昭訓女配壽邸。是
月，於鳳凰園冊太真宮女道士楊氏為貴妃，半后服用。
進見之日，奏《霓裳羽衣曲》。（《霓裳羽衣曲》者，是

玄宗登三鄉驛，望女几山所作也。故劉禹錫詩有云：「伏睹玄宗皇帝望女几山詩，小臣斐然有感：

開元天子萬事足，惟惜當時光景促。

三鄉驛上望仙山，歸作《霓裳羽衣曲》。

仙心從此在瑤池，三清八景相追隨。

天上忽乘白雲去，世間空有秋風詞。」

又《逸史》云：「羅公遠天寶初侍玄宗，八月十五日夜，宮中玩月，曰：『陛下能從臣月中遊乎？』乃取一枝桂，向空擲之，化為一橋，其色如銀。請上同登，約行數十里，遂至大城闕。公遠曰：『此月宮也。』有仙女數百，素練寬衣，舞於廣庭。上前問曰：『此何曲也？』曰：『《霓裳羽衣》也。』上密記其聲調，遂回橋，卻顧，隨步而滅。旦諭伶官，象其聲調，作《霓裳羽衣曲》。」以二說不同，乃備錄於此。）是夕，授金釵鈿合。上又自執麗水鎮庫紫磨金琢成步搖，至妝閣，親與插鬢。上喜甚，謂後宮人曰：「朕得楊貴妃，如得至寶也。」乃製曲子曰《得寶子》，又曰《得鞛子》。

先是，開元初，玄宗有武惠妃、王皇后。后無子。妃生子，又美麗，寵傾後宮。至十三年，皇后廢，妃嬪無得與惠妃比。二十一年十一月，惠妃即世。後庭雖有良家子，無悅上目者，上心淒然。至是得貴妃，又寵甚

於惠妃。

有姊三人，皆豐碩修整，工於譖浪，巧會旨趣，每入宮中，移暑方出。宮中呼貴妃為娘子，禮數同於皇后。冊妃日贈其父玄琰濟陰太守，母李氏隴西郡夫人。又贈玄琰兵部尚書，李氏涼國夫人。叔玄珪為光祿卿銀青光祿大夫。再從兄釗拜為侍郎，兼數使。兄銛又居朝列。堂弟錡尚太華公主。是武惠妃生，以母，見遇過於諸女，賜第連於宮禁。自此楊氏權傾天下，每有囑請，台省府縣，若奉詔敕。四方奇貨、僮僕、駝馬，日輸其門。

時安祿山為范陽節度，恩遇最深，上呼之為兒。嘗於便殿與貴妃同宴樂，祿山每就坐，不拜上而拜貴妃。上顧而問之：「胡不拜我而拜妃子，意者何也？」祿山奏云：「胡家不知其父，只知其母。」上笑而赦之。又命楊銛以下，約祿山為兄弟姊妹，往來必相宴餞，初雖結義頗深，後亦權敵，不叶。

五載七月，妃子以妒悍忤旨。乘單車，令高力士送還楊銛宅。及亭午，上思之不食，舉動發怒。力士探旨，奏請載還，送院中宮人衣物及司農米麵酒饌百餘車。諸姊及銛初則懼禍聚哭，及恩賜浸廣，御饌兼至，乃稍寬慰。妃初出，上無聊，中宮趨過者，或笞撻之。

至有驚怖而亡者。力士因請就召，既夜，遂開安興坊，從太華宅以入。及曉，玄宗見之內殿，大悅。貴妃拜泣謝過。因召兩市雜戲以娛貴妃。貴妃諸姊進食作樂。自茲恩遇日深，後宮無得進幸矣。

七載，加釗御史大夫，權京兆尹，賜名國忠。封大姨為韓國夫人，三姨為虢國夫人，八姨為秦國夫人。同日拜命，皆月給錢十萬，為脂粉之資。然虢國不施妝粉，自炫美豔，常素面朝天。當時杜甫有詩云：

「虢國夫人承主恩，平明上馬入宮門。

卻嫌脂粉涴顏色，淡掃蛾眉朝至尊。」

又賜虢國照夜璣，秦國七葉冠，國忠鏁子帳，蓋希代之珍，其恩寵如此。釗授銀青光祿大夫鴻臚卿，將列棨戟，特授上柱國，一日三詔。與國忠五家於宣陽里，甲第洞開，僭擬宮掖，車馬僕從，照耀京邑。遞相誇尚，每造一堂，費逾千萬計，見制度宏壯於己者，則毀之復造，土木之工，不捨晝夜。上賜御食，及外方進獻，皆頒賜五宅。開元已來，豪貴榮盛，未之比也。

上起動必與貴妃同行，將乘馬，則力士執轡授鞭。宮中掌貴妃刺繡織錦七百人，雕鏤器物又數百人，供生日及時節慶。續命楊益往嶺南，長吏日求新奇以進奉。嶺南節度張九章，廣陵長史王翼，以端午進貴妃珍玩衣

服，異於他郡，九章加銀青光祿大夫，翼擢為戶部侍郎。

九載二月，上舊置五王帳，長枕大被，與兄弟共處其間。妃子無何竊寧王紫玉笛吹。故詩人張祜詩云：

「梨花靜院無人見，閒把寧王玉笛吹。」

因此又忤旨，放出。時吉溫多與中貴人善，國忠懼，請計於溫。遂入奏曰：「妃，婦人，無智識。有忤聖顏，罪當死。既嘗蒙恩寵，只合死於宮中。陛下何惜一席之地，使其就戮？安忍取辱於外乎？」上曰：「朕用卿，蓋不緣妃也。」初，令中使張韜光送妃至宅，妃泣謂韜光曰：「請奏：妾罪合萬死。衣服之外，皆聖恩所賜。唯髮膚是父母所生。今當即死，無以謝上。」乃引刀剪其髮一繚，附韜光以獻。妃既出，上憮然。至是，韜光以髮搭於肩上以奏。上大驚惋，遽使力士就召以歸，自後益嬖焉。又加國忠遙領劍南節度使。

十載上元節，楊氏五宅夜遊，遂與廣寧公主騎從爭西市門。楊氏奴揮鞭誤及公主衣，公主墮馬。駙馬程昌裔扶公主，因及數撾。公主泣奏之，上令決殺楊家奴一人，昌裔停官，不許朝謁。於是楊家轉橫，出入禁門不問，京師長吏，為之側目。故當時謠曰：

「生女勿悲酸，生男勿喜歡。」

又曰：

「男不封侯女作妃，君看女卻是門楣。」

其天下人心羨慕如此。

上一旦御勤政樓，大張聲樂。時教坊有王大娘，善戴百尺竿，上施木山，狀瀛州方丈，令小兒持絳節，出入其間，而舞不輟。時劉晏以神童為秘書省正字，十歲，惠悟過人。上召於樓中，貴妃坐於膝上，為施粉黛，與之巾櫛。貴妃令詠王大娘戴竿，晏應聲曰：

「樓前百戲競爭新，唯有長竿妙入神。

誰謂綺羅翻有力，猶自嫌輕更着人。」

上與妃及嬪御皆歡笑移時，聲聞於外，因命牙笏黃紋袍賜之。

上又宴諸王於木蘭殿，時木蘭花發，皇情不悅。妃醉中舞《霓裳羽衣》一曲，天顏大悅，方知回雪流風，可以回天轉地。上嘗夢十仙子，乃製《紫雲回》（玄宗嘗夢仙子十餘輩，御卿雲而下，各執樂器，懸奏之。曲度清越，真仙府之音。有一仙人曰：「此神仙《紫雲回》。今傳授陛下，為正始之音。」上喜而傳受。寤後，餘響猶在。旦，命玉笛習之，盡得其節奏也）並《夢龍女》，又製《凌波曲》（玄宗在東都，夢一女，容貌豔異，梳交心髻，大袖寬衣，拜於床前。上問：「汝何人？」曰：「妾是陛下凌波池中龍女。衛宮護駕，妾實有功，今陛下洞

曉鈞天之音，乞賜一曲以光族類。」上於夢中為鼓胡琴，拾新舊之曲聲，為《凌波曲》。龍女再拜而去。及覺，盡記之。會禁樂，自御琵琶，習而翻之。與文武臣僚，於凌波宮臨池奏新曲，池中波濤湧起。復有神女出池心，乃所夢之女也。上大悅，語於宰相，因於池上置廟，每歲命祀之）。二曲既成，遂賜宜春院及梨園弟子並諸王。

　　時新豐初進女伶謝阿蠻，善舞。上與妃子鍾念，因而受焉。就按於清元小殿，寧王吹玉笛，上羯鼓，妃琵琶，馬仙期方響[1]，李龜年觱篥，張野狐箜篌，賀懷智拍。自旦至午，歡洽異常。時唯妃女弟秦國夫人端坐觀之。曲罷，上戲曰：「阿瞞（上在禁中，多自稱也）樂籍，今日幸得供養夫人。請一纏頭！」秦國曰：「豈有大唐天子阿姨，無錢用耶？」遂出三百萬為一局焉。樂器皆非世有者，才奏而清風習習，聲出天表。妃子琵琶邏逤檀，寺人白季貞使蜀還獻。其木溫潤如玉，光耀可鑒，有金鏤紅文，蹙成雙鳳。弦乃末訶彌羅國永泰元年[2]所貢者，淥水蠶絲也，光瑩如貫珠瑟瑟。紫玉笛乃姮娥所得也。祿山進三百事管色，俱用媚玉為之。諸王、郡主、

---

[1]　金屬製磬類樂器。
[2]　唐代宗永泰元年（765），其時貴妃已死十年，所記有誤。

妃之姊妹，皆師妃，為琵琶弟子。每一曲徹，廣有獻遺。妃子是日問阿蠻曰：「爾貧，無可獻師長，待我與爾為。」命侍兒紅桃娘取紅粟玉臂支[①]賜阿蠻。妃善擊磬，拊搏之音泠泠然，多新聲，雖太常、梨園之妓，莫能及之。上命採藍田綠玉，琢成磬；上方造簨，流蘇之屬，以金鈿珠翠飾之，鑄金為二獅子，以為趺，彩繪縟麗，一時無比。

先，開元中，禁中重木芍藥，即今牡丹。（《開元天寶花木記》云：「禁中呼木芍藥為牡丹」也。）得數本紅紫淺紅通白者，上因移植於興慶池東沉香亭前。會花方繁開，上乘照夜白，妃以步輦從。詔選梨園弟子中尤者，得樂十六色。李龜年以歌擅一時之名，手捧檀板，押眾樂前，將欲歌之。上曰：「賞名花，對妃子，焉用舊樂詞為。」遽命龜年持金花箋，宣賜翰林學士李白立進《清平樂詞》三篇。承旨，猶苦宿醒，因援筆賦之。第一首：

「雲想衣裳花想容，春風拂檻露華濃。

若非群玉山頭見，會向瑤台月下逢。」

第二首：

---

① 臂飾，又叫金粟裝臂環，也叫紅玉支。

「一枝紅豔露凝香，雲雨巫山枉斷腸。

借問漢宮誰得似？可憐飛燕倚新妝。」

第三首：

「名花傾國兩相歡，長得君王帶笑看。

解釋春風無限恨，沉香亭北倚欄干。」

龜年捧詞進，上命梨園弟子略約詞調，撫絲竹，遂促龜年以歌。妃持玻璃七寶杯，酌西涼州葡萄酒，笑領歌，意甚厚。上因調玉笛以倚曲。每曲遍將換，則遲其聲以媚之。妃飲罷，斂繡巾再拜。上自是顧李翰林尤異於他學士。

會力士終以脫靴為恥，異日，妃重吟前詞，力士戲曰：「始為妃子怨李白深入骨髓，何翻拳拳如是耶！」妃子驚曰：「何學士能辱人如斯？」力士曰：「以飛燕指妃子，賤之甚矣。」妃深然之。上嘗三欲命李白官，卒為宮中所捍而止。

上在百花院便殿，因覽《漢成帝內傳》，時妃子後至，以手整上衣領，曰：「看何文書？」上笑曰：「莫問。知則又殢人。」覓去，乃是「漢成帝獲飛燕，身輕欲不勝風。恐其飄翥，帝為造水晶盤，令宮人掌之而歌舞。又製七寶避風台，間以諸香，安於上，恐其四肢不禁」也。上又曰：「爾則任吹多少？」蓋妃微有肌也，故上有

此語戲妃。妃曰：「《霓裳羽衣》一曲，可掩前古。」上曰：「我才弄，爾便欲嗔乎？憶有一屏風，合在，待訪得，以賜爾。」屏風乃「虹霓」為名，雕刻前代美人之形，可長三寸許。其間服玩之器、衣服，皆用眾寶雜廁而成。水精為地，外以玳瑁水犀為押，絡以珍珠瑟瑟。間綴精妙，迨非人力所製。此乃隋文帝所造，賜義成公主，隨在北胡。貞觀初，滅胡，與蕭后同歸中國，因而賜焉。

（妃歸衛公家，遂持去。安於高樓上，未及將歸。國忠日午偃息樓上，至床，睹屏風在焉。才就枕，而屏風諸女悉皆下床前，各通所號，曰：「裂繒人也。」「定陶人也。」「穹廬人也。」「當壚人也。」「亡吳人也。」「步蓮人也。」「桃源人也。」「斑竹人也。」「奉五官人也。」「溫肌人也。」「曹氏投波人也。」「吳宮無雙返香人也。」「拾翠人也。」「竊香人也。」「金屋人也。」「解佩人也。」「為雲人也。」「董雙成也。」「為煙人也。」「畫眉人也。」「吹簫人也。」「笑蹙人也。」「垓中人也。」「許飛瓊也。」「趙飛燕也。」「金谷人也。」「小鬟人也。」「光髮人也。」「薛夜來也。」「結綺人也。」「臨春閣人也。」「扶風女也。」國忠雖開目，歷歷見之，而身體不能動，口不能發聲。諸女各以物列坐。俄有纖腰妓人近十餘輩，曰：「楚章華

踏謠娘也。」乃連臂而歌之，曰：「三朵芙蓉是我流，
大楊造得小楊收。」復有二三妓，又曰：「楚宮弓腰也。
何不見《楚辭別序》云：『綽約花態，弓身玉肌』？」俄
而遞為本藝。將呈訖，一一復歸屏上。國忠方醒，惶懼
甚，遽走下樓，急令封鎖之。貴妃知之，亦不欲見焉。
祿山亂後，其物猶存。在宰相元載家，自後不知所在。）

譯文

　　楊貴妃小名叫玉環，弘農郡華陰縣人。後來遷居到蒲州永樂的獨頭村。她的高祖叫楊令本，做過金州刺史。父親楊玄琰，做過蜀州司戶。貴妃出生在蜀地。曾經不小心掉到了池裡，後人就叫這池為落妃池（也像王昭君生在峽州，現在有昭君村；綠珠生在白州，現在有綠珠江）。池在導江縣的前面。她父親早死，養在叔父河南府裡管工役之事的士曹參軍楊玄珪家裡。開元二十二年十一月，嫁給壽王李瑁。二十八年十月，玄宗遊溫泉宮（從天寶六載十月起，又改為華清宮），派高力士去到壽王府邸把楊氏接來，將她度為女道士，道號太真，住在皇宮內的太真宮中。

　　天寶四載七月，詔命封左衛中郎將韋昭訓的女兒為壽王妃。同月，在鳳凰園冊封太真宮女道士楊氏為貴妃，服飾日用等待遇半同於皇后。進見的那一天，奏《霓裳羽衣曲》。（《霓裳羽衣曲》是玄宗登臨三鄉驛，眺望女几山時所作。所以劉禹錫有詩說：「拜讀玄宗皇帝望女几山詩，小臣感慨不已：

　　開元天子萬事滿足，只可惜當時光陰短促。

三鄉驛上眺望仙山，歸來作了《霓裳羽衣》樂曲。

從此羨天仙心在瑤池，追隨道祖又對美景神馳。

忽然乘白雲升天而去，空有《秋風詞》留在人世。」

又《逸史》說：「天寶初，羅公遠侍奉玄宗，八月十五夜裡，宮中賞月，公遠說：『陛下願隨臣到月亮上去一遊嗎？』便拿來一枝桂花，向空中拋去，化為一座橋，顏色如銀。公遠請玄宗一起登臨，大約走了幾十里，便到了一座有城闕的大宮殿。公遠說：『這就是月宮。』有好幾百個仙女，身穿寬大的白綢衣，在廣庭中翩翩起舞。玄宗上前去問道：『這是甚麼舞曲？』回答說：『《霓裳羽衣》。』玄宗暗暗地記住了它的聲調，就仍從橋上回來，回頭看時，橋隨着腳步的走過而消失。早上就告訴樂官，模仿記得的聲調，作了《霓裳羽衣曲》。」因為二說不同，所以附記在此。）當晚，送給貴妃金釵、鈿盒。玄宗又自己拿了用麗水庫存中最好的紫磨金琢成的首飾步搖，到她梳妝的房間裡，親手插在她的鬢髮上。玄宗高興得不得了，對後宮宮女說：「我得到楊貴妃，真是如獲至寶。」於是創作了曲子詞《得寶子》，又稱《得鞈子》。

在此之前，開元初，玄宗有武惠妃和王皇后。皇后沒有生兒子。惠妃生了個兒子，自己又長得漂亮，成了後宮中最受寵的人。到開元十三年，皇后被廢了，妃嬪中再也無人可與惠妃相比了。開元二十一年十一月，惠妃去世。後庭中雖然有選來

的良家女子，卻沒有一個是玄宗看得上的，玄宗總是不愉快。現在得到了貴妃，玄宗對她的寵愛又超過了惠妃。

貴妃有三個姊妹，都長得高高的個兒，豐滿漂亮，很有戲謔談笑的本領，善解人意。她們每次入宮，總是到很晚才出來。宮中稱貴妃為娘子，禮數與對待皇后一樣。冊封貴妃那天，追贈她父親楊玄琰為濟陰太守，母親李氏為隴西郡夫人。又贈玄琰為兵部尚書，李氏為涼國夫人。叔父玄珪為光祿卿銀青光祿大夫。又堂兄楊釗拜為侍郎，兼為天子使者。兄楊銛又居於朝見官員的行列。堂弟楊錡娶了太華公主；她是武惠妃生的，因為母親的緣故，受到的恩寵超過其他女兒，所賜的府第與皇宮連在一起。從此楊家的權勢天下無比，每次有甚麼囑咐要求，台、省、府、縣就像接到聖旨一樣。四面八方的珍奇貨物、奴僕、馬匹，天天送上門來。

那時，安祿山為范陽節度使，得到皇帝恩寵最深，玄宗叫他為兒子。曾在便殿內，與貴妃同時參加宴會，祿山每次入座前，不拜玄宗而拜貴妃。玄宗問他說：「為甚麼不拜我而拜妃子，你是甚麼意思？」祿山奏說：「胡人都不知道生父是誰，只知道母親。」玄宗大笑，赦免了他。又命楊銛以下的楊家人與安祿山約為兄弟姊妹，往來必舉行宴會迎送。開始時雖然交誼頗深，後來權勢相當，也就不和諧了。

天寶五載七月，貴妃因為妒忌發狠，頂撞玄宗，玄宗就

讓她坐着單車，命高力士將她送回到楊銛的第宅裡去。到了中午，玄宗便想念起她來，連飯也不吃，動不動發火。力士試探他心意，奏請准許將貴妃接回來，先送去院中宮女，衣物，以及司農寺的米麵、酒餚等百餘車。楊氏幾位姊妹和楊銛起初害怕災禍臨頭，聚在一起，都急得哭了。等見到玄宗恩賜有加，又見送來御賜酒饌，心裡才漸漸地寬慰了。起初，貴妃被趕出宮後，玄宗感到無聊，來到他身旁的太監，有人就莫名其妙地遭到鞭打，甚至有驚嚇而死的。力士因此才奏請召回貴妃。可是待要迎回宮去時，已經宵禁了，便打開安興坊的門，經太華宅進入宮中。到早晨，玄宗在內殿見到貴妃，大為高興。貴妃下拜，哭着請罪。玄宗於是叫來東西兩市的雜戲班子，讓貴妃開心。貴妃的諸姊妹也送來吃的，一起作樂。從此恩寵一天比一天深，後宮中再也沒有別人能得到玄宗的寵幸了。

天寶七載，加封楊釗為御史大夫，兼為京兆尹，賜名國忠。封大姨為韓國夫人，三姨為虢國夫人，八姨為秦國夫人。同一天內，敕封她們，每人給月錢十萬，作為脂粉費用。但虢國夫人不搽脂粉，她要炫耀自己的美貌，常常以本色容顏去朝見天子。當時，杜甫有詩說：

「虢國夫人受到君王恩寵，大清早就騎着馬直闖宮中。

倒嫌胭脂花粉會弄髒她的容貌，

隨手抹一把臉就去朝見玄宗。」

玄宗又賜給虢國夫人照夜珠，給秦國夫人七葉冠，給國忠鎖子帳，都是稀世珍寶，對他們的恩寵竟到這般地步。授予楊銛銀青光祿大夫鴻臚卿，前列持戟儀仗，又特授上柱國，一天內連下三詔。讓楊國忠等五家在宣陽里建造府第，大宅門戶洞開，可與皇宮相比。車馬僕從，光彩照京都。彼此之間競相誇耀豪奢，每建造一堂，耗費財物以千萬計，看到別人建造的規模氣派比自己的更宏大，就拆毀重建，土木工程日夜不停。玄宗所賜御食，以及海外進貢的東西，都分送五家第宅。從開元以來，在豪貴奢靡上，都沒有可以與之相比的。

玄宗到哪裡走動，都必定與貴妃同行，要騎馬，就由高力士拉馬籠頭，遞給馬鞭。宮中專管貴妃所用刺繡織錦的，就有七百人；雕鏤器物的又有幾百人，供妃子生日和佳節慶典時用。又不斷地命楊益去往嶺南，叫官吏天天尋求新奇之物進貢。嶺南節度使張九章、廣陵長史王翼，因為端午節進奉給貴妃的珍玩衣服，比別的州郡奇特，九章被加封為銀青光祿大夫，王翼被提升為戶部侍郎。

天寶九載二月，玄宗原備有五王帳，很長的枕頭，很大的錦被，常與寧王等兄弟們一同睡在帳內。不久，貴妃偷了寧王的紫玉笛來吹。所以詩人張祜有詩說：

「沒有人的梨花園一片靜寂，

悠閒地吹奏起寧王的玉笛。」

因為這件事觸怒了玄宗，貴妃又被放逐出宮。楊國忠懼怕，因為吉溫當時與宮中有權勢的太監關係很好，就向他討教方法。然後入奏，說：「妃子是婦道人家，很無知，冒犯聖顏，罪當一死。但既然曾蒙恩寵，只應死在宮中。陛下又何必捨不得一席之地，讓她在宮內受誅呢？難道就忍心要她到外面去蒙受恥辱嗎？」玄宗說：「我重用你，並非因為妃子，你倒很會替她出主意。」起初，玄宗令宮內使者張韜光送貴妃到楊宅，貴妃哭著對韜光說：「請代我奏啟皇上：臣妾罪該萬死，除了我一身穿著入宮的衣服外，所有的東西都是聖恩賜給的，只有毛髮肌膚是父母所生的。現在我就要去死了，沒有甚麼東西可以答謝皇上的。」說著，就拿起剪刀鉸下一束頭髮來，叫韜光帶去獻給玄宗。貴妃出宮後，玄宗心裡悵然若失。到這時，韜光就將貴妃的頭髮搭在肩上向玄宗奏告經過。玄宗大為震驚憐惜，連忙派高力士去召她回來，從此以後更加寵愛了。又給國忠加銜，命他遙領劍南節度使。

　　天寶十載元宵節，楊氏五家上街夜遊，便與廣寧公主的騎從人員在西市門爭吵起來。楊家的奴僕揮動鞭子，誤打到公主的衣服上，公主落馬。駙馬程昌裔下馬去攙扶公主，也被打到了幾下。公主向玄宗哭訴，玄宗詔令殺楊家奴僕一人，同時將昌裔免官，不許他朝謁。於是楊家更肆無忌憚，出入宮禁之門也不打招呼，京師裡的官吏們都心懷畏懼，不敢正視他們。所

以當時有民謠説：

「生女兒不必心酸，生男孩不必喜歡。」

又説：

「男的未必封侯女的能作皇妃，

如今女兒倒為全家增添光輝。

可見天下百姓的心中是多麼的羨慕。」

一天，玄宗在勤政樓宴集，大奏音樂。當時管理宮廷音樂的官署叫教坊，教坊有一個叫王大娘的，善於頂百尺長竿，竿上又放置木頭山，樣子像蓬萊仙島，叫一個小孩手拿紅纓桿子在山間進出，而自己頂着長竿跳舞不停。當時，劉晏因為是神童被授予秘書省正字之職，才十歲，聰明超過常人。玄宗將他召來樓中，貴妃讓他坐在自己的膝蓋上，替他搽粉畫眉，梳頭紮巾。叫他作首詩詠王大娘頂竿，貴妃話聲剛落，劉晏就説：

「樓前百戲爭着花樣翻新，只有長竿最為奇妙入神。

誰能想到女子反而有勁，她還嫌輕又讓竿頭站人。」

玄宗與貴妃以及宮嬪、坐客們都開懷大笑不止，喧鬧之聲，樓外都能聽到，於是命將象牙笏、錦紋袍賞賜給劉晏。

玄宗又在木蘭殿宴請諸王，當時正值木蘭花開，而玄宗心情並不好。貴妃乘醉，舞了一曲《霓裳羽衣》，龍顏大悅，這才知道流風回雪的舞姿可以回天轉地。玄宗曾經夢見十位仙女，就製作了《紫雲回》（玄宗夢見仙女十餘人，駕祥雲而下，

每人手拿一件樂器，懸空而奏，曲調清越，真是仙界的音樂。一位仙女説：「這是神仙曲，叫《紫雲回》，現在傳授給陛下，是魏晉時代的玄妙聲音。」玄宗高興地習記了曲調，醒來時，餘響還在耳邊。早晨，就命吹玉笛的來演習，把曲子的音節都弄清了）和《夢龍女》，又製作了《凌波池》。（玄宗在東都洛陽，夢見一個女子，容貌艷麗奇異，頭上梳着交心髻，長袖寬衣，在床前下拜。玄宗問：「你是誰？」回答説：「妾是陛下凌波池中的龍女。守衛宮禁，保護聖駕，妾實在是有功勞的。現在陛下能通曉天界的音樂，我求恩賜一曲，使我的族類也能增光。」玄宗在夢中為她彈奏琵琶，將新舊曲調糅合而成為一首新曲，取名《凌波曲》。龍女再三拜謝而去。玄宗醒來時，都還記得，就集合宮中樂隊，自彈琵琶，練習演奏並寫成曲譜。與文武百官在凌波宮池畔奏起新曲來，池中波濤湧起，接着就有一位神女從池心波中躍出，就是夢中所見到的女子。玄宗非常高興，把經過告訴了宰相，因而就在池上蓋起一座廟來，每年都進行祭祀。）二曲製成後，便賜給宜春院以及梨園弟子和諸王。

那時，新豐新送進宮來一個女伶人叫謝阿蠻，擅長跳舞。玄宗與貴妃正很想以新曲作樂，因而就要了阿蠻。叫她在清元小殿表演，寧王吹玉笛，玄宗打羯鼓，貴妃彈琵琶，馬仙期敲方響，李龜年吹觱篥，張野狐彈箜篌，賀懷智擊拍扳。從早上

直鬧到中午，非常歡快融洽。當時只有貴妃的妹子秦國夫人端端正正地坐着當觀眾。樂曲奏完，玄宗對秦國夫人開玩笑說：「阿瞞（玄宗在宮內多自稱阿瞞）的歌舞音樂班子，今天有幸為夫人供獻技藝，請夫人給點賞錢吧！」秦國夫人說：「哪裡會有大唐天子的阿姨沒有錢用的呢！」便出資三百萬為演出一局的賞錢。樂器都不是世俗能夠有的，剛一奏就覺得有清風陣陣吹來，聲音似來自天外。貴妃的琵琶用的是邏逤檀，是太監白季貞出使蜀地帶回進獻的，它的木質溫潤如玉，光亮得可以當鏡子照，有金絲紅紋，攢聚成雙鳳圖形；弦是末訶彌羅國永泰元年所進貢的，由淥水蠶的絲紡成，光瑩如同一串碧珠。紫玉笛則是嫦娥所得之物。安祿山進獻三百種各色管樂器，都用美玉製成，諸王、郡王、貴妃的姊妹都拜貴妃為師，作琵琶弟子。每奏完一曲，總有很多的東西獻贈。貴妃那一天對阿蠻說：「你窮，沒有東西可以獻給老師的，等我給你辦一點。」命侍女紅桃拿來紅粟玉臂支賜給阿蠻。貴妃善於擊磬，敲擊的聲音如泉水叮咚，多數都是新的曲調，即使是掌管音樂的太常寺梨園中的藝妓，都不及她擊得好。玄宗命人開採來藍田的綠玉，琢成磬；然後再造懸磬的木架、流蘇之類，用金鈿、珠翠鑲嵌裝飾，鑄兩頭金獅子作為架子的座腳，架上彩繪絢麗，一時無與倫比。

早先，開元年間，宮禁內看重木芍藥，也就是今天的牡

丹。(《開元天寶花木記》說：「宮禁中稱木芍藥為牡丹。」）
玄宗得到幾株紅紫的、淺紅的、全白的，將它移植在興慶池東
沉香亭前。到花正盛開時，玄宗騎着神駿照夜白，貴妃乘坐着
人力拉的車跟從其後。詔命挑選梨園弟子中藝精者，挑來十六
種樂工，李龜年的歌唱當時最負盛名，他手捧檀板，帶着眾樂
工前來，準備歌唱。玄宗說：「賞玩名花，面對妃子，哪能用
舊的樂詞？」命龜年速拿金花箋來，宣詔賜翰林學士李白立刻
寫《清平樂》詞三闋送上來。李白領旨，苦於昨晚喝的酒尚未
全醒，就提筆寫了三首。第一首說：

> 「雲兒想像衣裳，花兒想像姣容，
>
> 春風輕拂欄桿，點點露珠正濃。
>
> 倘若見到她不是在群玉仙山之上，
>
> 那一定會在瑤台的月光下相逢。」

第二首說：

> 「豔麗的紅花上露水凝着芳香，
>
> 巫山雲雨的好夢枉然使襄王斷腸。
>
> 請問漢代宮殿中有誰與她相似？
>
> 只有可愛的趙飛燕憑藉着新的梳妝。」

第三首說：

> 「名花與美人同樣招人喜歡，
>
> 常常能贏得君王含笑觀看。

要解脱春風帶來的無限怨恨，

只須在沉香亭北去靠着欄桿。」

李龜年拿着李白寫的詞給玄宗看，玄宗命梨園弟子定好詞的聲調，奏起弦管，叫龜年來唱。貴妃手拿玻璃七寶杯，斟上西涼州葡萄酒，笑着領受歌聲，心裡很滿意。玄宗就配合着曲子吹起玉笛來，每當曲子將要換闋時，就把節拍放慢，以取悅於貴妃。貴妃喝完酒，整好繡巾，再拜謝恩。玄宗從此看待李翰林更不同於其他學士。

高力士始終為曾經給李白脫靴一事感到恥辱。有一天，貴妃正在重吟前面的詞時，力士就戲言揶揄說：「我開始還以為妃子一定把李白恨入骨髓，怎麼反而對他會這樣傾心呢？」妃子很驚訝地說：「李學士怎麼會如你所說的那樣侮辱人呢？」力士說：「拿趙飛燕來指貴妃，也將你太看得低賤了！」妃子這才深感他說的話有道理。玄宗曾三次想給李白加官，最終都遭到宮內的阻撓而只好作罷。

玄宗在百花院便殿閱讀《漢成帝內傳》。這時，貴妃來了，用手整整玄宗的衣領，說：「看甚麼文書？」玄宗笑着說：「別問。知道了，又糾纏不清。」貴妃找去看，書上說的是：「漢成帝得到了趙飛燕，她體態輕盈，幾乎禁不起風吹，怕她會飄揚飛去。成帝為她特製了個水晶盤，令宮女托着讓她在上面歌舞，又製造了七寶避風台，其間放各種名貴香料，將台安

置在盤上，怕她四肢禁不起風吹。」玄宗對貴妃說：「你呀，任憑多大的風吹都不要緊。」因為貴妃長得比較豐滿，所以玄宗有這開玩笑的話。妃子說：「我舞《霓裳羽衣》一曲，也可以蓋過從前古人了。」玄宗說：「我才開個玩笑，你就要生氣嗎？我記得有一架屏風，應該還在的。等找到，送給你就是了。」屏風名為虹霓，雕刻着前代的許多美人，每個約有三寸長。她們佩戴的玩物、衣服，都用各種珍寶拼合而成，用水晶作地板，外面以玳瑁、水犀角作簾軸，網絡着珍珠、碧珠，點綴精妙，幾乎非人工所能做出來的。它原是隋文帝命人製造的，賜給了義成公主，隨着公主到了北胡。唐朝貞觀初，消滅了北胡，屏風也就與蕭后一道回到了中國。玄宗因此將它賜給貴妃了。

（貴妃到她堂兄衛國公楊國忠家裡時，便將屏風帶了去，安放在高樓上，沒有來得及取回家。國忠中午在樓上休息，上床時看到這架屏風。頭剛着枕，而屏風上的美人們都下來了，走到床前，各自通報名號，說：「我是裂繪人。」「我是定陶人。」「我是穹廬人。」「我是當壚人。」「我是亡吳人。」「我是步蓮人。」「我是桃源人。」「我是斑竹人。」「我是奉五官人。」「我是溫肌人。」「我是曹氏投波人。」「我是吳宮無雙返香人。」「我是拾翠人。」「我是竊香人。」「我是金屋人。」「我是解佩人。」「我是為雲人。」「我是董雙成。」「我是為煙

人。」「我是畫眉人。」「我是吹簫人。」「我是笑躄人。」「我是坮中人。」「我是許飛瓊。」「我是趙飛燕。」「我是金谷人。」「我是小鬟人。」「我是光髮人。」「我是薛夜來。」「我是結綺人。」「我是臨春閣人。」「我是扶風女。」國忠雖然張着眼睛，看得清清楚楚，但全身動彈不得，嘴裡也發不出聲音來。美女們各以人物排列坐次。一會兒，有腰肢纖細的藝妓十來個人過來，說：「我們是楚國章華的踏謠娘。」就手拉起手來唱歌，說：「三朵芙蓉是我流，大楊造好小楊收。」又有二三個藝妓來，說：「我們是楚宮裡的弓腰娘。你難道沒有見到《楚辭別序》中說：『優美花態，弓身玉肌』嗎？」一會兒，逐個地表演她們本來擅長的技藝，呈獻完畢，一個個又回到了屏風上。國忠才清醒過來，十分惶恐，急忙跑下樓來，立即命令將樓上關閉緊鎖起來。貴妃知道後也不想再看它了。安祿山叛亂之後，這東西還存在，在當時的宰相元載的家裡，這以後就不知道它在哪裡了。）

楊太真外傳下

原著　史官樂史

　　初，開元末，江陵進乳柑橘，上以十枚種於蓬萊宮。至天寶十載九月秋，結實。宣賜宰臣，曰：「朕近於宮內種柑子樹數株，今秋結實一百五十餘顆，乃與江南及蜀道所進無別，亦可謂稍異者。」宰臣表賀曰：「伏以自天所育者不能改有常之性，曠古所無者，乃可謂非常之感。是知聖人御物，以元氣佈和，大道乘時，則殊方叶致，且橘柚所植，南北異名，實造化之有初，匪陰陽之有革。陛下玄風真紀，六合一家。雨露所均，混天區而齊被；草木有性，憑地氣以潛通。故茲江外之珍果，為禁中之佳實。綠蒂含霜，芳流綺殿；金衣爛日，色麗彤庭。云云」。乃頒賜大臣。外有一合歡實，上與妃子互相持玩。上曰：「此果似知人意，朕與卿固同一體，所以

合歡。」於是促坐，同食焉。因令畫圖，傳之於後。

妃子既生於蜀，嗜荔枝。南海荔枝勝於蜀者，故每歲馳驛以進。然方暑熱而熟，經宿則無味。後人不能知也。

上與妃採戲，將北，唯重四轉敗為勝。連叱之，骰子宛轉而成重四，遂命高力士賜緋，風俗因而不易。

廣南進白鸚鵡，洞曉言詞，呼為雪衣女。一朝飛上妃鏡台上，自語：「雪衣女昨夜夢為鷙鳥所搏。」上令妃授以《多心經》，記誦精熟。後上與妃遊別殿，置雪衣女於步輦竿上同去。瞥有鷹至，搏之而斃。上與妃歎息久之，遂瘞於苑中，呼為鸚鵡塚。

交趾貢龍腦香，有蟬蠶之狀，五十枚。波斯言老龍腦樹節方有。禁中呼為瑞龍腦，上賜妃十枚。妃私發明駝使（明駝使腹下有毛，夜能明，日馳五百里），持三枚遺祿山。妃又常遺祿山金平脫裝具，玉合，金平脫鐵面碗。

十一載，李林甫死。又以國忠為相，帶四十餘使。十二載，加國忠司空。長男暄，先尚延和郡主，又拜銀青光祿大夫、太常卿，兼戶部侍郎。小男珣，尚萬春公主。貴妃堂弟秘書少監鑑，尚承榮郡主。一門一貴妃，二公主，三郡主，三夫人。十二載，重贈玄琰太尉、齊

國公。母重封梁國夫人。官為造廟；御製碑及書。叔玄珪又拜工部尚書。韓國婿秘書少監崔峋女為代宗妃；虢國男裴徽尚代宗女延光公主，女為讓帝[1]男妻；秦國婿柳澄男鈞尚長清縣主，澄弟潭尚肅宗女和政公主。

上每年冬十月，幸華清宮，常經冬還宮闕，去即與妃同輦。華清宮有端正樓，即貴妃梳洗之所；有蓮花湯，即貴妃澡沐之室。國忠賜第在宮東門之南，號國相對。韓國、秦國，甍棟相接。天子幸其第，必過五家，賞賜燕樂。扈從之時，每家為一隊，隊着一色衣。五家合隊相映，如百花之煥發。遺鈿，墜舄，瑟瑟，珠翠，燦於路岐，可掬。曾有人俯身一窺其車，香氣數日不絕。駝馬千餘頭匹，以劍南旌節器仗前驅。出有餞飲，還有軟腳。遠近餉遺珍玩狗馬，閹侍歌兒，相望於道。及秦國先死，獨虢國、韓國、國忠轉盛。虢國又與國忠亂焉。略無儀檢，每入朝謁，國忠與韓虢連轡，揮鞭驟馬，以為諧謔。從官嬪媵百餘騎。秉燭如晝，鮮裝袨服而行，亦無蒙蔽。衢路觀者如堵，無不駭歎。十宅諸王男女婚嫁，皆資韓虢紹介；每一人約一千貫，上乃許之。

十四載六月一日，上幸華清宮，乃貴妃生日。上命

---

[1] 唐玄宗兄李憲。

小部音聲（小部者，梨園法部所置，凡三十人，皆十五已下），於長生殿奏新曲，未有名，會南海進荔枝，因以曲名《荔枝香》。左右歡呼，聲動山谷。

其年十一月，祿山反幽陵，（祿山本名軋犖山，雜種胡人也。母本巫師。祿山晚年益肥，垂肚過膝，自秤得三百五十斤。於上前胡旋舞，疾如風焉。上嘗於勤政樓東間設大金雞障，施一大榻，捲去簾，令祿山坐。其下設百戲，與祿山看焉。肅宗諫曰：「歷觀今古，未聞臣下與君上同坐閱戲。」上私曰：「渠有異相，我禳之故耳。」又嘗與夜燕，祿山醉臥，化為一豬而龍首。左右遽告帝。帝曰：「此豬龍，無能為。」終不殺。卒亂中國。）以誅國忠為名。咸言國忠、虢國、貴妃三罪，莫敢上聞。上欲以皇太子監國，蓋欲傳位，自親征。謀於國忠，國忠大懼，歸謂姊妹曰：「我等死在旦夕。今東宮監國，當與娘子等並命矣。」姊妹哭訴於貴妃。妃銜土請命，事乃寢。

十五載六月，潼關失守，上幸巴蜀，貴妃從。至馬嵬，右龍武將軍陳玄禮懼兵亂，乃謂軍士曰：「今天下崩離，萬乘震蕩。豈不由楊國忠割剝甿庶，以至於此。若不誅之，何以謝天下？」眾曰：「念之久矣。」會吐蕃和好使在驛門遮國忠訴事。軍士呼曰：「楊國忠與蕃人

謀叛！」諸軍乃圍驛四合，殺國忠並男暄等。（國忠舊名釗，本張易之子也。天授中，易之恩幸莫比。每歸私第，詔令居樓，仍去其梯，圍以束棘，無復女奴侍立。母恐張氏絕嗣，乃置女奴嬪妹於樓複壁中。遂有娠，而生國忠。後嫁於楊氏。）

上乃出驛門勞六軍。六軍不解圍，上顧左右責其故。高力士對曰：「國忠負罪，諸將討之。貴妃即國忠之妹，猶在陛下左右，群臣能無憂怖？伏乞聖慮裁斷。」（一本云：「賊根猶在，何敢散乎？」蓋斥貴妃也。）上回入驛，驛門內傍有小巷，上不忍歸行宮，於巷中倚杖欹首而立。聖情昏默，久而不進。京兆司錄韋鍔（見素男也）進曰：「乞陛下割恩忍斷，以寧國家。」逡巡，上入行宮。撫妃子出於廳門，至馬道北牆口而別之，使力士賜死。妃泣涕嗚咽，語不勝情，乃曰：「願大家好住。妾誠負國恩，死無恨矣。乞容禮佛。」帝曰：「願妃子善地受生。」力士遂縊於佛堂前之梨樹下。

才絕，而南方進荔枝至。上睹之，長號數息，使力士曰：「與我祭之。」祭後，六軍尚未解圍。以繡衾覆床，置驛庭中，敕玄禮等入驛視之。玄禮抬其首，知其死，曰：「是矣。」而圍解。

瘞於西郭之外一里許道北坎下。妃時年三十八。上

持荔枝於馬上謂張野狐曰：「此去劍門，鳥啼花落，水綠山青，無非助朕悲悼妃子之由也。」

初，上在華清宮日，乘馬出宮門，欲幸虢國夫人之宅。玄禮曰：「未宜敕報臣，天子不可輕去就。」上為之回轡。他年，在華清宮，逼上元，欲夜遊。玄禮奏曰：「宮外即是曠野，須有預備，若欲夜遊，願歸城闕。」上又不能違諫。及此馬嵬之誅，皆是敢言之有便也。

先是，術士李遐周有詩曰：

「燕市人皆去，函關馬不歸。

若逢山下鬼，環上繫羅衣。」

「燕市人皆去」，祿山即薊門之士而來；「函關馬不歸」，哥舒翰之敗潼關也；「若逢山下鬼」，「嵬」字，即馬嵬驛也；「環上繫羅衣」，貴妃小字玉環，及其死也，力士以羅巾縊焉。又妃常以假髻為首飾，而好服黃裙。天寶末，京師童謠曰：「義髻拋河裡，黃裙逐水流。」至此應矣。

初，祿山嘗於上前應對，雜以諧謔。妃常在座，祿山心動。及聞馬嵬之死，數日歡惋。雖林甫養育之，國忠激怒之，然其有所自也。

是時虢國夫人先至陳倉之官店。國忠誅問至，縣令薛景仙率吏人追之。走入竹林下，以為賊軍至，虢國先

殺其男徽，次殺其女。國忠妻裴柔曰：「娘子何不借我方便乎？」遂並其女殺之。已而自刎，不死。載於獄中，猶問人曰：「國家乎？賊乎？」獄吏曰：「互有之。」血凝其喉而死。遂併坎於東郭十餘步道北楊樹下。

上發馬嵬，行至扶風道。道傍有花，寺畔見石楠樹團圓，愛玩之，因呼為端正樹，蓋有所思也。又至斜谷口，屬霖雨涉旬，於棧道雨中聞鈴聲隔山相應。上既悼念貴妃，因採其聲為《雨霖鈴》曲，以寄恨焉。

至德二年，既收復西京，十一月，上自成都還，使祭之。後欲改葬，李輔國等不從。時禮部侍郎李揆奏曰：「龍武將士以楊國忠反，故誅之。今改葬故妃，恐龍武將士疑懼。」肅宗遂止之。上皇密令中官潛移葬之於他所。妃之初瘞，以紫褥裹之。及移葬，肌膚已消釋矣。胸前猶有錦香囊在焉。中官葬畢以獻，上皇置之懷袖。又令畫工寫妃形於別殿，朝夕視之而歔欷焉。

上皇既居南內，夜闌登勤政樓，憑欄南望，煙月滿目。上因自歌曰：

「庭前琪樹已堪攀，塞外征人殊未還。」

歌歇，聞里中隱隱如有歌聲者。顧力士曰：「得非梨園舊人乎？遲明，為我訪來。」翌日，力士潛求於里中，因召與同去，果梨園弟子也。其後，上復與妃侍者紅桃

在焉。歌《涼州》之詞，貴妃所製也。上親御玉笛，為之倚曲。曲罷相視，無不掩泣。上因廣其曲。今《涼州》留傳者益加焉。

至德中，復幸華清宮。從官嬪御，多非舊人。上於望京樓下命張野狐奏《雨霖鈴》曲。曲半，上四顧淒涼，不覺流涕。左右亦為感傷。新豐有女伶謝阿蠻，善舞《凌波曲》，舊出入宮禁，貴妃厚焉。是日，詔令舞。舞罷，阿蠻因進金粟裝臂環，曰：「此貴妃所賜。」上持之，淒然垂涕曰：「此我祖大帝破高麗，獲二寶：一紫金帶，一紅玉支。朕以岐王所進《龍池篇》，賜之金帶。紅玉支賜妃子。後高麗知此寶歸我，乃上言：『本國因失此寶，風雨愆時，民離兵弱。』朕尋以為得此不足為貴，乃命還其紫金帶。唯此不還。汝既得之於妃子，朕今再睹之，但興悲念矣。」言訖，又涕零。

至乾元元年，賀懷智又上言，曰：「昔上夏日與親王棋，令臣獨彈琵琶（其琵琶以石為槽，鶤雞筋為弦，用鐵撥彈之），貴妃立於局前觀之。上數枰子將輸，貴妃放康國猧子上局亂之，上大悅。時風吹貴妃領巾於臣巾上，良久，回身方落。及歸，覺滿身香氣。乃卸頭幘，貯於錦囊中。今輒進所貯幞頭。」上皇發囊，且曰：「此瑞龍腦香也。吾曾施於暖池玉蓮朵，再幸尚有香氣宛

然。況乎絲縷潤膩之物哉。」遂淒愴不已。自是聖懷耿耿，但吟：

「刻木牽絲作老翁，雞皮鶴髮與真同。

須臾舞罷寂無事，還似人生一世中。」

有道士楊通幽自蜀來，知上皇念楊貴妃，自云：「有李少君[1]之術」。上皇大喜，命致其神。方士乃竭其術以索之，不至。又能遊神馭氣，出天界，入地府求之，竟不見，又旁求四虛上下，東極，絕大海，跨蓬壺。忽見最高山，上多樓閣，泊至，西廂下有洞戶，東向，闔其門，額署曰「玉妃太真院」。

方士抽簪叩扉，有雙鬟童女出應門。方士造次未及言，雙鬟復入。俄有碧衣侍女至，詰其所從來。方士因稱天子使者，且致其命。碧衣云：「玉妃方寢，請少待之。」逾時，碧衣延入，且引曰：「玉妃出。」冠金蓮，帔紫綃，佩紅玉，拽鳳舄。左右侍女七八人，揖方士，問皇帝安否，次問天寶十四載以還。言訖憫然，指碧衣女取金釵鈿合，折其半授使者曰：「為我謝太上皇，謹獻是物，尋舊好也。」方士將行，色有不足，玉妃因徵其意，乃復前跪致詞：「請當時一事，不聞於他人者，驗於

---

[1] 李少君是漢代的方士，曾為武帝招致已故李夫人的靈魂。

太上皇。不然，恐金釵鈿合，負新垣平之詐也。」玉妃
茫然退立，若有所思，徐而言曰：「昔天寶十載，侍輦避
暑驪山宮。秋七月，牽牛織女相見之夕，上憑肩而望。
因仰天感牛女事，密相誓心，『願世世為夫婦。』言畢，
執手各嗚咽。此獨君王知之耳。」因悲曰：「由此一念，
又不得居此，復墮下界，且結後緣。或為天，或為人，
決再相見，好合如舊。」因言：「太上皇亦不久人間，幸
唯自愛，無自苦耳。」

使者還，具奏太上皇。皇心震悼。及至移入大內甘
露殿，悲悼妃子，無日無之。遂辟穀服氣，張皇后進櫻
桃蔗漿，聖皇並不食。常玩一紫玉笛，因吹數聲，有雙
鶴下於庭，徘徊而去。聖皇語侍兒宮愛曰：「吾奉上帝
所命，為元始孔昇真人，此期可再會妃子耳。笛非爾所
寶，可送大收（大收，代宗小字）。」即令具湯沐。「我
若就枕，慎勿驚我。」宮愛聞睡中有聲，駭而視之，已
崩矣。

妃子死日，馬嵬嫗得錦袎襪一隻。相傳過客一玩百
錢，前後獲錢無數。

悲夫！玄宗在位久，倦於萬機，常以大臣接對拘
檢，難徇私欲。自得李林甫，一以委成，故絕逆耳之
言，恣行燕樂。袵席無別，不以為恥，由林甫之贊成

矣。乘輿遷播，朝廷陷沒，百僚繫頸，妃王被戮，兵滿天下，毒流四海，皆國忠之召禍也。

史臣曰：夫禮者，定尊卑，理家國。君不君，何以享國？父不父，何以正家？有一於此，未或不亡。唐明皇之一誤，貽天下之羞，所以祿山叛亂，指罪三人。今為外傳，非徒拾楊妃之故事，且懲禍階而已。

譯文

　　當初，開元末年，江陵進貢乳柑橘，玄宗將十株種在蓬萊宮中。到天寶十載九月秋，結出柑橘來。玄宗宣佈分賜給左右大臣們，説：「我不久前在宮內種了幾株柑子樹，今年秋天結出了一百五十幾顆果子，它與江南以及蜀道進貢來的沒有甚麼差別，也可算有點奇異了。」大臣上表慶賀説：「臣以為由天養育出來的東西，不能改變它正常的本性，出現曠古未有的現象，那可以説是受到極不平常的感應。據此可知聖人掌握着的東西，因為天地之元氣遍佈祥和，大道乘時而行，就會使不同方向都協調一致起來。至於橘柚的種植生長，南方與北方的名稱本就不同，這實在是大自然創造萬物最初的意圖，並非陰陽規律有了改變。陛下治國理政的風尚綱紀合於天道真理，使四海成為一家。雨露所施，不分區域地遍受滋潤；草本有性，憑藉地氣而暗地相通。所以這種長江以南的珍果，成了宮禁之中的佳品。綠色的果蒂，含着霜花，香氣流佈綺麗的殿堂；金色的外衣，輝映日光，色彩裝點彤紅的宮庭。」於是就將柑橘分賜大臣們。另有一枚合歡果，玄宗與妃子相互拿着賞玩，玄

宗説：「這果子好像知道人的心意，我與你本來就同一個人一樣，所以叫合歡。」於是叫貴妃坐下，一同來吃果子。還叫人畫成圖畫，傳之於後世。

妃子出生於蜀地，非常愛吃荔枝。南海的荔枝，比蜀地產的要好，所以每年由驛站的快馬將南海荔枝送到京城來。但荔枝是在暑熱的時候才成熟的，採摘下來放上一二夜就沒有那種新鮮味了，這一點後人往往不知道。

玄宗與妃子玩擲骰子的遊戲，眼看就要輸了，只有擲出一對四點來才能轉敗為勝。便連連地大聲喝「四」，骰子居然轉呀轉地轉出一對四點來，於是命高力士賜給骰子的四點為紅色。所以民間風俗中傳到今天，骰子的顏色也就這樣了。

廣南進貢一隻白鸚鵡，能通曉人的語言，稱它為雪衣女。有一天，鸚鵡飛到妃子的鏡台上，自己説：「雪衣女昨夜夢見遭鷹隼襲擊了！」玄宗就令妃子教鸚鵡念《多心經》，以驅除妄念，它能把經文背誦得爛熟。後來玄宗與妃子去遊別殿，讓雪衣女棲息在車頂的竿子上一同去。忽然看見一隻老鷹飛下來，直撲雪衣女，把它啄死了。玄宗與妃子久久歎息不已，就將它埋葬在宮內的花園裡，稱之為鸚鵡塚。

交趾進貢龍腦香，樣子像蟬的幼蟲，有五十顆。波斯國人説要等到老龍腦樹長出節子來才有這香。宮內稱它為瑞龍腦，玄宗賜給妃子十顆。妃子私下派遣驛站裡專門擔負緊急軍務的

明駝使（明駝使腹下長毛，夜間能發光，一天能馳騁五百里）帶了三顆去送給安祿山。妃子又常常送給祿山金平脫裝具、玉盒、金平脫鐵面碗等玩意兒。

天寶十一載，李林甫死了，又以楊國忠為宰相，並兼任四十多個官職。十二載，加封國忠為司空。大兒子楊暄，先前娶了延和郡主，這時又封他為銀青光祿大夫、太常卿，兼戶部侍郎。小兒子楊昢，娶了萬春公主。貴妃的堂弟秘書少監楊鑑，娶了承榮郡主。楊氏一門中，一個貴妃，兩個公主，三個郡主，三個夫人。十三載，又重新追贈貴妃的父親楊玄琰為太尉、齊國公。母親重新追封為梁國夫人。官府為他們造家廟；皇帝御製碑文及親筆書寫。叔父玄珪又任工部尚書，韓國夫人的丈夫是秘書少監崔峋，女兒為代宗的妃子；虢國夫人的兒子裴徽娶了代宗女兒延光公主，女兒成了讓帝[①]的兒媳婦；秦國夫人的丈夫是柳澄，兒子柳鈞娶了長清縣主，柳澄的弟弟柳潭娶了肅宗的女兒和政公主。

玄宗每年冬十月都到華清宮去，常常過了冬天才回到宮禁中來，去時就與貴妃同車。華清宮有座端正樓，就是貴妃梳洗的地方；有蓮花湯，就是貴妃洗澡的浴室。楊國忠賜得的府第在皇宮東門的南面，與虢國夫人相對。韓國、秦國夫人的府

---

① 唐玄宗兄李憲。

第，脊瓦欀棟彼此連接。天子到他們第宅，必定經過五家，賞賜宴席歌樂。跟從在皇帝後頭，每家編成一隊，每隊穿一色的衣服，五家隊伍合在一起，五色相映，如百花怒放。婦女們掉在地上的金鈿、鞋子、瑟瑟珠、珠翠，一路閃閃發光，可以拾上一捧。曾有路人俯着身子窺看一下車內的人，惹來一身香氣幾天都不散。馬匹千餘，以劍南節度的旌節儀仗為前導。出門時有餞行的宴飲，回來時有洗塵的酒席。遠處近地送來的珍奇玩物、狗馬、被閹的侍者、唱歌的女子，多得在路上排成長隊。待到秦國夫人最先死去，所存虢國、韓國夫人和楊國忠就更加豪奢了。虢國夫人又與國忠兩人兄妹亂倫私通，一點也不顧禮儀，不加檢點。每次入朝謁見皇帝，國忠與韓、虢二夫人並駕齊驅，揮鞭馳馬，一路打情罵俏。隨從的官員、婦人百餘騎，拿着的蠟燭光耀如同白晝。都穿着鮮明豔麗的服裝走過，也不加任何遮擋，大路兩旁看熱鬧的站成了人牆，人人都驚訝慨歎。十戶諸王家的男女婚嫁，都讓韓、虢作介紹，每介紹一個須交納一千貫錢，婚事才會得到玄宗的准許。

天寶十四載六月一日，玄宗去華清宮，那天是貴妃的生日。玄宗命小部樂隊（小部，是梨園中法部所設置的一個音樂班子，共三十人，都是十五歲以下的）在長生殿裡奏新曲。曲子還沒有起名，正值南海來進獻荔枝，就把曲名叫作《荔枝香》。左右歡呼，聲震山谷。

同年十一月，安祿山在幽陵叛反。（祿山本名軋犖山，是一個雜種的胡人。母親原本是巫婆。祿山晚年越長越胖，肚子下垂過膝，體重有三百五十斤。在玄宗前跳起胡旋舞來倒快得像一陣風。玄宗留在勤政樓東面的房間設置一架大金雞屏障，放一張大床，把簾子捲去，讓祿山坐在床上。對着床的下方安排百戲表演，自己與祿山一起觀看。肅宗奏諫説：「從古看到今，沒有聽説過臣下與皇上坐在一起看戲的。」玄宗私下告訴肅宗説：「他的長相很奇異，我只是想替他消消災罷了。」又曾經與祿山一起夜間宴飲，祿山喝醉酒睡去，化作了一頭豬而長着龍頭。左右慌忙來報告皇帝。玄宗説：「這是豬龍，沒有甚麼本領。」終究不肯殺他，結果亂了中國。）他以要誅殺楊國忠為名。朝野都説楊國忠、虢國夫人、楊貴妃三個人是罪魁禍首，但沒有人敢把這話講給玄宗聽。玄宗想要讓皇太子來負責監管國事，那就是想把皇位傳給他，而自己領兵親征。與國忠商量這件事，國忠大為恐懼，回來對他姊妹説：「我們死到臨頭了！現在由東宮皇太子來監管國事，我與娘子們都會沒命的。」姊妹就去向貴妃哭訴。貴妃嘴裡含着泥土向玄宗請命，事情就此作罷。

　　天寶十五年六月，潼關失守，玄宗逃往巴蜀，貴妃跟着去。到了馬嵬驛，右龍武將軍陳玄禮擔心要發生兵變，就對士兵説：「如今天下分崩離析，皇上震驚流亡。這難道不是由於

楊國忠壓榨盤剝老百姓而到達這個地步的嗎？如果不殺了他，拿甚麼去向天下百姓謝罪呢？」大家都說：「我們早就想殺這傢伙了！」正巧碰上吐蕃來的和好使者，在驛門口攔住國忠談事情，有士兵就喊：「楊國忠與蕃人在策劃叛變！」軍隊就把驛站四面包圍起來，殺了國忠和他的兒子楊暄等人。（國忠原名釗，本是張易之的兒子。武則天天授年間，易之受到武后無比的寵幸，每次回到家裡，武后令他住在樓上，把上樓的梯子撤走，四面圍着棘籬，不讓他身旁有婢女侍候。他的母親怕張家就此絕了後代，就將一個名叫孋姝的婢女藏在樓上牆壁的隔層中。於是懷了孕，生下了國忠，後來孋姝嫁到了楊家。）

　　玄宗出驛門來慰勞六軍。六軍不肯解圍，玄宗環顧左右問是甚麼緣故。高力士回答說：「國忠犯了大罪，將士們懲罰了他。貴妃就是國忠的妹妹，還留在陛下的身邊，臣下怎麼能不憂慮害怕呢？我請聖上考慮作出決斷。」（另一種本子上說：「賊根還在，士兵們怎敢散去呢？」這是指斥貴妃。）玄宗回身進了驛門，驛門內的旁邊有一條小巷，玄宗不忍回到行宮裡去，就在巷子中拄着拐杖，歪着頭，站着，神情昏昏，一句話也不說，好久都不進行宮。京兆司錄韋鍔（韋見素的兒子）進言說：「請求陛下忍痛割愛，了斷此事，以保國家之安寧。」遲疑了一會兒，玄宗進入行宮。玄宗手撫着貴妃從廳門出來，走到馬道北牆口與她訣別，命力士賜她死，妃子哭泣嗚咽，情緒的激

動使她説話也困難，就説：「願皇上好自為之，我確實辜負了皇恩，死也無所遺恨了。請容我再拜一拜佛吧！」玄宗説：「願妃子來世託生在一個好地方。」力士就將她帶走，縊死在佛堂前的梨樹下。

貴妃剛剛斷氣，而南方進貢的荔枝送到了。玄宗見到荔枝，長號幾聲，就對力士説：「替我拿去祭祭她。」祭奠完後，六軍還沒有解圍。左右就用繡被蓋在停屍床上，將床抬到驛庭中放著，玄宗敕命陳玄禮等將領進驛站來檢驗，玄禮用手抬了抬貴妃的頭，知道已死了，就説聲「是了」，於是解了圍。

貴妃埋葬在馬嵬西城外一里光景的路北的坑穴中，時年三十八歲。玄宗手拿荔枝騎在馬上對張野狐説：「此次去劍門，一路鳥啼花落，水綠山青，種種景物，無非都給我增加對妃子的悲悼罷了！」

當初，玄宗在華清宮時，騎馬出宮門，想去虢國夫人的私宅。玄禮説：「沒有宣敕通知我，天子不可以輕易出去。」玄宗只好回轉馬頭。另有一年，在華清宮，快到元宵節了，玄宗想出去夜遊。玄禮奏道：「宮外就是曠野，須事先有戒備。如果陛下想要夜遊，希望能回到都城裡去。」玄宗又不得不照他説的辦。到今天，在馬嵬能誅滅楊家，都是因敢於進言帶來的便利。

在此之前，有個方術之士李遐周，曾作了一首詩説：

「薊燕的人都離去，函關馬兒不能歸。

倘若遇見山下鬼，環兒之上繫羅衣。」

「薊燕的人都離去」，叛賊安祿山本來自薊門之士，僭稱國號為燕。「函關馬兒不能歸」，說的是哥舒翰兵敗潼關，全軍覆沒。「倘若遇見山下鬼」，是隱「嵬」字，即馬嵬驛。「環兒之上繫羅衣」，貴妃小名玉環，她被賜死時，高力士用羅巾絞死了她。又貴妃常常頭戴假髮髻為飾，而喜歡穿黃顏色的裙子。天寶末，京都有童謠說：「假髮髻拋在河裡，黃裙子隨水流去。」到這時都應驗了。

起初，安祿山曾在玄宗面前對答，時時夾雜些戲謔調笑的話。貴妃常常在座，祿山就動了心。等聽到貴妃死在馬嵬坡，祿山感歎惋惜了好幾天。雖然，祿山反唐是因為李林甫助長了他，楊國忠激怒了他，但也有促使他要叛反的動機在。

當時，虢國夫人先到達陳倉的官店。要誅殺楊國忠一族的追捕令到了。縣令薛景仙帶領所屬人馬追尋虢國等人。跑進竹林子裡，虢國夫人以為是安祿山叛軍追來了，就先殺了兒子裴徽，再殺女兒。國忠的妻子裴柔說：「娘子何不也代我行行方便。」於是連國忠的妻子女兒也一起殺了。幹完後，虢國就自刎，卻沒有死。被運送到牢獄中，她還在問人家：「是國家呢，還是叛賊？」獄吏說：「都有點吧。」因為血凝固堵住喉嚨而死去。就一併埋在東面外城十幾步遠的路北楊樹底下。

玄宗從馬嵬出發，行進到扶風。路邊開着花，在寺院的一旁看到石楠樹長得團團的，喜愛地賞玩一番後，就叫它為端正樹。那是因為他心裡思念曾在端正樓梳洗的貴妃。待到了斜谷口，那時連綿不斷的雨已下了十幾天了，過棧道時，聽到懸掛在索道上的鈴在風雨聲中叮咚作響，鐘聲隔山相應。玄宗又懷念起貴妃來，便擬鈴聲作了《雨霖鈴》曲，藉此寄託內心的憾恨。

肅宗至德二年，收復了西京長安。十一月，玄宗從成都回來，過馬嵬時派人祭奠了妃子。後來又想將她遷葬，李輔國等人都不聽從。當時，禮部侍郎李揆奏道：「龍武將士因為國忠謀反，所以殺了他們。現在遷葬已故妃子，只怕龍武將士心裡會產生疑懼吧。」肅宗便取消了這件事。已做太上皇的玄宗秘密地派宦官偷偷地將貴妃移葬到別的地方。貴妃當初下葬時，只用紫色被褥包裹屍體，等到移葬時，肌膚都已腐爛光了。胸前有一個錦繡的香袋還在。宦官葬完後，將香袋獻給了太上皇。上皇將它揣在懷裡或藏於袖中。又令畫工在別殿中描繪妃子肖像，早晚對着畫像凝視並長吁短歎。

上皇居住在興慶宮後，一次夜深時，登上勤政樓，倚着欄桿向南眺望，只見一片輕煙籠罩着月色。於是上皇自己歌唱說：

「庭前的玉樹已可攀折枝丫，塞外的征人還遠不能回家。」

歌停時，聽到里坊中好像隱約有人在唱歌，就對力士說：「莫不是舊時梨園中的人嗎？明天你去給我尋找來。」次日，力士就到里坊中去私下尋訪，召她一同去見上皇，果然是梨園弟子。這以後，上皇又與貴妃的侍女紅桃在一起。紅桃唱《涼州》之詞，是貴妃創作的。上皇親自吹玉笛，為她伴奏。唱完後彼此相看，都流淚飲泣。於是上皇將曲子擴充了。現在流傳的《涼州》曲比原先的又有所增加。

至德年間，上皇再到華清宮。隨從的官員、宮嬪大多不是舊時的人。上皇在望京樓下命張野狐演奏《雨霖鈴》曲，曲子奏了一半，上皇四下環顧，感到境況淒涼，不知不覺地流下了眼淚，左右也為之而感傷。新豐女伶謝阿蠻，善於舞《凌波曲》，舊時常在宮禁出入，貴妃待她很好。那一天，上皇令她跳舞。跳完後，阿蠻進獻金粟裝臂環，說：「這是貴妃賞賜給我的。」上皇拿着，淒然流淚說：「這是我祖宗大帝破高麗時獲得的兩件寶物之一，一件是紫金帶，一件就是紅玉支。因為岐王進貢了《龍池篇》，我就把金帶賜給了他。紅玉支賜給了妃子。後來高麗知道這兩件寶物歸我所有，就來向我說：『本國因為失去這寶物，致使風雨失調，百姓離心，兵馬羸弱。』我當即認為得到這些東西不足為貴，就命岐王還給他們紫金帶。但紅玉支不還。你既然是從妃子那裡得來的，我今天再看見它，就只能引起我傷心的回憶了。」說畢，又掉下淚來。

到乾元元年，賀懷智又進奏説：「從前，上皇與親王下棋，叫我獨奏琵琶（他的琵琶，槽是用石頭做的，弦是用鶺雞的筋製成的，用鐵撥子來彈的），貴妃站在棋局前看你們下棋。上皇數棋盤上的子，看來要輸了，貴妃就放出康國的哈巴狗，跳上來把棋局弄亂，上皇當時大為開心。這時，一陣風過來，吹得貴妃的圍巾飄起，蓋在臣的頭巾上，過了好久，她回身時才落下來。我回家就覺得滿身都是香氣，就把頭巾解下來，藏在錦囊中。今天就奉上我所藏的頭巾。」上皇一邊打開錦囊，一邊説：「這是瑞龍腦香，我曾經抹一點在暖池的玉蓮花朵上，下一次再來時，香氣依然如故。何況絲綢一類光潤膩滑的東西呢。」説罷淒愴不已。從此，上皇心裡常耿耿難忘，老是吟誦《詠木偶》詩説：

「刻木頭拉長線巧製成老翁，皺皮膚白頭髮與真的相同。

很快地玩完了就寂寞無事，那真像人的一生在這世中。」

有個道士楊通幽從蜀地來，知道上皇苦苦地思念貴妃，他自我推薦説：「我有李少君 [①] 的本事。」上皇大喜，就命他去招致貴妃的魂魄。方士就施展出全部法術去找尋，貴妃的魂沒有來。他又能神魂出遊，駕馭空氣，便升天界、入地府去搜索，竟也沒有見到。又旁求於四方上下，往東去極遠處，橫渡大

---

① 李少君是漢代的方士，曾為武帝招致已故李夫人的靈魂。

海，登上蓬萊、方壺仙山，忽然看見最高峰上有許多樓閣，到達那裡後，見西首廂房下有一洞門，朝東，關着門，門額上署着「玉妃太真院」幾個字。

方士從頭上抽下髮簪來敲門。有一個梳着雙鬟的小姑娘答應着出來開門。方士因為來得冒失，還未及說話，小姑娘又轉身進去了。一會兒，有一個穿着綠衣的侍女出來，問方士從哪裡來。方士就自稱大唐天子使者，並告知來尋人的使命。綠衣女說：「玉妃剛剛睡下，請您稍稍等候片刻。」過了一會，綠衣女領着他進去，並指點他說：「出來的就是玉妃。」玉妃戴着金蓮冠，繫着紫綃佩巾，掛着紅玉佩，踏着鳳鞋。左右有侍女七八人。玉妃向方士施禮，問皇上安好否。接着又問天寶十四載以後的事。說完話，很憐憫的樣子。她指示綠衣女去拿來金釵和鈿盒，把它都折為兩半，將一半交給使者說：「替我多謝太上皇的眷顧，謹獻這點東西，留作舊時相愛的紀念。」方士準備走了，臉上有點不滿足的神氣，玉妃就探問他的心意。方士就又上前下跪致詞說：「請告訴我一件當時的事，是別人不知道的，使我回去能取信於太上皇。否則，我怕光拿金釵鈿盒去，會擔待新垣平那樣詐騙的罪名。」玉妃茫然退步而立，若有所思，然後慢慢地說出一件事來，她說：「那一年是天寶十載，我侍奉皇上車駕到驪山宮避暑。秋季七月，牛郎織女相會的那天夜裡，皇上靠着我的肩膀眺望，就仰天感歎牛郎

織女的遭遇。我倆一起偷偷地發誓表達共同的心願：『但願世世都能成為夫妻。』說完，我倆握着手都嗚咽了起來。這件事只有上皇自己才知道。」她於是悲哀地說：「因為有這個念頭，我又不能在這裡久居了，還要再墮落到下界去，而且要重結後緣。也許成為天上的飛鳥，也許仍成為人，反正一定會再相見的，還像從前那樣的相依相伴。」她又說：「太上皇在人世也不會太久了，我只希望他能自己珍重，不要把自己弄得太苦了。」

使者回來，一一奏報太上皇。上皇受到強烈的震動，非常悲痛。等遷到皇宮大內中的甘露殿裡居住後，更是沒有一天不悲悼妃子的。於是不再進食而只是吸氣修道。張皇后送來櫻桃和甘蔗汁，上皇也都不吃。常常玩弄紫玉笛，只要吹上幾聲，就有兩隻鶴飛下庭院來，徘徊一會才飛去。上皇對侍女宮愛說：「我奉上帝之命，去當元始孔昇真人，這期間可以再見到妃子了。玉笛並不是你珍愛的東西，可以送給大收（大收，代宗的小名）。」即刻叫人準備熱水洗澡，還說：「如果我睡了，不要打擾我。」宮愛聽到上皇睡在床上發出一種聲音來，心裡害怕，忙去看他，已駕崩了。

妃子死的那天，馬嵬有一老婦人拾得錦襪一隻。據傳聞過路遊客玩賞一次，要付錢一百，老婦前後獲得了一大批錢。

可悲啊，玄宗在位的年代很長，日理萬機，勞累於政務，

常常叫大臣們前來問話，親自檢察他們的政績，難得有機會徇私滿足個人慾望。自從李林甫當宰相後，就一切事情都委託他辦。因而逆耳的話都聽不進，恣意宴飲行樂。縱慾無所節制，不以為恥。這些都是因為李林甫促成他這樣做。他乘坐車馬長途遷徙，朝廷也陷落了，百官做了俘虜，妃子、親王也被殺戮，兵戈遍及天下，四海遭到荼毒，這些又都是楊國忠招來的禍害。

　　史臣說：禮，是用來確定尊卑、治理家國的。君主不像君主，怎麼能享有國家？父親不像父親，怎麼能端正家風？兩者只要有其中之一，就沒有不敗亡的。唐明皇這一錯誤，給天下留下他的羞恥。所以安祿山叛亂，人家指楊氏三人為罪魁。現在我作這篇外傳，並非只想摭拾些楊貴妃的故事，也想藉此提供人們一點災禍產生的教訓罷了。

流紅記

原著　魏陵張實子京

　　唐僖宗時，有儒士于祐，晚步禁衢間。於時萬物搖
落，悲風素秋，頹陽西傾，羈懷增感。視御溝，浮葉續
續而下。祐臨流浣手。久之，有一脫葉，差大於他葉，
遠視之，若有墨跡載於其上。浮紅泛泛，遠意綿綿。祐
取而視之，果有四句題於其上。其詩曰：

　　「流水何太急，深宮盡日閒。

　　殷勤謝紅葉，好去到人間。」

　　祐得之，蓄於書笥，終日詠味，喜其句意新美，
然莫知何人作而書於葉也。因念御溝水出禁掖，此必宮
中美人所作也。祐但寶之，以為念耳，亦時時對好事者
說之。

　　祐自此思念，精神俱耗。一日，友人見之，曰：「子

何清削如此？必有故，為吾言之。」祐曰：「吾數月來，眠食俱廢。」因以紅葉句言之。友人大笑曰：「子何愚如是也？彼書之者，無意於子。子偶得之，何置念如此？子雖思愛之勤，帝禁深宮，子雖有羽翼，莫敢往也。子之愚，又可笑也。」祐曰：「天雖高而聽卑，人苟有志，天必從人願耳。吾聞牛仙客遇無雙之事，卒得古生之奇計。但患無志耳，事固未可知也。」祐終不廢思慮，復題二句，書於紅葉上云：

「曾聞葉上題紅怨，葉上題詩寄阿誰？」

置御溝上流水中，俾其流入宮中。人為笑之，亦為好事者稱道。有贈之詩者，曰：

「君恩不禁東流水，流出宮情是此溝。」

祐後累舉不捷，跡頗羈倦，乃依河中貴人韓泳門館，得錢帛稍稍自給，亦無意進取。久之，韓泳召祐謂之曰：「帝禁宮人三千餘得罪，使各適人。有韓夫人者，吾同姓，久在宮。今出禁庭，來居吾舍。子今未娶，年又逾壯，困苦一身，無所成就，孤生獨處，吾甚憐汝。今韓夫人篋中不下千緡，本良家女，年才三十，姿色甚麗。吾言之，使聘子，何如？」祐避席伏地曰：「窮困書生，寄食門下，晝飽夜溫，受賜甚久。恨無一長，不能圖報，早暮愧懼，莫知所為。安敢復望如此？」泳令人

通媒妁，助祐進羔雁，盡六禮之數，交二姓之歡。

祐就吉之夕，樂甚。明日，見韓氏裝橐甚厚，姿色絕豔。祐本不敢有此望，自以為誤入仙源，神魂飛越。既而韓氏於祐書笥中見紅葉，大驚曰：「此吾所作之句，君何故得之？」祐以實告。韓氏復曰：「吾於水中亦得紅葉，不知何人作也。」乃開笥取之，乃祐所題之詩。相對驚歎感泣久之。曰：「事豈偶然哉？莫非前定也。」韓氏曰：「吾得葉之初，嘗有詩，今尚藏篋中。」取以示祐。詩云：

「獨步天溝岸，臨流得葉時。

此情誰會得，腸斷一聯詩。」

聞者莫不歎異驚駭。

一日，韓泳開宴召祐泊韓氏。泳曰：「子二人今日可謝媒人也。」韓氏笑答曰：「吾為祐之合，乃天也，非媒氏之力也。」泳曰：「何以言之？」韓氏索筆為詩，曰：

「一聯佳句題流水，十載幽思滿素懷。

今日卻成鸞鳳友，方知紅葉是良媒。」

泳曰：「吾今知天下事無偶然者也。」

僖宗之幸蜀，韓泳令祐將家僮百人前導。韓以宮人得見帝，具言適祐事。帝曰：「吾亦微聞之。」召祐，笑曰：「卿乃朕門下舊客也。」祐伏地拜，謝罪。帝還西

都，以從駕得官，為神策軍虞侯。韓氏生五子三女。子以力學俱有官，女配名家。韓氏治家有法度，終身為命婦。宰相張濬作詩曰：

「長安百萬戶，御水日東注。

水上有紅葉，子獨得佳句。

子復題脫葉，流入宮中去。

深宮千萬人，葉歸韓氏處。

出宮三千人，韓氏籍中數。

回首謝君恩，淚灑胭脂雨。

寓居貴人家，方與子相遇。

通媒六禮具，百歲為夫婦。

兒女滿眼前，青紫盈門戶。

茲事自古無，可以傳千古。」

議曰：流水，無情也。紅葉，無情也。以無情寓無情而求有情，終為有情者得之，復與有情者合，信前世所未聞也。夫在天理可合，雖胡越之遠，亦可合也；天理不可，則雖比屋鄰居，不可得也。悅於得，好於求者，觀此，可以為誡也。

譯文

　　唐僖宗年間，有個叫于祐的讀書人，晚上在皇城的大街上散步。這時節正是萬物飄零、悲風瑟瑟的深秋，落日西下，更增添了他這個漂泊在外的人的傷感情懷，望着那御溝中一片片漂浮的落葉不斷地流過，于祐就到水邊洗手。過了很久，漂來一片落葉，比別的葉子大一些，遠遠看去，好像有墨跡寫在上面，這片浮動的紅葉飄飄忽忽似乎有綿綿情意。于祐就撈起來看，果然上面題了四句詩，詩是這樣寫的：

　　「流水啊為甚麼這樣匆匆，我整天無聊地住在深宮。

　　多謝紅葉為我傳達心意，好讓人間知道我的曲衷。」

　　于祐得到這片紅葉後，就藏在書箱裡，整天誦讀回味，他喜歡詩歌新穎優美的意境，可不知道是誰作的又把它寫在紅葉上。於是想到御溝的水出自皇宮中嬪妃所住的地方，這詩必定是宮中的美女寫的，于祐就很珍惜它，把它作為一種紀念，也常常對那些好管閒事的人説起。

　　從此之後，于祐時時想念，心力都受損耗。一天，有個朋友看見他説：「你怎麼這樣消瘦？肯定有甚麼原因，跟我説説

吧。」于祐說：「我這幾個月來，吃不下飯，睡不好覺。」便把紅葉題詩的事告訴了他。朋友大笑：「你怎麼這麼蠢，那個寫詩的人，又不是對你有意。你偶然得到它，何必思念到如此地步呢。你即使再加倍想她愛她，但皇帝禁宮那麼深，你縱然長上翅膀，也不敢去。你真是又笨又可笑啊！」于祐說：「天雖高高在上，卻能監察下界的卑微小事。人如果有志向，上天必然會滿足人的願望的。我聽說過仙客遇見無雙的事，最後終於得到了古押衙的奇妙計策。就怕沒有志向，事情本來就未必能知道它的結果。」于祐始終沒有停止想念，也題了兩句詩，寫在紅葉上：

「聽說葉上題寫紅顏的怨恨，葉上題詩你打算寄給誰呀？」

將紅葉放在御溝上流的水中，使它流入宮中。有人為此笑話他，也有喜歡管閒事的人稱讚他。有個人贈給他兩句詩，說：

「皇恩並不禁止東去的流水，流出深宮怨情的是這御溝。」

于祐後來多次參加考試都未考中，他對漂泊不定的生活感到很厭倦，於是在河中府有權勢的韓泳家擔任些文墨工作，得到的錢帛勉勉強強能夠自給，也沒有進取的念頭了。這樣過了很長一段時間，一次，韓泳把于祐召來對他說：「皇帝宮中有三千多個宮女因獲罪，讓她們各自嫁人。有個韓夫人，和我同姓，入宮已很久了。今天從宮中出來，到我家來住。你到現在

也未娶親，年紀又過了壯年，困苦一人，沒有甚麼成就，孤零零地住着，我很同情你。現在那個韓夫人箱中陪嫁不少於千貫錢，本來也是良家女子，年齡才三十，長得也很美麗。我跟她說，讓她嫁給你，怎麼樣？」于祐離座伏地叩謝說：「我是一個窮困的書生，寄居在您的門下，白天吃得飽，晚上睡得暖，受您恩賜已很久了，常恨自己沒有一樣長處，不能報答您的恩情，整天都感到羞愧不安，不知道該怎麼辦，怎麼還能奢望這樣的好事？」韓泳就派人通知媒人，幫助于祐準備羔羊與雁為聘禮，安排好婚制中納采、問名、納吉、納徵、請期、親迎六個程序，使兩人結為婚姻。

結婚的那個夜晚，于祐非常高興。第二天，看見韓氏嫁妝十分豐厚，人也長得很漂亮。于祐本來就不敢有此奢望，還以為自己誤入了仙境，神魂為之而顛倒。婚後，韓氏在于祐的書籍中看見紅葉，大吃一驚說：「這是我寫的詩，你怎麼得到它的？」于祐就將實情告訴了她。韓氏又說：「我從水中也得到紅葉，不知道是甚麼人寫的。」就打開箱子把它拿出來，原來是于祐所題的詩。兩個人相對驚歎，流淚感慨很久。說：「這事情難道是偶然的嗎？莫非是前世注定的。」韓氏說：「我剛得到這片葉子時，曾經寫過一首詩，今天還藏在書箱裡。」取出來給于祐看，詩寫道：

「獨自漫步在御溝岸旁，水邊得到紅葉的時光，

這心情又有誰能知道？為兩句詩我銷魂斷腸。」

聽説此事的人無不驚異歎息。

一天，韓泳開宴會請于祐和韓氏來。韓泳説：「你們兩個人今天可以謝媒人了。」韓氏笑着回答説：「我和于祐結合，是天作之合，並非媒人出力的緣故。」韓泳問：「為甚麼這麼説？」韓氏拿起筆寫了首詩，説：

「流水之上誰將一聯佳句題贈？

我已滿懷幽思熬過十年光陰。

今天彼此卻成了終身的伴侶，

才知紅葉是我們最好的媒人。」

韓泳説：「我今天才知道天下的事情都沒有偶然巧合的。」

唐僖宗逃往四川時，韓泳派于祐帶領家中百名僕人在前作引導。韓氏因為曾當過宮女而能見到皇帝，就詳細地説了嫁給于祐的事。僖宗説：「此事我也略有所聞。」就召見于祐，笑着説：「你是我門下的老客人了。」于祐伏在地下，再拜謝罪。僖宗回到西都長安，于祐因為跟隨皇帝而被封官，做了禁衛軍的軍官。韓氏生了五個兒子、三個女兒，兒子都因學習刻苦而得了官職，女兒也都許配給了名門。韓氏因治家有方，被終身封為命婦。宰相張濬作了首詩説：

「長安有百萬人家居住，御溝的水天天向東流去。

水上漂浮着片片紅葉，而你卻幸運地得到了佳句。

你拾紅葉又將詩句題上，讓它流向那深宮椒房。

深宮裡的人千千萬萬，葉兒卻流到韓氏住的地方。

放出宮來的女子三千餘人，簿冊上也有韓氏的姓名。

她回頭感謝皇帝的洪恩，淚濕胭脂好比紅雨淋淋。

因為寄宿在貴人家裡，才有機會碰到了你。

做了媒辦完結婚禮儀，從此百年都成為夫妻。

兒女一大群都在眼前，貴客盈門車馬喧闐。

這樣的事從來未曾有過，正可以作奇聞千古流傳。」

作者議論説：流水，是無情的；紅葉，也是無情的。將無情的東西寄託給無情的東西而尋找有情的，終於被有情人得到了，又能與有情人結合，實在是以前所沒聽説過的。所以天理中可以結合的，即使如胡、越兩地那樣天南地北，相隔遙遠，也可以結合；如果天理中不允許的，即使住在鄰近隔壁，也是不可求得的。喜歡得到甚麼的、想要追求甚麼的人，看到這件事後，可以引以為鑒了。

趙飛燕別傳

原著　譙川秦醇子復

　　余里有李生，世業儒術。一日，家事零替。余往見之。牆角破筐中有古文數冊，其間有《趙后別傳》，雖編次脫落，尚可觀覽。余就李生乞其文以歸，補正編次以成傳，傳諸好事者。

　　趙后腰骨尤纖細，善踽步行。若人手執花枝，顫顫然，他人莫可學也。生在主家時，號為飛燕。入宮復引援其妹，得幸，為昭儀。昭儀尤善笑語，肌骨秀滑。二人皆天下第一，色傾後宮。

　　自昭儀入宮，帝亦希幸東宮。昭儀居西宮，太后居中宮。后日夜欲求子，為自固久遠計，多用小犢車載年少子與通。帝一日惟從三四人往后宮。后方與人亂，不知。左右急報，后遽驚出迎帝。后冠髮散亂，言語失

度，帝固亦疑焉。帝坐未久，復聞壁衣中有人嗽聲，帝乃出。由是帝有害后意，以昭儀隱忍未發。

一日，帝與昭儀方飲，帝忽攘袖嗔目，直視昭儀，怒氣怫然不可犯。昭儀遽起，避席伏地，謝曰：「臣妾族孤寒下，無強近之愛。一旦得備後庭驅使之列，不意獨承幸御，濃被聖私，立於眾人之上。恃寵邀愛，眾謗來集。加以不識忌諱，冒觸威怒。臣妾願賜速死以寬聖抱。」因淚交下。帝自引昭儀曰：「汝復坐，吾語汝。」帝曰：「汝無罪。汝之姊，吾欲梟其首，斷其手足，置於溷中，乃快吾意。」昭儀曰：「何緣而得罪？」帝言壁衣中事。昭儀曰：「臣妾緣后得備後宮。后死，則妾安能獨生？陛下無故而殺一后，天下有以窺陛下也。願得身實鼎鑊，體膏斧鉞。」因大慟，以身投地。帝驚，遽起持昭儀曰：「吾以汝之故，固不害后，第言之耳。汝何自恨若是？」久之，昭儀方就坐。問壁衣中人，帝陰窮其跡，乃宿衛陳崇子也。帝使人就其家殺之，而廢陳崇。

昭儀往見后，言帝所言，且曰：「姊曾憶家貧飢寒無聊，姊使我與鄰家女為草履，入市貨履市米。一日得米歸，遇風雨無火可炊。飢寒甚，不能寐，使我擁姊背，同泣。此事姊豈不憶也？今日幸富貴，無他人次我，而自毀如此。脫或再有過，帝復怒，事不可救，身首異

地，為天下笑。今日，妾能拯救也。存沒無定。或爾妾死，姊尚誰攀乎？」乃涕泣不已，后亦泣焉。自是帝不復往后宮，承幸御者，昭儀一人而已。

昭儀方浴，帝私視。侍者報昭儀，昭儀急趨燭後避。帝瞥見之，心愈眩惑。他日昭儀浴，帝默賜侍者，特令不言。帝自屏鏬覘，蘭湯灎灎，昭儀坐其中，若三尺寒泉浸明玉。帝意思飛蕩，若無所主。帝語近侍曰：「自古人主無二后，若有，則吾立昭儀為后矣。」趙后知帝見昭儀浴，益加寵幸，乃具湯浴，請帝以觀。既往，后入浴。后裸體，以水沃帝，愈親近而帝愈不樂，不終幸而去。后泣曰：「愛在一身，無可奈何。」

后生日，昭儀為賀，帝亦同往。酒半酣，后欲感動帝意，乃泣數行。帝曰：「他人對酒而樂，子獨悲，豈不足耶？」后曰：「妾昔在後宮時，帝幸其第。妾立主後，帝時視妾不移目，甚久。主知帝意，遣妾侍帝，竟承更衣之幸。下體嘗污御服，妾欲為帝浣去。帝曰：『留以為憶。』不數日，備後宮。時帝齒痕猶在妾頸。今日思之，不覺感泣。」帝惻然懷舊，有愛后意，顧視嗟歎。昭儀知帝欲留，昭儀先辭去。帝逼暮方離后宮。

后因帝幸，心為姦利，上器主受，經三月，乃詐託有孕，上箋奏云：「臣妾久備掖庭，先承幸御，遣賜大

號，積有歲時。近因始生之日，復加善祝之私，特屈乘輿，俯臨東掖，久侍宴私，再承幸御。臣妾數月來，內宮盈實，月脈不流，飲食甘美，不異常日。知聖躬之在體，辨天日之入懷。虹初貫日，應是珍符；龍據妾胸，茲為佳瑞。更期蕃育神嗣，抱日趨庭，瞻望聖明，踴躍臨賀。謹此以聞。」帝時在西宮，得奏，喜動顏色，答云：「因閱來奏，喜慶交集。夫婦之私，義均一體，社稷之重，嗣續其先，妊體方初，保綏宜厚。藥有性者勿舉，食無毒者可親。有懇來上，無煩箋奏，口授宮使可矣。」兩宮候問。

宮使交至，后慮帝幸，見其詐，乃與宮使王盛謀自為之計。盛謂后曰：「莫若辭以有妊者不可近人，近人則有所觸焉，觸則孕或敗。」后乃遣王盛奏帝。帝不復見后，第遣使問安否。

而甫及誕月，帝具浴子之儀。后召王盛及宮中人曰：「汝自黃衣郎出入禁掖，吾引汝父子俱富貴。吾欲為自利長久計，託孕乃吾之私意，實非也。言已及期。子能為我謀焉？若事成，子萬世有後利。」盛曰：「臣為后取民間才生子，攜入宮為后子。但事密不泄，亦無害。」后曰：「可。」

盛於都城外有生子者，才數日，以百金售之。以物

囊之，入宮見后，既發器，則子死。后驚曰：「子死，安用也？」盛曰：「臣今知矣。載子之器氣不泄，此子所以死也。臣今求子，載之器，穴其上，使氣可出入，則子不死。」盛得子，趨宮門欲入，則子驚啼尤甚，盛不敢入。少選，復攜之趨門，子復如此，盛終不敢入宮。後宮守門吏嚴密。因向壁衣事，故帝令加嚴之甚。盛來見后，具言驚啼事。后泣曰：「為之奈何？」時已逾十二月矣。帝頗疑訝。或奏帝曰：「堯之母十四月而生堯。后所妊當是聖人。」后終無計，乃遣人奏帝云：「臣妾昨夢龍臥，不幸聖嗣不育。」帝但歎惋而已。

昭儀知其詐，乃遣人謝后曰：「聖嗣不育，豈日月不滿也？三尺童子尚不可欺，況人主乎？一日手足俱見，妾不知姊之死所也！」

時後庭掌茶宮女朱氏生子。宦者李守光奏帝。帝方與昭儀共食，昭儀怒，言於帝曰：「前者帝言自中宮來。今朱氏生子，從何而得也？」乃以身投地，大慟。帝自持昭儀起坐。昭儀呼宮吏祭規曰：「急為取子來！」規取子上。昭儀語規曰：「為我殺之。」規疑慮。昭儀怒罵曰：「吾重祿養汝，將安用也？不然，吾並錄汝！」規以子擊殿礎死，投之後宮。宮人孕子者盡殺之。

後帝行步遲澀，頗氣憊，不能御昭儀。有方士獻大

丹。其丹養於火百日，乃成。先以甕貯水滿，即置丹於水中，即沸；又易去，復以新水。如是十日，不沸，方可服。帝日服一粒，頗能幸昭儀。一夕，在大慶殿，昭儀醉進十粒，初夜，絳帳中擁昭儀，帝笑聲吃吃不止。及中夜，帝昏昏，知不可，將起坐，夜或仆臥。昭儀急起，秉燭自視帝，精出如泉溢。有頃，帝崩。太后遣人理昭儀且急，窮帝得疾之端。昭儀乃自絕。

后居東宮，久失御。一夕后寢，驚啼甚久，侍者呼問，方覺。乃言曰：「適吾夢中見帝，帝自雲中賜吾坐。帝命進茶。左右奏帝：『后向日侍帝不謹，不合啜此茶。』吾意既不足。吾又問：『昭儀安在？』帝曰：『以數殺吾子，今罰為巨黿，居北海之陰水穴間，受千歲冰寒之苦。』」乃大慟。

後北鄙大月王獵於海，見一巨黿出於穴上，首猶貫玉釵，顒望波上，倦倦有戀人之意。大月王遣使問梁武帝，武帝以昭儀事答之。

譯文

　　我鄉有位李生，世代都是讀書人。有一天，家業敗落了。我去看望他。牆角破筐中有幾本古書，其中有一部《趙后別傳》，雖然前後脫落了不少，但還可以勉強一看。我向李生要來此書帶回家裡，補正了它的脫誤，重新編好了順序，成為這篇傳記，傳給那些喜好奇聞逸事的人。

　　趙皇后腰骨十分纖細，喜歡小步行走，好像手中捧着花枝一樣，顫顫巍巍的，別的人無法模仿。在陽阿公主家時，有「飛燕」的美稱。進宮後又把她的妹妹引薦給漢成帝，也受到寵愛，被封為昭儀。昭儀特別喜歡説笑，骨骼纖秀，肌膚滑潤。兩人都是天下第一的美人，姿色壓倒後宮所有佳麗。

　　自從昭儀入宮後，成帝也很少到皇后居住的東宮來了。昭儀住在西宮，太后住在中宮。皇后日夜盼望能生一個兒子，好為日後自己的地位長久鞏固做打算，就常常用小牛車載少年男子入宮，與其私通。成帝有一天只帶着三四名隨從朝皇后宮中走來，皇后正在和別人淫亂，還不知道。身邊的人急忙進來報告，皇后驚慌失措，倉猝出來迎接成帝。衣冠不整，頭髮散

亂，言語失常，成帝已經有些疑心了。成帝坐下沒有多久，又聽到壁櫥中有人咳嗽的聲音，成帝便起身離去。從此成帝有了殺害皇后的念頭，只是因為趙昭儀的緣故，忍着沒有動手。

一天，成帝和趙昭儀正在飲酒，成帝忽然捋起袖子，圓睜雙眼，直瞪着昭儀，怒氣沖沖，不可冒犯。昭儀連忙起身離開座席，伏在地上謝罪説：「臣妾出身貧寒低微，沒有權勢大的近親。一朝有幸進入後宮充當服役之人，想不到能獨得皇上的寵愛，受到特別的關懷，超於眾人之上。我自忖得到皇上的恩寵愛憐，一定會招來許多人的妒忌毀謗。再加上我不知忌諱，冒犯了皇上的威嚴，使得皇上發怒，臣妾願求速死以寬慰皇上的心懷。」説着，眼淚不住地流淌下來。皇帝親自扶起昭儀説：「你還是坐下，我對你説。」成帝説，「你沒有罪。至於你的姐姐，我要剁下她的腦袋，砍斷她的手腳，扔到廁所中，才能使我的心情暢快。」昭儀問：「我姐姐因為甚麼事得罪了皇上？」成帝就把壁櫥中藏有人的事告訴了她。昭儀説：「臣妾通過皇后才得以選入後宮。皇后要是死了，我怎麼能獨自活在世上？陛下無緣無故殺掉一名皇后，天下百姓會因此非議陛下的。我情願投身油鍋之中，死於刀斧之下。」於是放聲大哭，一頭栽倒在地上。成帝大吃一驚，急忙起身扶起昭儀，説：「我因為你的緣故，本來就決定不殺皇后了，只是説説罷了。你何苦傷心到這種地步？」過了很長時間，昭儀才回到座位上。昭

儀又問起壁櫥中人的情況，成帝已暗中查訪出他的行蹤，原來是宿衛陳崇的兒子。成帝派人到陳家把他殺了，而且撤了陳崇的職。

昭儀前去見皇后，把皇帝所說的話對她講了，還對她說：「姐姐是否還記得當初我家貧窮時，飢寒交迫，無法生活的情況？那時姐姐讓我和鄰居女孩一起打草鞋，到集市上賣掉買米。有一天買了米回來，遇上大風雨，沒有火燒飯。又冷又餓，睡不着覺，姐姐讓我抱住你的後背，兩人一同痛哭。這些事情難道姐姐不記得了嗎？今天有幸富貴了，沒有人比得上我們，反而這樣糟蹋自己。如果再有甚麼過失，皇上再次發怒，事情就無法挽回了，到那時就要身首分家，被天下人恥笑了。今天的事，我還能救姐姐。但生死無常，假如有一天我死了，姐姐又能靠誰呢？」說着哭泣不止。皇后也哭了。從此以後，皇帝不再去皇后宮中，能陪侍成帝寢居的，只有昭儀一人了。

一次昭儀正在洗澡，成帝在暗中偷看。侍者報告昭儀，昭儀急忙跑到燭光背面躲避。成帝看到後，更加心神飄蕩。又一天昭儀洗澡的時候，成帝暗中賞賜侍者，特別囑咐她不要報告。成帝從屏風縫隙中偷看，只見昭儀坐在香霧氤氳的浴湯中，好像浸沒在三尺寒泉中的一段美玉。成帝神思飛蕩，不能自持。成帝對近侍說：「自古以來皇帝沒有兩個皇后，如果有的話，我一定要把昭儀立為皇后。」趙皇后得知成帝見過昭儀

246　卷八

洗澡後更加寵愛她，就也準備好湯水洗浴，請成帝前往觀看。成帝到後，皇后才進入浴池。皇后赤裸着身體，用水澆成帝，越是有意親近而成帝越不開心，沒有親暱完就離去了。皇后哭着說：「皇上的愛心都專注在一個人身上，沒有辦法啊！」

　　皇后生日那天，昭儀前往祝賀，成帝也一同去了。酒喝到半醉的時候，皇后想感動成帝的心意，就流下了幾行眼淚。成帝問：「別人喝酒時都很開心，只有你悲哀哭泣，難道還有甚麼不滿足嗎？」皇后說：「妾當年在長安宮時，皇上來到宮中。我站在陽阿公主身後，皇上當時注視着我很長時間目不轉睛。公主知道了皇上的心意，就讓我侍奉皇上，最終在皇上更衣時和皇上發生了關係。我下體的穢物玷污了帝服，我要為皇上洗去。皇上說：『留着作為紀念。』沒過幾天，我就被選入後宮。當時皇上留下的齒痕至今還在我的脖子上。今天想起這些，不禁感慨哭泣。」成帝感傷地懷念起往事，引發出憐愛皇后的感情，看着她，不斷地歎氣。昭儀知道成帝想留下來，就先告辭離去。成帝到天快黑的時候才離開皇后的寢宮。

　　皇后因成帝親近過她，暗懷藉此事謀利的念頭，想重新得到成帝的寵愛。過了三個月，謊稱懷孕，上書奏報成帝說：「臣妾入宮已有很長時間了，早先有幸陪寢皇上，皇上派人賜予皇后的尊號，已經有很多年了。最近因恰逢我生日，又暗中禱告，特意請求皇上屈駕降臨東宮，長時間獨自陪伴皇上飲宴，

趙飛燕別傳　247

再一次得到皇上的寵幸。臣妾數月以來，腹內充脹，月經停止，但飲食胃口，跟往常一樣。知道是懷了皇上的骨血，孕育了九天龍種。又時常夢見長虹貫日，天龍休臥在臣妾身上，這些都是美好的徵兆。我更加期望能生育一名皇位的繼承人，抱着他到朝廷上，瞻仰聖明的皇上，接受群臣的拜賀。謹將此事奏報。」成帝當時正在西宮，得到奏書喜形於色，答覆說：「閱讀了你的奏書，欣喜與慶幸交集。夫婦之愛，情同一體，國家的安定，最重要的是後嗣能夠延續。你剛剛懷孕，應該好好保養。不要吃有副作用的藥，不要吃有毒性的食物，有甚麼要求不必勞神書奏，口授給宮中使女就行了。」中、西兩宮都派人前來問候。

宮廷使者接連前來，皇后擔心成帝親臨，發現她的欺騙行為，就和宮使王盛商量保全自己的辦法。王盛對皇后說：「不如藉口說懷有身孕的人不宜接近外人，接近外人就會觸動胎氣，觸動胎氣就有可能流產。」皇后就派王盛稟奏成帝。成帝於是不再來看望皇后，只派使者探問是否平安。

快到誕生的日期了，成帝已經準備好「浴兒」的儀式。皇后召來王盛及宮中親信說：「你從任黃門郎起就出入後宮，是我使你父子二人有了今天的富貴。我想為今後長久打算，出於私心假稱懷孕，其實並沒有這回事。現在已經到了該生產的日子了，你們能為我想想辦法嗎？如果事情辦成，你們子孫萬代

都會得到好處的。」王盛説：「我為皇后找個民間初生的嬰兒，帶入宮中充作皇后的兒子。只要事情做得秘密，不泄露出去，也就不會有甚麼害處。」皇后説：「可以。」

王盛從京城外找到一戶孩子剛出生幾天的人家，用百金買下嬰兒，將他裝入容器內，帶進宮中見皇后。打開容器後，孩子已經死了。皇后吃驚地説：「孩子死了，還有甚麼用呢？」王盛説：「我現在知道了。裝孩子的容器密不透氣，所以孩子死了。我現在再去找個孩子，放在容器內，在上面打些洞，使空氣能流通，孩子就不會死了。」王盛又找到一個孩子，走向宮門想進去，孩子就驚恐地大聲啼哭，王盛不敢進宮。過了一會兒，又帶着他走向宮門，孩子又像上次一樣大哭，王盛始終不敢進入宮中。後宮的守門者十分嚴密。是因為從前發生壁樹中藏人的事件，所以成帝下令要更加嚴格地盤查。王盛來見皇后，詳細説明孩子驚慌啼哭的事。皇后哭着説：「這該怎麼辦呢？」這時皇后「懷孕」已超過十二個月了。成帝感到很奇怪。有人奏報成帝説：「當初帝堯的母親懷孕十四個月才生下帝堯。皇后所懷的一定是位聖人。」皇后最終無法可想，只得派人奏報成帝説：「臣妾昨夜夢見龍臥在地上，不幸剛出生的皇兒就死了。」成帝感到非常惋惜。

昭儀知道皇后在欺騙成帝，就派人責備皇后説：「皇子剛出生就死了，難道是因為沒足月嗎？三尺高的小孩都欺騙不

了，何況萬民之主呢？一旦真相暴露，我真不知道姐姐要死在哪裡了！」

當時後宮主管烹茶的宮女朱氏生了一個兒子。宦官李守光奏報成帝。成帝正在和昭儀一同吃飯，昭儀聽到消息後，非常憤怒，對成帝說：「上次皇上對我說從中宮過來，現在朱氏生了兒子，是從哪裡來的？」於是一頭栽倒在地，放聲大哭。成帝親自扶昭儀起來坐在座位上。昭儀呼喚宮吏祭規說：「趕快給我把那個孩子帶來！」祭規取來孩子送上。昭儀對祭規說：「替我殺了他！」祭規有些遲疑。昭儀大怒，罵道：「我用許多金錢養了你，是幹甚麼用的？你要不幹，我連你也一起殺了！」祭規就把嬰兒摔死在宮殿楹柱的石礎上，扔到井裡。又將後宮中懷有孩子的宮女全都殺死。

後來成帝行步遲緩，精力疲憊，不能和昭儀做愛。有位方士進獻一種丹藥。這種丹藥要在火中焙燒一百天，才能製成。先用瓦罐貯滿水，然後把丹藥放入水中，水立即沸騰起來，倒去沸水，換上新水。這樣持續十天，直到投入丹藥後水不再沸騰，丹藥才能服用。成帝每天吃一粒，和昭儀在一起時很見效。一天晚上，在大慶殿中，昭儀喝醉了，給成帝一下子吃了十粒丹藥。上半夜，成帝在帷帳中抱着昭儀，只聽見他吃吃笑個不停。到了午夜，成帝昏昏沉沉，自知有些不妙，想要坐起身來，在黑暗中撲倒在地。昭儀急忙起床，舉着燭火親自察

看成帝，只見成帝精液如泉水一般湧出。過了一會兒，就斷氣了。太后派人緊急審問昭儀，追查成帝得病的原因，昭儀於是自殺了。

皇后住在東宮中，長久得不到成帝寵幸。一天晚上皇后睡下後，夢中受到驚嚇，啼哭了很長時間，侍者喊着問她，才醒來。於是她告訴侍者說：「我剛才夢見了皇上。皇上從雲間賜給我座位讓我坐下，命人獻茶。身邊的人稟奏皇上說：『皇后從前侍奉皇上行為不夠檢點，不應該喝這茶。』我心中很不愉快。我又問：『昭儀在哪裡？』皇上說：『因為她多次殺害我的兒子，現在被罰變作大王八，住在北海的陰水洞裡，受千年冰寒之苦。』」說完放聲大哭。

後來北疆大月氏國國王在海上漁獵，看見一隻大王八從洞穴裡出來，頭上還戴着玉釵，浮在波濤上長久地佇望，情意綿綿地好像對人頗眷戀的樣子。大月氏王派使者向梁武帝請教，梁武帝就用趙昭儀的故事回答了他。

譚意歌傳

原著　譙川秦醇子復

　　譚意歌小字英奴，隨親生於英州。喪親，流落長
沙，今潭州也。年八歲，母又死，寄養小工張文家。文
造竹器自給。

　　一日，官妓丁婉卿過之，私念苟得之，必豐吾屋。
乃召文飲，不言而去。異日復以財帛貽文，遺頗稠疊。
文告婉卿曰：「文壄市賤工，深荷厚意。家貧，無以為
報。不識子欲何圖也？子必有告，幸請言之。願盡愚
圖報，少答厚意。」婉卿曰：「吾久不言，誠恐激君子
之怒。今君懇言，吾方敢發。竊知意哥非君之子。我愛
其容色。子能以此售我，不惟今日重酬子，異日亦獲厚
利。無使其居子家，徒受寒飢。子意若何？」文曰：「文

揣知君意久矣，方欲先白。如是，敢不從命！」

是時方十歲，知文與婉卿之意，怒詰文曰：「我非君之子，安忍棄於娼家乎？子能嫁我，雖貧窮家，所願也。」文竟以意歸婉卿。過門，意哥大號泣曰：「我孤苦一身，流落萬里，勢力微弱，年齡幼小。無人憐救，不得從良人。」聞者莫不嗟慟。

婉卿日以百計誘之。以珠翠飾其首，輕暖披其體，甘鮮足其口，既久益勤，若慈母之待嬰兒。辰夕浸沒，則心自愛奪，情由利遷。意哥忘其初志，未及笄，為擇佳配。肌清骨秀，髮紺眸長，黃手纖纖，宮腰搦搦，獨步於一時。車馬駢溢，門館如市。加之性明敏慧，解音律，尤工詩筆。年少千金買笑，春風惟恐居後，郡官宴聚，控騎迎之。

時運使周公權府會客，意先至府，醫博士及有故至府，升廳拜公。及美髯可愛，公因笑曰：「有句，子能對乎？」及曰：「願聞之。」公曰：「醫士拜時鬚拂地。」及未暇對答，意從旁曰：「願代博士對。」公曰：「可。」意曰：「郡侯宴處幕侵天。」公大喜。意疾既愈，庭見府官，多自稱詩酒於刺。蔣田見其言，頗笑之。因令其對句，指其面曰：「冬瓜霜後頻添粉。」意乃執其公裳

袂，對曰：「木棗秋來也着緋①。」公且慚且喜，眾口噏然稱賞。

魏諫議之鎮長沙，遊岳麓時，意隨軒。公知意能詩，呼意曰：「子可對吾句否？」公曰：「朱衣吏，引登青障②。」意對曰：「紅袖人，扶下白雲。」公喜，因為之立名文婉，字才姬。意再拜曰：「某，微品也。而公為之名字，榮逾萬金之賜。」

劉相之鎮長沙，云一日登碧湘門納涼，幕官從焉。公呼意對。意曰：「某，賤品也，安敢敵公之才？公有命，不敢拒。」爾時迤邐望江外湘渚間，竹屋茅舍，有漁者攜雙魚入脩巷。公相曰：「雙魚入深巷。」意對曰：「尺素③寄誰家。」公喜，讚美久之。他日，又從公軒遊岳麓，歷抱黃洞望山亭吟詩，坐客畢和。意為詩以獻曰：

「真仙去後已千載，此構危亭四望賒。

靈跡幾迷三島路，憑高空想五雲車。

清猿嘯月千岩曉，古木吟風一逕斜。

鶴駕何時還古里，江城應少舊人家。」

---

① 緋，紅袍。
② 障，屏障，指山。
③ 尺素，書信；古代以木函代信封，木函封與底的木版都有刻作魚形，分拆而成雙魚，故用以作巧對。

公見詩愈驚歎，坐客傳觀，莫不心服。公曰：「此詩之妖也。」公問所從來，意哥以實對。公愴然憫之。意乃告曰：「意入籍驅使迎候之列有年矣，不敢告勞。今幸遇公，倘得脫籍為良人箕帚之役，雖死必謝。」公許其脫。異日，詣投牒，公諾其請。意乃求良匹，久而未遇。

會汝州民張正字為潭茶官，意一見謂人曰：「吾得婿矣。」人詢之，意曰：「彼風調才學，皆中吾意。」張聞之，亦有意。

一日，張約意會於江亭。於時亭高風怪，江空月明。陡帳垂絲，清風射牖，疎簾透月，銀鴨噴香。玉枕相連，繡衾低覆，密語調簧，春心飛絮。如仙葩之並蒂，若雙魚之同泉，相得之歡，雖死未已。翌日，意盡挈其裝囊歸張。有情者贈之以詩曰：

「才識相逢方得意，風流相遇事尤佳。

牡丹移入仙都去，從此湘東無好花。」

後二年，張調官，復來見。意乃治行，餞之郊外。張登途，意把臂囑曰：「子本名家，我方娼類，以賤偶貴，誠非佳婚。況室無主祭之婦，堂有垂白之親。今之分袂，決無後期。」張曰：「盟誓之言，皎如日月，苟或背此，神明非欺。」意曰：「我腹有君之息數月矣。此君之體也，君宜念之。」相與極慟，乃捨去。

意閉戶不出，雖比屋莫見意面。既久，意為書與張云：

「陰老春回，坐移歲月。羽伏鱗潛，音問兩絕。首春氣候寒熱，切宜保愛。逆旅都輦，所見甚多。但幽遠之人，搖心左右，企望回轅，度日如歲。因成小詩，裁寄所思，茲外千萬珍重。」

其詩曰：

「瀟湘江上探春回，消盡寒冰落盡梅。

願得兒夫似春色，一年一度一歸來。」

逾歲，張尚未回，亦不聞張娶妻。意復有書曰：

「相別入此新歲，湘東地暖，得春尤多。溪梅墮玉，檻杏吐紅，舊燕初歸，暖鶯已囀。對物如舊，感事自傷。或勉為笑語，不覺淚泠。數月來頗不喜食，似病非病，不能自愈。孺子無恙（意子年二歲），無煩流念。向嘗面告，固匪自欺。君不能違親之言，又不能廢己之好，仰結高援，其無□焉。或俯就微下，曲為始終，百歲之恩，沒齒何報！雖亡若存，摩頂至足，猶不足答君意。反覆其心，雖禿十兔毫，罄三江楮，亦不能□茲稠疊，上浼君聽。執筆不覺墮淚几硯中。鬱鬱之意，不能自已。千萬對時善育，無或以此為至念也。短唱二闋，固非君子齒牙間可吟，蓋欲攄情耳。」

曲名《極相思令》一首：

「湘東最是得春先，和氣暖如綿。清明過了，殘花巷陌，猶見鞦韆。　　對景感時情緒亂，這密意，翠羽空傳。風前月下，花時永晝，灑淚何言。」

又作《長相思令》一首：

「舊燕初歸，梨花滿院，迤邐天氣融和。新晴巷陽，是處輕車轎馬，禊飲笙歌。舊賞人非，對佳時，一向樂少愁多。遠意沉沉，幽閨獨自顰蛾。　　正消黯無言，自感憑高遠意，空寄煙波。從來美事，因甚天教兩處多磨？開懷強笑，向新來寬卻衣羅。似恁地人懷憔悴，甘心總為伊呵。」

張得意書辭，情悰久不快，亦私以意書示其所親，有情者莫不嗟歎。張內逼慈親之教，外為物議之非，更期月，親已約孫貰殿丞女為姻。定問已行，媒妁素定，促其吉期，不日佳赴。張回腸危結，感淚自零。好天美景，對樂成悲，憑高悵望，默然自已。終不敢為記報意。

逾歲，意方知，為書云：

「妾之鄙陋，自知甚明。事由君子，安敢深扣？一入閨幃，克勤婦道，晨昏恭順，豈敢告勞？自執箕帚，三改歲□。苟有未至，固當垂誨。遽此見棄，致我失圖。求之人情，似傷薄惡；揆之天理，亦所不容。業已許

君，不可貽咎。有義則企，常風服於前書；無故見離，深自傷於微弱。盟顧可欺，則不復道。稚子今已三歲，方能移步。期於成人，此猶可待。妾囊中尚有數百緡，當售附郭之田畝，日與老農耕耨別穰，臥漏復毳，鑿井灌園。教其子知詩書之訓，禮義之重。願其有成，終身休庇妾之此身，如此而已。其他清風館宇，明月亭軒，賞心樂事，不致如心久矣。今有此言，君固未信，俟在他日，乃知所懷。燕爾方初，宜君子之多喜；拔葵在地，徒向日之有心。自茲棄廢，莫敢憑高。思入白雲，魂遊天末。幽懷蘊積，不能窮極。得官何地，因風寄聲。固無他意，貴知動止。飲泣為書，意緒無極。千萬自愛。」

　　張得意書，日夕歎悵。後三年，張之妻孫氏謝世，湖外莫通信耗。會有客自長沙替歸，遇於南省書理間。張詢客意哥行沒。客撫掌大罵曰：「張生乃木人石心也。使有情者見之，罪不容誅！」張曰：「何以言之？」客曰：「意自張之去，則掩戶不出，雖比屋莫見其面。聞張已別娶，意之心愈堅，方買郭外田百畝以自給。治家清肅，異議纖毫不可入。親教其子。吾謂古之李住滿女，不能遠過此。吾或見張，當唾其面而非之。」張慚怩久之，召客飲於肆，云：「吾乃張生。子責我皆是。但子不知吾家有親，勢不得已。」客曰：「吾不知子乃張君也。」久

乃散。

　　張生乃如長沙。數日，既至，則微服遊於肆，詢意之所為。言意之美者不容刺口。默詢其鄰，莫有見者。門戶瀟灑，庭宇清肅。張固已側然。意見張，急閉戶不出。張曰：「吾無故涉重河，跨大嶺，行數千里之地，心固在子。子何見拒之深也？豈昔相待之薄歟？」意云：「子已有室，我方端潔以全其素志。君宜去，無浼我。」張云：「吾妻已亡矣。曩者之事，君勿復為念，以理推之可也。吾不得子，誓死於此矣。」意云：「我向慕君，忽遽入君之門，則棄之也容易。君若不棄焉，君當通媒妁，為行吉禮，然後妾敢聞命。不然，無相見之期。」竟不出。

　　張乃如其請，納彩問名，一如秦晉之禮焉。事已，乃挈意歸京師。意治閨門，深有禮法，處親族皆有恩意，內外和睦，家道已成。意後又生一子，以進士登科，終身為命婦。夫婦偕老，子孫繁茂。嗚呼，賢哉！

譯文

譚意歌小名英奴，隨父親行蹤出生在英州。父親死後，流落在長沙，就是今天的潭州，八歲那年，母親又死了，寄養在做小工的張文家裡。張文是以製作竹器謀生的。

有一天，官妓丁婉卿經過張文家，看到意歌，心裡想，要是能將這小姑娘買了過來，將來一定能使我妓館致富的。於是就請張文來喝酒，喝完酒，也不說甚麼，就告辭了。以後的日子裡，又送錢財布帛給張文，饋贈之物，相當可觀。張文就對丁婉卿說：「我是市井中一名卑賤的小工，深深蒙受您的厚愛。家裡貧窮，沒有甚麼可以報答的。不知您對我有何打算？您必定有話想要對我說的，希望您告訴我。我願意竭盡愚誠，為您效力，稍稍報答您對待我的厚意。」婉卿說：「我好久未敢啟齒，實在是怕會激怒您。現在您已說了很誠懇的話，我才敢把心裡想的講出來。我知道意歌並不是您的女兒，我很喜愛她的容貌姿色，您如果能將她賣給我，不但今天要重重酬謝您，將來也會有您的許多好處。不要讓她老住在您家，白白地受凍挨餓，不知您心意如何？」張文說：「我揣測到您的心意已經好

久了，正打算先跟您提起。既然如此，我哪敢不從命呢？」

當時，意歌才十歲，知道了張文與丁婉卿的打算後，就很生氣地質問張文說：「我不是你的女兒，你怎麼就忍心將我丟給妓院呢？你如果能將我嫁出去，即使是貧窮人家，我也願意。」張文終於還是將意歌給了婉卿。過門時，意歌失聲痛哭說：「我孤苦一身，流落在萬里之外，勢微力弱，年紀幼小，沒有人可憐我，救援我，想終身跟一個丈夫做良家婦女也不可能。」聽到她話的人，沒有不感歎悲憫的。

丁婉卿每天千方百計地籠絡她。用珠翠首飾來裝扮她的頭面，用輕柔暖和的衣着加在她身上，用甘脆鮮美的食物來填飽她的口腹。時間久了，反而更加殷勤，就跟慈母對待嬰兒一樣。早早晚晚，潛移默化，心願逐漸被寵愛淹沒，感情也被利益替代。意歌忘記了她最初的志向，未到及笄成年之時，婉卿就替她選擇佳偶了。意歌出落得肌瑩骨秀，髮烏眸長，纖纖的小手白如嫩芽，細細的腰身一握輕盈，她的魅力可謂獨步於一時。前來這兒的車馬喧鬧擁擠，妓館門庭若市。加之她生性聰慧機敏，懂得音律，更擅長作詩為文，年輕人不惜擲千金買她一笑，還唯恐落於他人之後；郡府官員宴飲聚會，都紛紛驅馬登門前來迎接她。

當時，有鹽糧運使、朝廷特派權理知府官周公會客，意歌先到達府中。有位醫博士及君有事也來府中，上廳堂拜見周

公。及君有一把長長的漂亮的鬍鬚。周公於是笑着説：「我有一句對子，不知您能對不能對？」及君説：「我願意聽您説説看。」周公説：「醫士拜時鬚拂地。」及君未及對答，在一旁的意歌就説：「我願替醫博士答對。」周公説：「可以。」意歌就説：「郡侯宴處幕侵天。」周公大喜。意歌生病，病癒後，到公庭中去拜見府官，她在自己的名帖上多稱能詩酒。有位叫蔣田的官員讀了她名帖上所寫，頗有點哂笑她自誇，使命她對句。蔣公用手指指着她的臉説：「冬瓜霜後頻添粉。」意歌就用手拉了拉這位官員的衣袖，對道：「木棗秋來也着緋①。」蔣公又慚愧，又高興，在座的人眾口一詞地大加讚賞。

魏諫議鎮守長沙，遊嶽麓山時，意歌隨大車前往。魏公知道意歌能詩，叫來意歌説：「你能對我的句子嗎？」他接着説：「朱衣吏引登青障②。」意歌對道：「紅袖人扶下白雲。」魏公很高興，便替她起名文婉，字才姬。意歌再三拜謝説：「我是一個品位卑微的人，而魏公替我取了名和字，這對我來説，比賞賜我萬金更要榮幸。」

劉相鎮守長沙，説是有一天登碧湘門去乘涼，幕僚都跟從同去。劉公叫意歌來對句。意歌説：「我是低賤的人，豈敢與

---

① 緋，紅袍。
② 障，屏障，指山。

劉公大才相比？劉公有命令，我不敢拒絕。」這時，劉公不斷地四下眺望，見長江外湘水洲諸間有竹舍茅屋，一個打魚人手提着兩條魚走進一條長長的巷子裡去了。劉公對着那景象說：「雙魚入深巷。」意歌對道：「尺素 [①] 寄誰家？」劉公非常高興，讚美了很久。另有一天，又隨從劉公的大車去遊岳麓山，經過抱黃洞，劉公望山間的亭子吟詩，在座的客人都唱和。意歌也寫了詩獻給劉公，詩說：

「仙人一去已過了千餘年啦，這兒構築的高亭四望無涯。

去蓬萊三島你幾次迷了路，我倚高處空想着五雲飛車。

清猿對明月啼叫千岩已曉，古樹在風中吟唱一徑橫斜。

你何時騎鶴再回古老鄉里？江城該很少有舊時的人家。」

劉公見了意歌的詩越發驚歎，座中客人互相傳觀，無不心中佩服。劉公說：「這真是詩妖了！」便問她過去的經歷，意歌一一據實說了。劉公聽了很難過，非常同情她，意歌就告訴說：「我在妓籍中被置於受差遣迎接來客的行列已有好多年了，不敢自訴勞苦。今天有幸遇見劉公，倘若能夠讓我脫離妓籍，去從事良家婦女執畚箕掃帚的家務勞動，即便死了，我也必定會感謝您的大恩的。」劉公答應讓她脫籍從良。改天後，意歌

---

① 尺素，書信；古代以木函代信封，木函封與底的木版都有刻作魚形，分拆而成雙魚，故用以作巧對。

去官府投遞申請書，劉公就批准了她的請求。意歌便留心尋找佳偶，好久都沒有遇上中意的人。

正巧汝州人張正字來當潭州的茶官，意歌一見他，就對人說：「我找到丈夫了。」人家問她怎麼回事，她說：「他的風度才學，都合我的心意。」張正字聽到後，也心中有意。

一天，張正字約意歌在江亭相會。當時，亭聳勢高，陣陣風來，江面生闊，明月皎皎。室內絲帳直垂，清風吹入門窗，疏簾透進月光，銀鴨香爐噴出香霧。床上玉枕並置，繡被低覆。密語喁喁，如奏笙簧；春心蕩漾，似捲飛絮。好比仙葩的並蒂開放，又似雙魚之同泉遊樂。二人相愛之樂，即便死了，也將永存。次日，意歌就帶了所有的裝裹箱囊，上張正字那裡去了。有情人贈給他倆一首詩說：

「正得意才學見識彼此不差，

風流相遇之事更成了佳話。

一朵牡丹移到仙都去了，

從此湘東再也沒有好花。」

過了兩年，張正字調官上京，又來長沙見意歌。意歌就為他準備行裝，在郊外餞別。張生上路，意歌握住他的手臂說：「你本是名門子弟，而我是娼妓下流，以下賤配尊貴，實在不是理想婚姻。何況你家裡沒有個可主持祭祀的主婦，堂上倒有白髮雙親。今天分手，決無後會之期了。」張正字說：「我倆

誓盟中的話，皎皎如日月，假如有誰違背了，老天神明是不可欺的。」意歌說：「我腹中懷上你的孩子有好幾個月了，他是你的骨肉，你該常想到他啊！」彼此大大地悲慟一番後，張正字就走了。

從此，意歌閉門不出，即使是隔壁鄰居，也見不到她的面。過了好久，意歌給張正字寫了一封信，信中說：

「冬去春回，坐看歲月流逝。像鳥兒躲在窠裡，魚兒潛入水底，音信與問候都隔絕了。初春的天氣乍暖還寒，你切切要保重身體！我見旅店中京師裡來的車馬不少，只是隱居於僻遠之地的我，心裡總是只惦念着你，盼望着你的車馬能回到我的身邊，真是度日如年啊！我因此吟成小詩，抄寄給我的心上人。此外還望你千萬珍重！」

她的詩說：

「瀟湘江上將歸來的春天找尋，

冰雪都已消融梅花也已落盡。

我願夫婿也能夠像春色一樣，

一年中必有一度能踏上歸程。」

經過一年，張正字還是沒有回來，也沒有聽說他娶妻。意歌又寫信去說：

「自分別以來，又到新的一年了。湘東地氣暖和，所佔春光特多。溪頭玉梅墜花，檻邊紅杏吐蕊，去年的燕子剛剛歸

來，暖日的黃鶯已經啼囀。眼前景物，就像往年，感慨遭遇，空自悲傷。有時勉強裝作笑語，不知不覺淚水淋淋。近幾個月來，總是吃不下東西去，似病非病，不能自愈。孩子無恙（意歌的兒子兩歲了），你不必掛念。過去我當面跟你説的，本非自欺之言。你不能違背父母的話，又不能放棄自己的喜好，攀一門高親，當沒有甚麼問題。倘或你能俯就我這樣低微的人，委屈自己而與我有始有終，那麼，我受百年大恩，終生又怎能報效呢？即使死了，也像活着一樣，願吃大苦耐大勞，怕也不足答謝你的恩情。思緒翻騰，一會兒這樣想，一會兒那樣想，哪怕將十隻兔子的毫毛做出來的筆都寫禿，將三江水那麼多的墨汁和紙都用乾寫光，也不能將我紛亂的心情表達出來，説給你聽。執筆寫信時，眼淚不知不覺滴落在几案上，硯台中。鬱鬱之情，不能自制。千萬珍重，不要因我所述種種過於結念操心。小曲二首，本不配給君子口中吟唱，不過想藉此抒發一點感情罷了。」

曲名《極相思令》一首説：

「湘東最是得春先，和氣暖如綿。清明過了，殘花巷陌，還見鞦韆。　對景感時情緒亂，這密意，作書札，青鳥空傳。風前月下，花時長日，灑淚何言！」

又作《長相思令》一首説：

「舊燕初歸，梨花滿院，漸漸天氣暖和。新晴巷陌，到處

輕車轎馬，宴飲笙歌。當年賞景人何在，對良辰，一向樂少愁多。念遠心意沉沉，幽閨中、獨自蛾眉緊鎖。　正黯然消魂無語，自感憑高心意，空寄煙波。從來好事，為何天教兩地多磨？開懷強笑，覺近來漸寬衣帶綺羅。似這般人都憔悴，甘心總為伊呵！」

張正字讀到意歌的書信詞曲之後，心情久久不舒，也私下把意歌的信給親近的友人看，有情的無不慨歎。張正字內受雙親教誨的逼迫，外被周圍流言非議。又過了一個多月，父母已為張正字與殿丞孫賁的女兒訂下婚約，定親的聘禮名帖都送過去了，媒人本來就確定的，催促選定吉期，沒有幾天就要舉行婚禮。張正字愁腸百結，急得眼淚直淌；良辰美景，對樂成悲。登高樓憑欄悵望，默默無言地自我壓抑。始終也不敢寫信將經過告訴意歌。

過了一年，意歌才知道此事，寫了一封信說：

「我身份鄙陋，自己知道得很清楚。事情由君子所為，我哪敢深加追問？那年，我一到你住處，進了閨房，便盡力恪守婦道，起早摸黑，恭謹順從地侍候你，豈敢自言辛勞？從我成為你妻子以後，已三次改換年頭了。假如我有甚麼不對，你本來可以教訓我。現在一下子就拋棄了我，致使我不知今後如何是好。從人情上說，似乎也太負心了，以天理而論，怕也是不能相容的吧。我既許身於你，當然不該再歸罪於你。有情有義

就合，我還常常沉思以前寫的信；無緣無故被棄，我總深深自傷太卑微弱小了。盟誓還可違背，那就不必再說甚麼了。孩子已經三歲了，剛能學步。期望他長大成人，這是可以等得到的。我箱囊中還有數百貫錢的積蓄，準備購置些近郊的田地，每天跟老農一起耕種些瓜果蔬菜，居於漏屋之下，蓋着獸毛，去過鑿井灌園的生活。再就是教育孩子知道詩書上的道理和禮義的重要，但願他將來有點出息，能使我終身有個依託，如此而已。至於其他如清風樓閣，明月亭台，曾享受過的種種賞心樂事，很久以來已不再上我心頭了。今天我說這話，你原可不信，等到將來，你自然會知道我心中所想的了。你新婚燕爾，自然高興，我如拔棄的向日葵，空有向日之心，也是無可奈何。從此以後，我是被廢棄的人了，不敢再憑高而有所企盼。我的思緒隨白雲飄浮，神魂常遠遊天際。胸中幽怨積聚，不能了結。你在哪兒做官，方便的話，給我寄封信來，我也沒有別的意思，只是想經常知道你的情況罷了。我飲泣着寫這封信，心緒亂如麻，未有窮極。千萬自愛！」

　　張正字得到意歌的信，日夜悲歎惆悵。又過了三年，張正字的妻子孫氏病故，洞庭湖以南信息不通。湊巧有客從長沙被替換職務回京，相遇於尚書省官署中。張正字向來客打聽意歌的情況。客拍掌大罵説：「張正字這傢伙是木頭人石頭心腸，倘使有情人見了他，張正字簡直罪不容誅！」張正字問：「這

話怎麼說？」客說：「意歌自從張生去後，便閉門不出，就是住在她旁邊的人家，也見不到她的面。聽說張生已另娶了別家女兒為妻，意歌的心意倒反越發堅定了。她這才買了城外百畝田地，以此自謀生計，她治家清正嚴肅，非議的話絲毫也到不了她身上。還親自教育她兒子。依我說，就是古代李住滿女兒，也遠遠及不上她。我要是見到張生，非在他臉上吐口唾沫，罵他一頓不可。」張生羞愧了很久，就請那客去酒店飲酒，對他說，「我就是你說的那個張生。你責備我的都對。只是你不知道我家中有父母，實在是情勢不得已啊！」客說：「我的確不知道你就是張生。」兩人談了很久才散。

張生便去往長沙。幾天後，到了那裡，就脫去官服，換了便衣，去遊酒店，打聽意歌的所為。一些人談起意歌的好處來簡直不容你插嘴。張生又私下問意歌的鄰居，確實都不曾見過她的面。意歌的居處門戶蕭然整潔，庭宇肅然清幽。張生自然十分難過。意歌忽然看見張生，急忙關了門不出來。張生隔着門說：「我無端涉過條條江河，跨越重重大山，走了幾千里路，一心只為了見你，你為甚麼將我深深地拒之於門外？難道說我過去對你不好？」意歌說：「你已經有妻室了，我才決心要端端正正地生活，清清白白地做人，以此來成全平素的志向。你應該趕快離開這裡，不要壞了我的名聲。」張生說：「我的妻子已經死了。以往的事，你不要再放在心上了，你只從情理上

去推想好了。我若得不到你，發誓就死在這兒。」意歌説：「從前我愛你，馬上就進了你的家門，所以被你拋棄也很容易。現在如果你真的還要我，就應當通過媒妁，為此而行正式的婚姻禮儀。然後我才敢聽從你。不然的話，就沒有再見面的機會了。」終究不肯出來。

張生就照意歌的要求，納彩禮，送名帖，一切都按正式結婚。事情辦完後，便帶着意歌，一同回到京城來。意歌治家，極有禮法，對待親友族人，都頗施恩德，內外和睦，家業已成。後來，意歌又生了一個兒子，以進士登科，她自己終身受封為命婦。夫妻白頭偕老，子孫繁茂興旺。唉，真賢惠啊！

王幼玉記

原著　淇上柳師尹

　　王生名真姬，小字幼玉，一字仙才，本京師人。隨父流落於湖外，與衡州女弟女兄三人皆為名娼，而其顏色歌舞，甲於倫輩之上。群妓亦不敢與之爭高下。幼玉更出於二人之上，所與往還皆衣冠士大夫。捨此，雖巨商富賈，不能動其意。

　　夏公酉（夏賢良名噩字公酉）遊衡陽，郡侯開宴召之，公酉曰：「聞衡陽有歌妓名王幼玉，妙歌舞，美顏色，孰是也？」郡侯張郎中公起乃命幼玉出拜。公酉見之，嗟吁曰：「使汝居東西二京，未必在名妓之下。今居於此，其名不得聞於天下。」顧左右取箋，為詩贈幼玉。其詩曰：

　　「真宰無私心，萬物逞殊形。

嗟爾蘭蕙質，遠離幽谷青。

清風暗助秀，雨露濡其泠。

一朝居上苑，桃李讓芳馨。」

由是益有光。但幼玉暇日，常幽豔愁寂，寒芳未吐。人或詢之。則曰：「此道非吾志也。」又詢其故，曰：「今之或工或商，或農或賈，或道或僧，皆足以自養。惟我儔塗脂抹粉，巧言令色，以取其財。我思之愧赧無限。逼於父母姊弟，莫得脫此。倘從良人，留事舅姑，主祭祀，俾人回指曰：『彼人婦也。』死有埋骨之地。」

會東都人柳富字潤卿，豪俊之士。幼玉一見曰：「茲吾夫也。」富亦有意室之。富方倦遊，凡於風前月下，執手戀戀，兩不相捨。既久，其妹竊知之。一日，詬富以語曰：「子若復為嚮時事，吾不捨子，即訟子於官府。」富從是不復往。

一日，遇幼玉於江上。幼玉泣曰：「過非我造也，君宜以理推之。異時幸有終身之約，無為今日之恨。」相與飲於江上，幼玉云：「吾之骨，異日當附子之先隴。」又謂富曰：「我平生所知，離而復合者甚眾。雖言愛勤勤，不過取其財帛，未嘗以身許之也。我髮委地，寶之若金玉，他人無敢窺覘，於子無所惜。」乃自解鬟，剪一縷以遺富。富感悅深至，去又羈思不得會為恨，因而

伏枕。幼玉日夜懷思，遣人侍病。既愈，富為長歌贈
之云：

「紫府樓閣高相倚，金碧戶牖紅暉起，
其間燕息皆仙子，絕世妖姿妙難比。
偶然思念起塵心，幾年謫向衡陽市。
陽嬌飛下九天來，長在娼家偶然耳。
天姿才色擬絕倫，壓到花衢眾羅綺。
紺髮濃堆巫峽雲，翠眸橫剪秋江水。
素手纖長細細圓，春筍脫向青雲裡。
紋履鮮花窄窄弓，鳳頭翹起紅裙底。
有時笑倚小欄杆，桃花無言亂紅委。
王孫逆目似勞魂，東鄰一見還羞死。
自此城中豪富兒，呼僮控馬相追隨。
千金買得歌一曲，暮雨朝雲鎮相續。
皇都年少是柳君，體段風流萬事足。
幼玉一見苦留心，殷勤厚遣行人祝。
青羽飛來洞戶前，惟郎苦恨多拘束。
偷身不使父母知，江亭暗共才郎宿。
猶恐恩情未甚堅，解開鬟髻對郎前。
一縷雲隨金剪斷，兩心濃更密如綿。
自古美事多磨隔，無時兩意空懸懸。

清宵長歎明月下，花時灑淚東風前。

怨入朱弦危更斷，淚如珠顆自相連。

危樓獨倚無人會，新書寫恨託誰傳。

奈何幼玉家有母，知此端倪蓄嗔怒。

千金買醉囑傭人，密約幽歡鎮相誤。

將刃欲加連理枝，引弓欲彈鶼鶼羽。

仙山只在海中心，風逆波緊無船渡。

桃源去路隔煙霞，咫尺塵埃無覓處。

郎心玉意共殷勤，同指松筠情愈固。

願郎誓死莫改移，人事有時自相遇。

他日得郎歸來時，攜手同上煙霞路。」

富因久遊，親促其歸。幼玉潛往別，共飲野店中。玉曰：「子有清才，我有麗質。才色相得，誓不相捨，自然之理。我之心，子之意，質諸神明，結之松筠久矣。子必異日有瀟湘之遊，我亦待君之來。」於是二人共盟，焚香，致其灰於酒中，共飲之。是夕同宿江上。

翌日，富作詞別幼玉，名《醉高樓》，詞曰：

「人間最苦，最苦是分離。伊愛我，我憐伊。青草岸頭人獨立，畫船東去櫓聲遲。楚天低，回望處，兩依依。　　後會也知俱有願，未知何日是佳期。心下事，亂如絲。好天良夜還虛過，辜負我，兩心知。願伊家，衷

腸在，一雙飛。」

富唱其曲以沽酒，音調辭意悲惋，不能終曲，乃飲酒，相與大慟。富乃登舟。

富至輦下，以親年老，家又多故，不得如約，但對鏡灑涕。會有客自衡陽來，出幼玉書，但言幼玉近多病臥。富遽開其書疾讀，尾有二句云：

「春蠶到死絲方盡，蠟燭成灰淚始乾。」

富大傷感，遺書以見其意，云：

「憶昔瀟湘之逢，令人愴然。嘗欲挐舟，泛江一往。復其前盟，敘其舊契。以副子念切之心，適我生平之樂。奈因親老族重，心為事奪，傾風結想，徒自瀟然，風月佳時，文酒勝處，他人怡怡，我獨惚惚如有所失。憑酒自釋，酒醒，情思愈彷徨，幾無生理。古之兩有情者，或一如意，一不如意，則求合也易。今子與吾，兩不如意，則求偶也難。君更待焉，事不易知，當如所願。不然，天理人事，果不諧，則天外神姬，海中仙客，猶能相遇，吾二人獨不得遂，豈非命也？子宜勉強飲食，無使真元耗散，自殘其體，則子不吾見，吾何望焉？子書尾有二句，吾為子終其篇。

云：

『臨流對月暗悲酸，瘦立東風自怯寒。

湘水佳人方告疾，帝都才子亦非安。

春蠶到死絲方盡，蠟燭成灰淚始乾。

萬里雲山無路去，虛勞魂夢過湘灘。』」

一日，殘陽沉西，疎簾不捲。富獨立庭幃，見有半面出於屏間。富視之，乃幼玉也。玉曰：「吾以思君得疾，今已化去。欲得一見，故有是行。我以平生無惡，不陷幽獄。後日當生兗州西門張遂家，復為女子。彼家賣餅。君子不忘昔日之舊，可過見我焉。我雖不省前世事，然君之情當如是。我有遺物在侍兒處，君求之以為驗。千萬珍重！」忽不見。富驚愕，但終歎惋。

異日有過客自衡陽來，言幼玉已死，聞未死前囑侍兒曰：「我不得見郎，死為恨。郎平日愛我手髮眉眼。他皆不可寄附，吾今剪髮一縷，手指甲數個，郎來訪我，子與之。」後數日，幼玉果死。

議曰：今之娼，去就狗利，其他不能動其心。求瀟女霍生事，未嘗聞也。今幼玉愛柳郎，一何厚耶？有情者觀之，莫不愴然。善諧音律者廣以為曲，俾行於世，使繫於牙齒之間，則幼玉雖死不死也。吾故敘述之。

譯文

　　王姑娘名叫真姬，小名幼玉，又名仙才。原本是京城地方人。跟隨父親流落在洞庭湖以南，安家在衡州。她與妹妹、姊姊三個人都是有名的妓女，姊妹們的容貌和歌舞在同行中都是一流的，別的妓女也不敢跟她們爭高下。幼玉更在她姊妹二人之上，與她往來的都是些有身份、有修養的士大夫。除此之外，即使是巨富的商人，也不能打動她的心。

　　夏公酉（夏是賢良科所舉之進士，名噩，字公酉）遊歷衡陽，郡侯舉行宴會請他參加。公酉說：「聽說衡陽有歌妓叫王幼玉的，歌舞絕妙，容貌極美，是哪一位？」郡侯張公起郎中就命幼玉出來拜見。公酉見了，讚歎說：「假如你在東西二京，未必會在著名歌妓之下，現在處在這種地方，你的名聲就不可能讓天下都知道了。」他叫左右拿一張花箋來，作了一首詩送給幼玉。詩說：

　「上帝並沒有徇私偏愛的心腸，

　　萬物卻各有截然不同的模樣。

　　可歎你像蘭蕙一樣的美質，

卻遠離青青幽谷生長你的地方。

清風暗暗地增添你的秀色，

雨露滋潤你輕盈的體態成長。

有朝一日如果能去到皇家花園，

秋桃豔李都比不過你的芳香。」

　　從此，她更加有光彩了。只是幼玉空閒的時候，老像幽谷裡的鮮花寂寞生愁，寒冷中的香苞不肯開放。有人問她為何如此。她就說：「過這樣的生活不是我的志向。」再問她原因何在。她說：「今天世上的人，工匠也好，商人也好，農夫也好，販子也好，道士也好，和尚也好，都能自己養活自己，只有我們這些人靠塗脂抹粉、巧言媚色來騙取別人的錢財。我想到這些，就羞愧得要死。可是受父母姊弟所逼，不能脫離這種處境。如果能嫁一個丈夫，留在家裡服侍公婆，操辦祭祀祖宗的事，使人家在我背後指點說：『那是某家的媳婦。』這樣死後也有個埋葬的地方。」

　　正巧有東都人柳富，字潤卿，是一個豪爽英俊的讀書人，幼玉一遇見他，就說：「這個人該是我的丈夫了。」柳富也有心想娶幼玉為妻。那時，柳富正對漫遊的生活感到疲倦了，所以常在風前月下，與幼玉一道手拉手地彼此戀戀不捨。時間一久，幼玉的妹子暗地裡偵知到他們間的關係。一天，就責罵柳富說：「你如果再這樣，我不會放過你的，馬上就拉你去吃官

司。」柳富從此就不再去了。

一天，柳富在江邊遇見幼玉，幼玉哭泣着對他說：「過錯不是我造成的，你應該從情理上推想得出。將來希望有一天我們能約定終身，不要為今天的處境而怨恨。」兩人就在江邊設酒對飲，幼玉說：「將來我的骨頭，應附葬在你柳家祖宗的墓地裡。」又對柳富說：「我平生熟悉的人中，分離後又聚合的有不少。她們雖然談情說愛非常動聽，不過是為了要得到對方的錢，並沒有真正以身相許的。我有一頭長髮，可以垂下來到地上，平時珍惜它如同金玉一樣，別人沒有一個敢打它主意的，對於你，我卻並不吝惜。」就自己動手把鬢髻打開，將秀髮剪下一縷來送給柳富。柳富感動至極，又高興得不得了。柳富離開幼玉後，心思又老是為不能相會而憾恨，終於病倒在床了。幼玉日夜懷念他，派人去照料他的病。病癒後，柳富寫了一首長歌贈送給幼玉，歌說：

「高高的紫府樓閣相倚相連，金碧門窗外升起一輪紅豔。

居住在這裡的都是仙女，世無倫比的美姿奇妙難言。

有仙女思紅塵凡心偶起，幾年來被罰落衡陽市裡。

就像皇后從九重君門下降，久居妓院也不過偶然而已。

天生成絕倫姿色才情也多，曾壓倒花街上多少綺羅！

高髻烏亮像堆起巫山雲團，明眸流轉如剪來秋江碧波。

潔白的雙手細長而又圓潤，好比是春筍脫殼伸向青雲。

窄窄的繡花鞋鮮豔小巧，展翅的鳳頭上罩着紅裙。

有時倚着欄杆微微一笑，無言的桃花將落紅亂拋。

王孫公子傻眼如丟了魂魄，東鄰的少女見了也只有害臊。

從此城裡那些富家少爺，喊僕人快備馬隨後盯梢。

千金才買她清歌一曲，朝雲暮雨卻緊相連續。

東都京城有個少年柳郎，一表人才甚麼都不缺。

幼玉見了他就苦苦留心，厚贈行人再三將心意寄託。

青鳥捎信飛來幼玉窗前，原來柳郎深恨自己大受管束。

她偷着出來不使父母知道，江亭裡她暗暗留郎共宿。

還只怕柳郎恩情不堅，她解開髮髻在他面前。

一縷青雲隨着金剪鉸斷，兩顆愛心更是親密無間。

從古以來總是好事多磨，徒然教兩顆心時刻掛牽。

清夜裡望明月長吁短歎，花開時迎東風清淚漣漣。

怨恨入琴弦只怕彈斷，眼淚如珍珠成串相連。

獨倚高樓心事無人知曉，一紙寫恨託誰為我寄傳？

無奈幼玉家中有母相阻，聽得一點風聲先就發怒。

她只好千金買酒囑託用人，誰知道密約幽會全都耽誤。

拿快刀想把連理枝砍斷，拉彈弓要將比翼鳥驅除。

幸福的仙山偏在大海中心，風狂浪大沒有船隻可渡。

去桃源的路被煙霞所隔，滿目塵埃不知它在何處。

柳郎與幼玉彼此情意綿綿，同指那青松翠竹兩心更堅。

但願柳郎立志到死不變，人事難定也許還能相見。

有朝一日盼得柳郎歸來，煙霞路上共同攜手並肩。」

柳富因為出外遊歷時間已久，家裡的人催促他早些回去。幼玉偷偷地前去送別，與他在野外客店裡飲酒。幼玉説：「你有出色的文才，我有漂亮的相貌，才與貌搭配得正好，都立誓不拋棄對方，這是很自然的道理。我的心，你的意，向神明表白，在松竹前締結已經很久了。你將來必定還會有機會再遊瀟湘，我也會一直等待你來的。」於是兩人共同訂立誓盟，點燃了香，把香灰放到酒裡，一起喝了。那天晚上，就同宿在江亭上。

第二天，柳富填了一首曲子詞贈別幼玉，叫《醉高樓》。詞説：

「人間最苦，最苦是分離。伊愛我，我憐伊，青草岸邊人獨立，畫船去時槽聲也遲遲。楚天低垂，回頭頻望，兩情依依。　也知都有重逢願，不知何日是佳期。心中事，亂如絲。好天良夜都虛度，辜負心願，唯有兩心知。但願伊能、恩情長在，一朝比翼飛。」

柳富自己唱這支曲子，為此還買來酒。曲子的音調詞意都十分淒楚，竟無法唱完。於是喝酒，互相傷心地痛哭起來。然後柳富就登舟而去。

柳富到了京都後，因為雙親年邁，家庭多變故，竟不能如

約再去，只好對着鏡子流淚。碰到有客人從衡陽來，捎來幼玉的信。客人只說幼玉近來老是生病臥床。柳富急忙拆開信，很快地看了一遍，見信的末了有兩句詩說：

「春蠶到死絲方盡，蠟燭成灰淚始乾。」

柳富大為傷感，便寫了一封回信表達自己的心意。信說：

「回憶當初在瀟湘相逢的種種，我心裡難受極了。有好幾次我都想雇條船，經長江去到你那裡，以便踐行以前的盟約，敍敍舊時的情誼，以趁你深切思念的心意，也能給我以生平最大的快樂。無奈雙親年老，家務冗繁，心願被諸務所奪，臨風結想，徒然獨自傷心。每當月白風清的大好時光，飲酒賦詩的佳地勝境，人家都高高興興，只有我一個人恍恍惚惚，若有所失，藉着酒自我排遣；酒醒後，心緒更加彷徨，幾乎連活着的意趣都沒有了。古時兩個有情人，有時一個如意，一個不如意，那麼要結合也容易；如今你與我兩個都不如意，要成雙就難了。你再等待等待吧，事情結果如何還難說呢，總該會遂願的。否則，天理與人事果然都不能結合，那麼天外的神女、海中的仙客倒能相逢，而獨獨我們兩人不能如願，那豈不是命中注定的嗎？你應該勉強自己多進飲食，不要傷了元氣，糟蹋自己的身體，要是你不能見我了，那我還有甚麼希望呢？你信的結尾有兩句詩，代替你湊成了一首。

詩說：

『在水邊望明月暗暗地辛酸，我站在東風裡消瘦而畏寒。

正聽說湘江佳人結想成病，倒使得京都才子也難心安。

春蠶到死時蠶絲方能吐盡，蠟燭燒成灰蠟淚才會流乾。

千萬里隔着雲山無路可去，睡夢中空勞魂兒飛過湘灘。』」

有一天，殘陽西下，疏簾不捲。柳富獨自站在房內，看見有一個人的臉半露在屏風之間。他仔細一看，原來是幼玉。幼玉說：「我因為想念你而得了病，如今已死了。想要見你一面，所以來到這裡，因為我一生沒有作過惡，所以不必打入地獄。後天就該去投胎，生在兗州西門張遂的家裡，再做女人。他家是賣餅的。你是有品行的人，不會忘記往日舊情的，可以到那裡去見我。那時，我雖則不再記得前世的事了，可你的感情應該如此。我有遺物留在丫鬟那裡，你去向她要來，可以證實我說的話。望你千萬珍重！」說完，忽然不見了。柳富大為吃驚，只是整天地歎息悲傷。

有一天，有位過路的客人從衡陽來，告訴柳富說，幼玉已經死了。客人還聽說幼玉未死之前曾經囑咐丫鬟說：「我不能見到柳郎了，死了真遺憾啊！柳郎平日很愛我的雙手、頭髮、眉毛、眼睛。別的東西都不能寄贈，我今天剪下頭髮一縷、手指甲幾個，柳郎來尋訪我時，你就交給他吧。」幾天後，幼玉果然死了。

評論說：現在的妓女，親近一個人或者拋棄一個人，都

只着眼於利，其他別的都打動不了她們的心。要想找瀟湘神女或霍小玉一類的事，是從來沒有聽說過的。如今幼玉對柳郎的愛情又是何等深摯啊！有情的人聽到這件事，沒有不心裡難受的。擅長音律的人將這故事譜成曲子來推廣，使它流行於世上人們的口頭之間，那麼，幼玉雖然死了，也就等於沒有死。因此，我也記述了這個故事。

王榭傳

原著　缺名

唐王榭，金陵人，家巨富，祖以航海為業。

一日，榭具大舶，欲之大食國。行逾月，海風大作，驚濤際天，陰雲如墨，巨浪走山。鯨鰲出沒，魚龍隱現，吹波鼓浪，莫知其數。然風勢益壯。巨浪一來，身若上於九天；大浪既回，舟如墮於海底。舉舟之人，興而復顛，顛而又仆。不久，舟破。獨榭一板之附，又為風濤飄蕩。開目則魚怪出其左，海獸浮其右，張目呀口，欲相吞噬。榭閉目待死而已。

三日，抵一洲。捨板登岸。行及百步，見一翁媼，皆皂衣服，年七十餘，喜曰：「此吾主人郎也。何由至此？」榭以實對，乃引到其家。坐未久，曰：「主人遠來，必甚餒。」進食，□肴皆水族。

月餘，榭方平復，飲食如故。翁曰：「□吾國者，必先見君。向以郎□倦，未可往。今可矣。」榭諾。翁乃引行三里，過闤闠民居，亦甚煩會。又過一長橋，方見宮室，台榭，連延相接，若王公大人之居。至大殿門，閽者入報。不久，一婦人出，服頗美麗，傳言曰：「王召君入見。」王坐大殿，左右皆女人立。王衣皂袍，烏冠。榭即殿階。王曰：「君北渡人也，禮無統制，無拜也。」榭曰：「既至其國，豈有不拜乎？」王亦折躬勞謝。王喜，召榭上殿，賜坐，曰：「卑遠之國，賢者何由及此？」榭以風濤破舟，不意及此，惟祈王見矜。曰：「君舍何處？」榭曰：「見居翁家。」王令急召來。翁至，□曰：「此本鄉主人也，凡百無令其不如意。」王曰：「有所須，但論。」乃引去，復寓翁家。

翁有一女甚美色。或進茶餌，簾牖間偷視私顧，亦無避忌。翁一日召榭飲。半酣，白翁曰：「某身居異地，賴翁母存活，旅況如不失家，為德甚厚。然萬里一身，憐憫孤苦，寢不成寐，食不成甘，使人鬱鬱。但恐成疾伏枕，以累翁也。」翁曰：「方欲發言，又恐輕冒。家有小女，年十七，此主人家所生也。欲以結好，少適旅懷，如何？」榭答：「甚善。」翁乃擇日備禮。王亦遺酒餚采禮，助結姻好。成親，榭細視女，俊目狹腰，杏

286　卷八

臉紺鬢,體輕欲飛,妖姿多態。榭詢其國名。曰:「烏衣國也。」榭曰:「翁常目我主人郎。我亦不識者,所不役使,何主人云也?」女曰:「君久即自知也。」後常飲燕,衽席之間,女多淚眼畏人,愁眉蹙黛。榭曰:「何故?」女曰:「恐不久睽別。」榭曰:「吾雖萍寄,得子亦忘歸。子何言離意?」女曰:「事由陰數,不由人也。」

王召榭宴於寶墨殿,器皿陳設俱黑,亭下之樂亦然。杯行樂作,亦甚清婉,但不曉其曲耳。王命玄玉杯勸酒,曰:「至吾國者,古今止兩人,漢有梅成,今有足下,願得一篇,為異日佳話。」給箋。榭為詩曰:

「基業祖來興大舶,萬里梯航慣為客。

今年歲運頓衰零,中道偶然罹此厄。

巨風迅急若追兵,千疊雲陰如墨色。

魚龍吹浪灑面腥,全舟盡葬魚龍宅。

陰火連空紫焰飛,直疑浪與天相拍。

鯨目光連半海紅,鰲頭波湧掀天白。

桅檣倒折海底開,聲若雷霆以分別。

隨我神助不沉淪,一板漂來此岸側。

君恩雖重賜宴頻,無奈旅人自淒惻。

引領鄉原涕淚零,恨不此身生羽翼。」

王覽詩欣然,曰:「君詩甚好。無苦懷家,不久令

歸。雖不能羽翼，亦令君跨煙霧。」宴回，各人作□詩。
女曰：「末句何相譏也？」樗亦不曉。

　不久，海上風和日暖。女泣曰：「君歸有日矣。」王
遣人謂曰：「君某日當回，宜與家人敘別。」女置酒，但
悲泣不能發言，雨洗嬌花，露沾弱柳，綠慘紅愁，香消
膩瘦。樗亦悲感。女作別詩曰：

　「從來歡會惟憂少，自古恩情到底稀。

　　此夕孤幃千載恨，夢魂應逐北風飛。」

　又曰：「我自此不復北渡矣。使君見我非今形容，且
將憎惡之，何暇憐愛？我見君亦有疾妒之情。今不復北
渡，願老死於故鄉。此中所有之物，郎俱不可持去。非
所惜也。」令侍中取丸靈丹來，曰：「此丹可以召人之神
魂，死未逾月者，皆可使之更生。其法用一明鏡致死者
胸上，以丹安於項，以東南艾枝作柱灸之，立活。此丹
海神秘惜，若不以崑崙玉盒盛之，即不可逾海。」適有
玉盒，並付以繫樗左臂，大慟而別。王曰：「吾國無以為
贈。」取箋，詩曰：

　「昔向南溟浮大舶，漂流偶作吾鄉客。

　　從茲相見不復期，萬里風煙雲水隔。」

　樗辭拜。王命取飛雲軒來。既至，乃一烏氈兜子
耳。命樗入其中，復命取化羽池水，灑之其氈乘。又召

翁嫗，扶持榭回。王戒榭曰：「當閉目，少息即至君家。不爾，即墮大海矣。」

榭合目，但聞風聲怒濤。既久，開目，已至其家，坐堂上。四顧無人，惟樑上有雙燕呢喃。榭仰視，乃知所止之國，燕子國也。須臾，家人出相勞問，俱曰：「聞為風濤破舟，死矣。何故遽歸？」榭曰：「獨我附板而生。」亦不告所居之國。榭惟一子，去時方三歲。不見，問家人。曰：「死已半月矣。」榭感泣，因思靈丹之言，命開棺取屍，如法灸之，果生。

至秋，二燕將去，悲鳴庭戶之間。榭招之，飛集於臂。乃取紙細書一絕，繫於尾，云：

「誤到華胥國裡來，玉人終日重憐才。

雲軒飄去無消息，淚灑臨風幾百回。」

來春燕來，逕泊榭臂，尾有小束。取視，乃詩也。□有一絕，云：

「昔日相逢真數合，而今睽隔是生離。

來春縱有相思字，三月天南無燕飛。」

榭深自恨。明年，亦不來。其事流傳眾人口，因目榭所居處為烏衣巷。劉禹錫《金陵五詠》有《烏衣巷》詩云：

「朱雀橋邊野草花，烏衣巷口夕陽斜，

舊時王榭[1]堂前燕，飛人尋常百姓家。」

即知王榭之事非虛矣。

---

① 王榭：劉詩原作「王謝」，指晉朝以後王、謝兩大望族。傳奇作者改「謝」作「榭」，以附會故事情節；又因「烏衣巷」而另擬一「烏衣國」，藉以狀燕子之黑羽，此皆小說家之有意牽合也。

譯文

　　唐朝人王榭，是金陵人，出身於豪富之家，祖輩靠航海為生。

　　一天，王榭準備了一艘大船，準備到大食國去。航行了一個多月，忽然海風大作，驚濤拍天，陰雲漆黑如墨，巨浪排山倒海。鯨鰲出沒不定，魚龍時隱時現，吹波鼓浪，不知到底有多少。風勢越來越大，巨浪一來，船中人彷彿置身於九天之上，波濤過去，小船又好像沉入了海底。全船的人忽上忽下，剛站起來，又搖晃着跌倒了。不久，船破了。只有王榭一人抓住一塊木板，隨着波濤在海上漂流。他一睜開眼，就只見這邊浮出魚怪，那邊游來海獸，在他的周圍瞪眼張嘴，好像要將他一口吞噬似的。王榭只有閉目等死而已。

　　三天後，漂到一片陸地邊上。王榭扔掉木板，爬上了岸，走了大約一百步，看見一對老年夫妻，都穿着黑衣服，年紀約有七十多歲，見到王榭，高興地說：「這是我們的小主人啊！怎麼來到這裡的？」王榭如實地告訴了他們，於是他們把他帶回家中。坐了不一會兒，說：「主人遠道而來，一定很餓了。」

説着連忙獻上飯菜，菜餚全是生猛海鮮。

　　過了一個多月，王榭體力才逐漸恢復，飲食也正常了。
老翁說：「凡是來到我國的人，一定要先朝見國王。前幾天因
為你身體疲倦，沒能去。現在可以去了。」王榭答應了。老翁
於是帶着他走了三里多地，經過一片街道民居，也十分熱鬧。
又走過一座長橋，才看見宮殿、台閣，連綿相接，好像是王公
貴族居住的地方。來到大殿門前，守門人進去通報。不久，出
來一位婦女，衣服十分華麗，傳話說：「大王召您入內相見。」
國王坐在大殿上，左右都站立着女人。國王身穿黑袍，戴着黑
色的王冠。王榭來到殿階前，國王說：「您是從北邊海上過來
的，不受我的管轄，不必叩拜了。」王榭說：「既然到了貴國，
哪有不拜的道理？」國王也彎身道謝。國王很高興，召王榭
上殿，賜他坐下，說：「我們是偏遠小國，先生為甚麼要到這
兒來呢？」王榭告訴他風浪打翻了海船，無意之中來到此地，
希望得到國王的諒解。國王問：「您住在哪裡？」王榭說：「現
在住在老翁家。」國王派人立刻把老翁召來。老翁來到後，對
國王說：「他是我家鄉的舊主人，無論甚麼事我都會讓他滿意
的。」國王說：「有甚麼需要，儘管說。」於是送他們離去，
又回到老翁家居住。

　　老翁有一位女兒十分美麗。有時送茶送飯，出入房間，隔
着窗戶簾櫳偶爾被王榭偷看到，也沒有甚麼避忌。一天，老翁

請王榭喝酒，喝到半醉的時候，王榭對老翁說：「我身在他鄉，多虧你們二老養活，雖然出門在外，卻好像在家中一樣。你們待我太好了。然而我漂泊萬里，孑然一身，自憐孤苦遭遇，睡不着，吃不香，真讓人鬱悶不樂。只怕積憂成病，臥床不起，就要連累二老了。」老翁說：「我正想和您說起，又怕過於輕率，冒犯了您。我有一個小女兒，今年十七歲，是當年在主人您家的時候生的。打算讓她和您結為伴侶，多少寬慰一些您思鄉的情懷，怎麼樣？」王榭回答說：「好極了。」老翁於是選擇吉日，準備彩禮。國王也送來酒菜賀禮，贊助他們結親。成親後，王榭仔細打量那女子，只見她俊目細腰，杏臉青鬢，體態輕盈，飄飄欲飛，姿容妖嬈，儀態萬方。王榭向她詢問此國的名稱，回答說：「烏衣國。」王榭說：「老翁常把我看作小主人，我卻不認得他，也從來沒有差遣過他，為甚麼管我叫主人呢？」女子說：「時間長了，您自然會知道的。」後來常常飲酒作樂，枕席之間，女子總是背着人流淚，愁眉不展。王榭問她：「為甚麼呢？」女子說：「恐怕不久我們就要離別了。」王榭說：「我雖然是漂泊異地，有了你也就忘記了回鄉。你為甚麼要提到分離呢？」女子說：「凡事都是命中注定的，由不得人。」

國王在寶墨殿宴請王榭，器皿擺設都是黑顏色的，亭下的樂隊也是如此。舉杯的時候音樂聲響起，也十分清婉動聽，

只是不知道是甚麼曲子。國王命人用黑色的玉杯向王榭勸酒，說：「從外面到我國來的，從古至今只有兩個人。漢代有個梅成，現在有您，希望能得到您一首詩作，作為日後的一段佳話。」為他準備好紙，王榭便作詩道：

「祖宗興基業早將大船造成，我慣於長年作客萬里航行。
今年忽覺氣數衰頗不吉利，中途竟意外遭到如此厄運。
風暴之迅猛如同來了追兵，翻墨蔽天捲起那千疊陰雲。
魚龍吹狂浪但覺腥氣撲面，船上的乘客全都葬身魚腹。
黑雲中閃電耀眼紫焰亂飛，真疑是排山巨浪直拍天庭。
長鯨目光將一半海面映紅，鰲頭驚濤洶湧地掀天似銀。
桅桿折斷闖入分開的海底，聲音似天穹破裂響起雷鳴。
老天見我遇難保佑我不死，一塊木板救我漂到這海濱。
君王雖然恩情重賜宴不斷，無奈我這流浪漢淒惻傷情。
伸長脖子望家鄉涕淚交進，恨不得插上翅膀飛渡歸程。」

國王讀了詩很高興，說：「您的詩作得很好。不要苦苦思念家鄉了，過不了多久，就讓您回去。雖然不能插上翅膀，也會讓您騰雲駕霧的。」宴罷歸來，每個人都作了和詩。女子說：「您詩的最後一句為甚麼要諷刺我呢？」王榭也不明白她為甚麼要這樣說。

不久，海上風和日暖。女子哭泣着說：「您很快就能回家了。」國王派人對王榭說：「您某天就可以回家了。最好先和

家人道道別。」女子準備了酒為他餞行，只是哭泣，說不出話來，那神情就像雨後的嬌花，帶露的弱柳，綠慘紅愁，香消肌瘦。王榭也十分感傷。女子作了一首離別詩，說：

「從古以來歡會總嫌太少，恩情到頭的有幾人見了？

今夜孤帳人抱千年遺恨，夢魂也應追逐北風飛繞。」

女子又說：「我從今以後再不到北方去了。讓您看到我不是現在這個樣子，一定會厭惡我的，哪裡還談得上愛憐我呢？我如果看見您，也會妒忌的。從今以後再也不去北方了，情願老死在故鄉。這裡所有的東西，您都不能帶走，您不會珍惜它們的。」又讓婢女取過一丸靈丹來，說：「這靈丹可以召人靈魂，死去不到一個月的人，都能使他復活。它的用法是：用一面明鏡放在死者胸上，把靈丹放在死者脖子上，用東南方的艾草稈作柱灸燙，馬上就能復活。這靈丹是海神秘藏愛惜之物，如果不用崑崙山的美玉作盒子裝它，就無法帶着它越過大海。」當時恰好有個玉盒，就一併給了王榭，繫在他左臂上，痛哭着告別而去。國王說：「我國沒有甚麼好東西可以送給您。」就命人取過紙來，寫了一首詩道：

「當初你向南海航行大船，漂來我鄉作客也是偶然。

從此你我相見不再有期，水天渺渺隔着萬里雲煙。」

王榭叩拜辭別。國王命人取飛雲軒來。送到後，原來是一副黑氈兜子。國王讓王榭進到氈兜裡，又命人取來化羽池的

水，灑在氈兜上。又召來老翁老婦，讓他們照料王榭，陪他一同回去。國王告誡王榭說：「要閉上眼睛，一會兒就到您家了。不然的話，是要掉進大海的。」

　　王榭閉上眼睛，只聽得耳畔風聲大作，波濤怒吼。過了很長時間，睜開眼睛，已經回到家中，坐在堂上了。環顧四周，不見一人，只見房樑上有一雙燕子在呢喃私語。王榭抬頭看見，才知道自己到過的那個小國，就是燕子國。一會兒，家人紛紛出來慰問，都說：「聽說風浪打翻了船，你已經死了，怎麼又會突然回來的呢？」王榭說：「只有我一個人抓住一塊木板得以逃生。」也不告訴他們到過的國度。王榭只有一個兒子，離家時只有三歲，回來後沒有看到他，就向家人詢問，回答說：「已經死了半個月了。」王榭悲傷流淚，忽然想起燕子國女子說過的有關靈丹的話，就命人打開棺材取出兒子的屍首，按照那女子傳授的方法灸燒，兒子果然復活了。

　　到了秋天，兩隻燕子即將離去，在窗外悲聲鳴叫。王榭招呼它們落在自己胳膊上，又取紙用小字寫了一首絕句，繫在燕子尾巴上，詩說：

　　「我錯到了神奇的國中，美人你終日待我情重。

　　飛氈飄去後再無消息，多少次啊我灑淚臨風。」

　　來年春天燕子飛來，直接落到王榭胳膊上，燕子尾巴上繫着一紙小束。王榭取下觀看，原來是詩。只有絕句一首說：

「從前的相逢真是老天安排，如今的隔絕卻是生離可哀。

來春你縱有相思書信寄我，三月的天南沒有燕子飛來。」

王榭深自歎恨不已。第二年，燕子果然不再飛來。

王榭的故事流傳於眾人口中，於是把王榭居住的地方稱作烏衣巷。劉禹錫《金陵五詠》中有首《烏衣巷》詩，是這樣寫的：

「朱雀橋邊長滿野草雜花，烏衣巷口夕陽已經西斜。

從前王榭堂前築巢的燕子[①]，現在飛進了普通百姓人家。」

由此可知王榭的故事不是沒有根據的。

[①] 王榭：劉詩原作「王謝」，指晉朝以後王、謝兩大望族。傳奇作者改「謝」作「榭」，以附會故事情節；又因「烏衣巷」而另擬一「烏衣國」，藉以狀燕子之黑羽，此皆小說家之有意牽合也。

梅妃傳

原著　缺名

　　梅妃，姓江氏，莆田人。父仲遜，世為醫。妃年九歲，能誦《二南》，語父曰：「我雖女子，期以此為志。」父奇之，名曰之采蘋。

　　開元中，高力士使閩粵，妃笄矣。見其少麗，選歸，侍明皇，大見寵幸。長安大內、大明、興慶三宮，東都大內、上陽兩宮，幾四萬人，自得妃，視如塵土。宮中亦自以為不及。

　　妃善屬文，自比謝女。淡妝雅服，而姿態明秀，筆不可描畫。性喜梅，所居闌檻，悉植數株，上榜曰「梅亭」。梅開賦賞，至夜分尚顧戀花下不能去。上以其所好，戲名曰梅妃。妃有《蕭蘭》《梨園》《梅花》《鳳笛》《玻杯》《剪刀》《綺窗》七賦。

是時承平歲久，海內無事，上於兄弟間極友愛，日從燕間，必妃侍側。上命破橙往賜諸王，至漢邸，潛以足躡妃履，妃登時退閣。上命連宣，報言：「適履珠脫綴，綴竟當來。」久之，上親往命妃。妃拽衣迓上，言胸腹疾作，不果前也。卒不至，其恃寵如此。

後上與妃鬥茶，顧諸王戲曰：「此梅精也。吹白玉笛，作驚鴻舞，一座光輝。鬥茶今又勝我矣。」妃應聲曰：「草木之戲，誤勝陛下。設使調和四海，烹飪鼎鼐，萬乘自有憲法，賤妾何能較勝負也！」上大喜。

會太真楊氏入侍，寵愛日奪，上無疏意。而二人相嫉，避路而行。上方之英皇，議者謂廣狹不類，竊笑之。太真忌而智，妃性柔緩，亡以勝。後竟為楊氏遷於上陽東宮。

後上憶妃，夜遣小黃門滅燭，密以戲馬召妃至翠華西閣，敘舊愛，悲不自勝。繼而上失寤，侍御驚報曰：「妃子已屆閣前，當奈何？」上披衣，抱妃藏夾幕間。

太真既至，問：「梅精安在？」上曰：「在東宮。」太真曰：「乞宣至，今日同浴溫泉。」上曰：「此女已放屏，無並往也。」太真語益堅，上顧左右不答。太真大怒曰：「餚核狼藉，御榻下有婦人遺舄，夜來何人侍陛下寢，歡醉至於日出不視朝？陛下可出見群臣。妾止此閣

俟駕回。」上愧甚，拽衾向屏假寐曰：「今日有疾，不可臨朝。」太真怒甚，徑歸私第。上頃覓妃所在，已為小黃門送令步歸東宮。上怒斬之。遺舄並翠鈿命封賜妃。妃謂使者曰：「上棄我之深乎？」使曰：「上非棄妃，誠恐太真惡情耳。」妃笑曰：「恐憐我則動肥婢情，豈非棄也？」

妃以千金壽高力士，求詞人擬司馬相如為《長門賦》，欲邀上意。力士方奉太真，且畏其勢，報曰：「無人解賦。」妃乃自作《樓東賦》，略曰：

「玉鑒塵生，鳳奩香殄，懶蟬鬢之巧梳，閒縷衣之輕練。苦寂寞於蕙宮，但凝思乎蘭殿。信摽落之梅花，隔長門而不見。況乃花心揚恨，柳眼弄愁，暖風習習，春鳥啾啾。樓上黃昏兮聽鳳吹而回首，碧雲日暮兮為素月而凝眸。溫泉不到，憶拾翠之舊遊；長門深閉，嗟青鸞之信修。憶昔太液清波，水光蕩浮，笙歌賞燕，陪從宸旒。奏舞鸞之妙曲，乘畫鷁之仙舟。君情繾綣，深敘綢繆，誓山海而常在，似日月而無休。奈何嫉色庸庸，妒氣沖沖，奪我之愛幸，斥我乎幽宮。思舊歡之莫得，想夢着乎朦朧。度花朝與月夕，羞懶對乎春風。欲相如之奏賦，奈世才之不工。屬愁吟之未盡，已響動乎疏鐘。空長歎而掩袂，躕躇步於樓東。」

太真聞之,謂明皇曰:「江妃庸賤,以廋詞宣言怨望,願賜死。」上默然。

會嶺表使歸,妃問左右:「何處驛使來,非梅使耶?」對曰:「庶邦貢楊妃荔實使來。」妃悲咽泣下。

上在花萼樓,會夷使至,命封珍珠一斛密賜妃。妃不受,以詩付使者,曰:「為我進御前也。」曰:

「柳葉雙眉久不描,殘妝和淚濕紅綃。

長門自是無梳洗,何必珍珠慰寂寥。」

上覽詩,悵然不樂。令樂府以新聲度之,號《一斛珠》,曲名始此也。

後祿山犯闕,上西幸,太真死,及東歸,尋妃所在,不可得。上悲謂兵火之後,流落他處。詔有得之,官二秩,錢百萬。搜訪不知所在。上又命方士飛神御氣,潛經天地,亦不可得。有宦者進其畫真,上言似甚,但不活耳。詩題於上,曰:

「憶昔嬌妃在紫宸,鉛華不御得天真。

霜綃雖似當時態,爭奈嬌波不顧人。」

讀之泣下,命模像刊石。

後上暑月畫寢,彷彿見妃隔竹間泣,含涕障袂,如花朦霧露狀。妃曰:「昔陛下蒙塵,妾死亂兵之手,哀妾者埋骨池東梅株傍。」上駭然流汗而寤。登時令往太

液池發視之，不獲。上益不樂，忽悟溫泉池側有梅十餘株，豈在是乎？上自命駕，令發視。才數株，得屍，裹以錦裀，盛以酒槽，附土三尺許。上大慟，左右莫能仰視。視其所傷，脅下有刀痕。上自製文誄之，以妃禮易葬焉。

贊曰：「明皇自為潞州別駕，以豪偉聞，馳騁犬馬鄠杜之間，與俠少遊。用此起支庶，踐尊位，五十餘年，享天下之奉，窮極奢侈，子孫百數，其閱萬方美色眾矣，晚得楊氏，變易三綱，濁亂四海，身廢國辱，思之不少悔。是固有以中其心，滿其欲矣。江妃者，後先其間，以色為所深嫉，則其當入主者，又可知矣。議者謂或覆宗，或非命，均其媢忌自取。殊不知明皇耄而忮忍，至一日殺三子，如輕斷螻蟻之命。奔竄而歸，受制昏逆，四顧嬪嬙，斬亡俱盡，窮獨苟活，天下哀之。《傳》曰：『以其所不愛及其所愛。』蓋天所以酬之也。報復之理，毫髮不差，是豈特兩女子之罪哉？」

漢興，尊《春秋》，諸儒持《公》《穀》角勝負，《左傳》獨隱而不宣，最後乃出。蓋古書歷久始傳者極眾。今世圖畫美人把梅者，號「梅妃」，泛言唐明皇時人，而莫詳所自也。蓋明皇失邦，咎歸楊氏，故詞人喜傳之。梅妃特嬪御擅美，顯晦不同，理應爾也。此傳得自萬卷

朱遵度家，大中二年七月所書，字亦媚好。其言時有涉
俗者。惜乎史逸其說。略加修潤而曲循舊語，懼沒其實
也。惟葉少蘊與余得之，後世之傳，或在此本。又記其
所從來如此。

譯文

　　梅妃，姓江，是莆田縣人。她父親名仲遜，家裡世代都是做醫生的。梅妃九歲時，就能誦讀《詩經》中的《周南》和《召南》了，她對父親說：「我雖然是個女孩子，卻要以詩中所歌誦的作為我的志向。」父親覺得她很奇特，就給她起了一個名字叫「采蘋」。

　　開元年間，高力士出使到福建、廣東一帶。這時梅妃已笄成年了。高力士看她年輕漂亮，就把她選入宮廷，侍候唐明皇，並備受寵愛。當時長安的太極、大明、興慶三宮，加上東都洛陽的太初、上陽兩宮，差不多有美女四萬人，自從得到了梅妃，唐明皇就把她們看得如同塵土一般；那些宮中女子自己也覺得比不上她。

　　梅妃擅長寫詩作文，將自己比作才女謝道韞。平時化淡妝，穿素服，卻有一種明淨、秀麗的姿態，不是筆墨所能描畫出來的。梅妃生性喜歡梅花，所住房子的門邊窗前庭院裡，都種着幾株梅花。明皇替她題了匾額叫「梅亭」。梅花開放時，就作詩賞花，到夜半時分還留戀花下，不願意回去。明皇因為

她的愛好，就開玩笑叫她梅妃。梅妃寫過《蕭蘭》《梨園》《梅花》《鳳笛》《玻杯》《剪刀》《綺窗》七篇賦。

當時天下太平已很長時間了，國家沒有戰事。明皇與兄弟之間很友愛，日常飲酒歡宴，必定是梅妃侍立在旁。有一次，明皇讓梅妃剝開橙子去分賞給各位親王，到漢王那兒時，漢王悄悄用腳踩梅妃的鞋，梅妃立即從宴會場所中退了出來。明皇連連叫人傳她，回來報告説：「剛才鞋上的珠子脱了線，等縫好了就來。」過了很久，明皇親自去叫梅妃，梅妃才提起衣裙出來迎接。説是心口腹中不舒服，不能前去。結果沒有回到宴席上來。她憑着皇上寵愛而任性到如此地步。

後來有一次，明皇與梅妃比賽烹茶，明皇對着各位親王開玩笑説：「她是梅花精，吹白玉笛，跳驚鴻舞，能使滿座生輝。今天比賽烹茶又贏了我啦！」梅妃馬上説：「擺弄花花草草，偶然能勝過陛下。要是處理天下大事，規劃政治，皇上自有高明手段，小女子怎能較量勝負呢！」明皇聽了，非常高興。

等到楊太真進宮侍候明皇，梅妃受寵的地位漸漸地被奪去，明皇倒沒有疏遠她的意思。但兩個妃子互相嫉妒，走路都彼此避開。明皇曾把她們比作女英和娥皇。議論的人，認為舜帝二妃氣度寬廣，明皇二妃心胸狹窄，二者作比，很不相稱，都暗中笑話明皇。楊太真好妒而機智，梅妃性格溫柔和順，因此鬥不過太真。最後竟遭太真排斥遷往上陽東宮。

後來明皇想念梅妃，晚上派小太監吹滅了蠟燭，偷偷地用「戲馬」這種信物將梅妃召至翠華西閣。彼此述說往日舊情，內心有說不盡的悲傷。早晨，明皇睡過了頭，侍候的人慌慌張張地來報告說：「貴妃已經到了閣前，怎麼辦？」明皇披了衣裳，把梅妃抱到夾幕中藏了起來。

　　太真一到，就問：「梅花精在哪裡？」明皇說：「在東宮。」太真說：「請把她傳來，我今天要和她一起去溫泉洗澡。」明皇說：「這個女子我已經拋棄了，不必讓她一起去。」太真語氣更加堅決，明皇顧左右而不回答。太真大發脾氣說：「飯菜狼藉，床下又有女人留下的鞋子，昨晚是甚麼人陪伴陛下睡覺的，喝醉了酒到太陽出來還不去臨朝聽政？陛下現在可以出去見大臣們了。我留在閣中等着陛下回來。」明皇十分羞愧，便拉了拉被子，面衝屏風，假裝睡覺說：「今天身體不舒服，不能去臨朝了。」太真生氣極了，就徑直回自己的住宅去了。明皇即刻再找梅妃，梅妃已被小太監送着步行回到了東宮。明皇很生氣，殺了那個小太監。並把梅妃留下的鞋和翠鈿叫人送去給她。梅妃對派來的人說：「皇上就這樣堅決地拋棄我了嗎？」來人說：「皇上並非拋棄妃子你，只是怕太真發怒罷了。」梅妃笑着說：「唯恐垂憐我就會惹怒胖丫頭吧，這難道不是拋棄嗎？」

　　梅妃送給高力士千兩黃金為他祝壽，求他找個詞人來仿

效司馬相如寫一篇《長門賦》，希望能使明皇回心轉意。高力士正在討好楊太真，而且也懼怕她的勢力，就回報說：「找不到能寫賦的人。」梅妃於是自己寫了一篇《樓東賦》。其中一段說：

「鏡子蒙上了灰塵，妝奩已香氣散盡。鬢髮懶得去梳理，綢衣也胡亂披身。在冷宮裡受着寂寞的熬煎，我只是出神地思念着金殿。梅花真的將要落盡，隔壁長門怎麼能見？況且花心散發怨恨，柳眼擺弄憂愁。和煦的風兒陣陣，春天的鳥兒啾啾。樓上天已黃昏啊，聽風簫聲聲而回頭，雲間日色已暮啊，對明月皎皎而凝眸。溫泉不能再去了，想起從前拾翠遊戲的朋友。長門深深緊閉着，歎息青鸞長久沒捎信來，想當初太液池清波似皺，水光蕩浮。笙歌飲宴，陪從着聖駕出遊。演奏鸞鳳起舞的妙曲，乘坐畫着　鳥的仙舟。君王情意繾綣，彼此傾談綢繆。海誓山盟願恩愛長在，好比是日月那樣無休。想不到有人不能相容，妒忌眼紅，怒氣沖沖。奪走我的所愛，排斥我去冷宮。思念心上人不能相見，寄託於夢境卻又朦朧。虛度着花朝月夜，懶散地羞對春風。想請司馬相如代奏怨賦，可惜世上庸才作賦不工。我的愁賦還沒有吟完，遠處已傳來幾聲晨鐘，徒然地長歎而拭淚，我獨自徘徊於樓東。」

楊太真聽說此事，對明皇說：「江妃下賤，用隱語發泄對皇上的怨恨，希望皇上賜她自盡。」明皇默不作聲。

正值去嶺南的差官回到京城，梅妃問旁邊的人說：「哪裡來的驛使，不是進貢梅花的使者嗎？」回答說：「是外省給楊貴妃進貢荔枝的使者來了。」梅妃聽了悲傷地抽泣落淚。

有一次，明皇在花萼樓，碰巧有外國進貢的使臣到。明皇叫人封了一斛珍珠，暗地裡賜給梅妃，梅妃不接受，寫了詩交給來人，說：「替我進獻給皇上吧。」那詩寫道：

「柳葉似的眉毛已長久不描，

眼淚混着殘留的脂粉染濕了手帕。

長門宮裡的人本來就不用打扮，

又何必送來珍珠慰我寂寥。」

明皇看了詩後，十分惆悵，悶悶不樂。叫樂工給它譜上了新的曲調，起名《一斛珠》，這個曲調的名稱就是從這裡來的。

後來，安祿山進犯京城，明皇逃到西邊去，楊太真死了；等到東歸長安時，尋找梅妃的下落，已不知去向。明皇悲哀地說，可能是戰亂之後，流落到別的地方。頒佈詔書說，找到她的人，可連升兩級官，賞錢百萬。經一番搜尋仍然不知她在哪裡。明皇又叫有道術之士乘風神遊，上天入地，也沒找到。有個太監送來梅妃的畫像，明皇說很像，只可惜不是活的，並在上面題了一首詩道：

「想當初妃子與我同在金殿，不搽脂粉反顯得純真天然。

畫絹上雖然也像當時的模樣，只可惜美好的秋波不肯瞟我一眼。」

　　一邊讀着，一邊流下眼淚。還叫人將畫像描摹下來，刻在石頭上。

　　後來有個夏天，明皇睡午覺，彷彿看見梅妃隔着竹子在哭泣，眼中含着淚，舉袖遮面，好像霧露中的花朵一樣朦朦朧朧。梅妃説：「那年皇上遭亂逃亡在外，我死於亂兵手中。有可憐我的人，將我屍骨埋葬在池東邊的梅樹旁。」明皇嚇了一跳，滿頭大汗地醒過來。立刻派人到太液池旁去發掘尋找，沒找到。明皇更加難過。忽然想到溫泉池旁有梅花十餘株，難道是在那兒嗎？明皇親自乘車前往。叫人挖掘尋找，才掘了幾株，就發現梅妃的屍體，用錦緞單子裹着，裝在酒槽裡，蓋了三尺來深的土。明皇大為悲痛，隨從的人都不忍仰視。看她的傷處，脅下留着刀痕。明皇自己寫了誄文來悼念她，並以妃子的禮制將她改葬。

　　作者評論説：「明皇從當潞州別駕開始，就以豪放奇偉聞名，在長安附近的鄠縣、杜縣一帶縱情遊獵，與俠義的年輕朋友結交，因此能從嬪妃所生的庶出地位一下子興起，登上了皇帝的寶座。五十多年來，享受着天下百姓的供奉，極盡奢侈，子孫有上百名。他所見過的各地美貌女子很多，晚年得了楊貴妃，違背倫常，搞得國家一片混亂，自己丟掉皇位，國家蒙受

恥辱，回想起來卻沒有絲毫悔恨之意，這是因為本來這些就是投合他心中所好，滿足他的慾望。梅妃處在她們當中，因為美貌而引起了楊貴妃的嫉妒，那麼她能合乎皇帝的心意就可想而知了。議論的人說，一個全族被誅滅，一個死於非命，都是因為她們互相嫉妒而引起的。卻不知明皇老來忌刻殘忍，以至於一天之內殺了三個兒子，好像輕易地弄死幾隻螞蟻一樣。明皇逃奔後再回來，就受制於宦官李輔國之流，看着宮中的嬪妃，都已被殺盡了，只能自己一個人在窮途末路中苟且偷生，天下人都憐憫他。經傳上說：「本想加給他所不愛的人的禍害，也會加在他所愛的人的身上。」這就是上天所以要給他報應的緣故。因果報應的道理，在這些事上絲毫也不差，這難道只是兩個女子的罪過嗎？

漢代興盛的時候，尊奉《春秋》一書，讀書人都拿闡發這書的《公羊傳》和《穀梁傳》來比較高下優劣，唯獨《左傳》被埋沒，不為人所知曉，到最後才受到推崇。古書經過很長時間才得以流傳的情況是很多的。現在的人畫個美女拿着梅花，就叫她梅妃，都不過是泛泛地說她是唐明皇時代的人，而不太清楚她的來歷，因為大家將唐明皇喪失國家，歸咎於楊貴妃，所以文人喜歡寫李、楊故事。梅妃僅僅是一個長得美貌、招皇帝喜歡的嬪妃，只因一個名聲顯赫，一個事跡隱晦，梅妃的不為人知也就理所當然的了。這篇傳是從藏書萬卷的朱遵度家得

來的，寫於唐宣宗大中二年七月，字也寫得很秀美。其中所說的常有涉及世俗的事，可惜史書沒有記載這些傳說。我略微加以修改潤色，而盡量保存原來的語句，生怕掩蓋它真實的面貌。這傳只有葉少蘊和我得到。後世的傳說，大概出於這個本子。所以又記錄它的來歷如前。

李師師外傳

原著　缺名

　　李師師者，汴京東二廂永慶坊染局匠王寅之女也。寅妻既產女而卒，寅以菽漿代乳乳之，得不死，在襁褓未嘗啼。汴俗，凡男女生，父母愛之，必為捨身佛寺。寅憐其女，乃為捨身寶光寺。女時方知孩笑。一老僧目之曰：「此何地，爾乃來耶？」女至是忽啼。僧為摩其頂，啼乃止。寅竊喜，曰：「是女真佛弟子。」為佛弟子者，俗呼為師，故名之曰師師。

　　師師方四歲，寅犯罪繫獄死。師師無所歸，有倡籍李姥者收養之。比長，色藝絕倫，遂名冠諸坊曲。

　　徽宗帝即位，好事奢華，而蔡京、章惇、王黼之徒，遂假紹述為名，勸帝復行青苗諸法。長安中粉飾為饒樂氣象。市肆酒稅，日計萬緡；金玉繒帛，充溢府庫。

於是童貫、朱勔輩復導以聲色狗馬、宮室苑囿之樂。凡海內奇花異石，搜採殆遍。築離宮於汴城之北，名曰艮嶽。帝般樂其中，久而厭之，更思微行，為狎邪遊。

內押班張迪者，帝所親幸之寺人也。未宮時為長安狎客，往來諸坊曲，故與李姥善。為帝言隴西氏色藝雙絕，帝豔心焉。翼日，命迪出內府紫茸二匹，霞氎二端，瑟瑟珠二顆，白金廿鎰，詭云大賈趙乙，願過盧一顧。姥利金幣，喜諾。

暮夜，帝易服雜內寺四十餘人中，出東華門，二里許，至鎮安坊。鎮安坊者，李姥所居之里也。帝麾止餘人，獨與迪翔步而入。堂戶卑庳。姥出迎，分庭抗禮，慰問周至。進以時果數種，中有香雪藕，水晶蘋婆，而鮮棗大如卵，皆大官所未供者。帝為各嘗一枚。姥復款洽良久，獨未見師師出拜，帝延佇以待。時迪已辭退，姥乃引帝至一小軒。棐几臨窗，縹緗數帙，窗外新篁，參差弄影。帝翛然兀坐，意興閒適，獨未見師師出侍。少頃，姥引帝到後堂。陳列鹿炙、雞酢、魚膾、羊籤等餚，飯以香子稻米，帝為進一餐。姥侍旁，款語移時，而師師終未出見。帝方疑異，而姥忽復請浴，帝辭之。姥至帝前，耳語曰：「兒性好潔，勿忤。」帝不得已，隨姥至一小樓下湢室中浴竟。姥復引帝坐後堂，餚核水

陸，杯盞新潔，勸帝歡飲，而師師終未一見。

良久，姥才執燭引帝至房，帝搴帷而入，一燈熒然，亦絕無師師在。帝益異之，為倚徙几榻間。又良久，見姥擁一姬姍姍而來。淡妝不施脂粉，衣絹素，無豔服。新浴方罷，嬌豔如出水芙蓉。見帝意似不屑，貌殊倨，不為禮。姥與帝耳語曰：「兒性頗愎，勿怪。」帝於燈下凝睇物色之，幽姿逸韻，閃爍驚眸。問其年，不答。復強之，乃遷坐於他所。姥復附帝耳曰：「兒性好靜坐。唐突勿罪。」遂為下帷而出。師師乃起，解玄絹褐襖，衣輕綈，捲右袂，援壁間琴，隱几端坐而鼓《平沙落雁》之曲。輕攏慢撚，流韻淡遠。帝不覺為之傾耳，遂忘倦。比曲三終，雞唱矣。帝亟披帷出。姥聞，亦起，為進杏酥飲，棗糕，飥飿諸點品。帝飲杏酥杯許，旋起去。內侍從行者皆潛候於外，即擁衛還宮。時大觀三年八月十七日事也。

姥私語師師曰：「趙人禮意不薄，汝何落落乃爾？」師師怒曰：「彼賈奴耳。我何為者？」姥笑曰：「兒強項，可令御史裡行也。」而長安人言籍籍，皆知駕幸隴西氏。姥聞大恐，日夕惟涕泣。泣語師師曰：「洵是，夷吾族矣。」師師曰：「無恐，上肯顧我，豈忍殺我？且疇昔之夜，幸不見逼，上意必憐我。惟是我所竊自悼者，實

314　卷八

命不猶，流落下賤，使不潔之名，上累至尊，此則死有餘辜耳。若夫天威震怒，橫被誅戮，事起佚遊，上所深諱，必不至此，可無慮也。」

次年正月，帝遣迪賜師師蛇跗琴。蛇跗琴者，琴古而漆黝，則有紋如蛇之跗，蓋大內珍藏寶器也。又賜白金五十兩。

三月，帝復微行如隴西氏。師師仍淡妝素服，俯伏門階迎駕，帝喜，為執其手令起。帝見其堂戶忽華敞，前所御處，皆以蟠龍錦繡覆其上。又小軒改造傑閣，畫棟朱闌，都無幽趣。而李姥見帝至，亦匿避，宣至，則體顫不能起，無復向時調寒送暖情態。帝意不悅，為霽顏，以老娘呼之，諭以一家子無拘畏。姥拜謝，乃引帝至大樓。樓初成，師師伏地叩帝賜額。時樓前杏花盛放，帝為書「醉杏樓」三字賜之。少頃置酒，師師侍側，姥匍匐傳樽為帝壽。帝賜師師隅坐，命鼓所賜蛇跗琴，為弄《梅花三疊》。帝銜杯飲聽，稱善者再。然帝見所供餚饌皆龍鳳形，或鏤或繪，悉如宮中式。因問之，知出自尚食房廚夫手，姥出金錢倩製者。帝亦不懌，諭姥今後悉如前，無矜張顯著。遂不終席，駕返。

帝嘗御畫院，出詩句試諸畫工，中式者歲間得一二。是年九月，以「金勒馬嘶芳草地，玉樓人醉杏花

天」名畫一幅賜隴西氏。又賜藕絲燈、暖雪燈、芳苡燈、火鳳銜珠燈各十盞；鸕鷀杯、琥珀杯、琉璃盞、鏤金偏提各十事；月團、鳳團、蒙頂等茶百斤，飥餎、寒具、銀餤餅數盒。又賜黃白金各千兩。時宮中已盛傳其事，鄭后聞而諫曰：「妓流下賤，不宜上接聖躬。且暮夜微行，亦恐事生叵測。願陛下自愛。」帝頷之。閱歲者再，不復出。然通問賞賜，未嘗絕也。

宣和二年，帝復幸隴西氏。見懸所賜畫於醉杏樓，觀玩久之。忽回顧見師師，戲語曰：「畫中人乃呼之竟出耶？」即日賜師師辟寒金鈿，映月珠環，舞鸞青鏡，金虯香鼎。次日，又賜師師端溪鳳咮硯，李廷珪墨，玉管宣毫筆，剡溪綾紋紙，又賜李姥錢百千緡。

迪私言於上曰：「帝幸隴西，必易服夜行，故不能常繼。今艮嶽離宮東偏有官地袤延二三里，直接鎮安坊。若於此處為潛道，帝駕往還殊便。」帝曰：「汝圖之。」於是迪等疏言：「離宮宿衛人向多露處。臣等願捐貲若干，於官地營室數百楹，廣築圍牆，以便宿衛。」帝可其奏。於是羽林巡軍等，佈列至鎮安坊止，而行人為之屏跡矣。

四年三月，帝始從潛道幸隴西，賜藏鬮雙陸等具。又賜片玉棋盤，碧白二色玉棋子，畫院宮扇，九折五花

之簟，鱗文蓐葉之席，湘竹綺簾，五彩珊瑚鈎。是日，帝與師師雙陸不勝，圍棋又不勝，賜白金二千兩。嗣後師師生辰，又賜珠鈿、金條脫各二事，璣珀一篋，氍錦數端，鷺毛繒翠羽緞百匹，白金千兩。後又以滅遼慶賀，大賚州郡，加恩宮府。乃賜師師紫綃絹幕，五彩流蘇，冰蠶神錦被，卻塵錦褥，麩金千兩，良醞則有桂露流霞香蜜等名。又賜李姥大府錢萬緡。計前後賜金銀錢、繒帛、器用、食物等，不下十萬。

帝嘗於宮中集宮眷等宴坐，韋妃私問曰：「何物李家兒，陛下悅之如此？」帝曰：「無他，但令爾等百人，改豔妝，服玄素，令此娃雜處其中，迴然自別。其一種幽姿逸韻，要在色容之外耳。」

無何，帝禪位，自號為道君教主，退處太乙宮。佚遊之興，於是衰矣。師師語姥曰：「吾母子嘻嘻，不知禍之將及。」姥曰：「然則奈何？」師師曰：「汝第勿與知，唯我所欲。」

時金人方啟釁，河北告急。師師乃集前後所賜金錢，呈牒開封尹，願入官，助河北餉。復賂迪等代請於上皇，願棄家為女冠。上皇許之，賜北郭慈雲觀居之。

未幾，金人破汴。主帥闥懶索師師，云：「金主知其名，必欲生得之。」乃索之累日不得。張邦昌等為蹤跡

之，以獻金營。師師罵曰：「吾以賤妓，蒙皇帝眷，寧一死無他志。若輩高爵厚祿，朝庭何負於汝，乃事事為斬滅宗社計？今又北面事醜虜，冀得一當，為呈身之地。吾豈作若輩羔雁贄耶？」乃脫金簪自刺其喉，不死；折而吞之，乃死。道君帝在五國城，知師師死狀，猶不自禁其涕泣之汍瀾也。

論曰：李師師以娼妓下流，猥蒙異數，所謂處非其據矣。然觀其晚節，烈烈有俠士風，不可謂非庸中佼佼者也。道君奢侈無度，卒召北轅之禍，宜哉。

譯文

李師師是北宋都城汴京東二廂永慶坊染衣匠王寅的女兒。王寅的妻子在剛生下女兒時就死了，王寅用豆漿代替乳汁餵女嬰，她才沒有死掉。李師師在嬰兒時代就從不啼哭。汴京的風俗，不管男孩、女孩生下來，如果父母愛他們，必定要讓他們離開塵俗，進入佛寺。王寅愛憐他的女兒，就將她捨身到寶光寺。那時她剛會笑。一個老和尚看見她說：「這是甚麼地方，你怎麼到這兒來了？」女孩這時忽然哭了起來。和尚就撫摸她的頭頂，她才停止了啼哭。王寅暗自高興，說：「我這女孩真是佛門弟子。」當佛門弟子的，俗稱為「師」，因此給她取名為「師師」。

師師剛四歲，王寅犯了罪，關在監獄裡死了。師師無家可歸，一個在教坊入籍的娼妓李姥收養了她。長大之後，她的美貌和藝技都出類拔萃，在各妓院裡首屈一指。

宋徽宗登上皇位，他喜歡奢侈豪華的生活，而蔡京、章惇、王黼之流，就藉繼承神宗新政的名義，勸徽宗重新實行青苗法等法規。汴京城中被粉飾成一派富饒安樂氣象。市場上徵

收的酒税，每天達數萬貫錢；金玉絲帛，裝滿了官府的倉庫。於是童貫、朱勔等人又用聲色狗馬、宮室園林種種享樂之道來引誘徽宗。凡是四海之內的奇花異石，幾乎都被搜採盡了。又在汴京城北修築了一座行宮，取名為艮嶽。徽宗在裡面縱情遊樂，時間長了就厭煩了。又想便服出行，去逛妓院。

皇帝貼身的內侍官張迪是徽宗寵幸的太監。他還未當太監時，是汴京城中的一名嫖客，往來於各個妓院，因此和李姥關係很好。他跟徽宗説李師師人長得漂亮，藝技也極高超，徽宗心裡產生了傾慕之情。第二天，讓張迪從皇家的府庫中取出紫茸二匹，霞氎二端（二丈為一端）、瑟瑟珠二顆、銀子二十鎰（二十四兩為一鎰），假稱自己是大商人趙乙，想到府上拜訪。李姥收了金銀錢幣，就高興地答應了。

晚上，徽宗換了衣服混在四十多個太監中，出了東華門。走了二里多路，到了鎮安坊。鎮安坊就是李姥所住的地方。徽宗下令別的人不要跟從，只與張迪隨隨便便地漫步進去，房子低矮狹窄。李姥出來相迎，在庭中相對行禮。又周到地寒暄了一番。進獻上來數種時鮮水果，其中有香雪藕、水晶蘋果，而鮮棗大如雞蛋，這些東西連宮中都沒有供奉的。徽宗每樣嘗了一個。李姥又熱情招待了很久，唯獨不見李師師出來拜客，徽宗又拖延着等了很長時間。這時張迪已經告辭退下，李姥就帶着徽宗來到一間小房間。一張榧木做的几案靠在窗邊，上面

擱着幾本書，窗外的新竹，影子投射在地上隨風搖擺不定。徽宗很隨意地坐在那裡，顯得十分悠閒，只是不見李師師出來侍奉。過了一會兒，李姥領着徽宗到了後堂，那裡放了烤鹿肉、雞酢、魚羹、羊簌等菜餚，飯是用香子稻的米做成的，徽宗吃了一餐飯。李姥在旁邊侍候着，親切地談了好久，李師師卻始終沒有出來相見。徽宗剛感到有些奇怪，李姥又來請他洗澡。徽宗推辭了。李姥到徽宗的跟前，湊着耳朵小聲説：「女兒生性喜歡乾淨，不要怪罪。」徽宗不得已，隨李姥到一座小樓下的浴室洗完了澡。李姥又領徽宗到後堂坐下，擺上各色水果、山珍海味，餐具是新的，很乾淨，勸徽宗盡情歡飲。可始終沒見李師師一面。

過了很久，李姥才拿着蠟燭領着徽宗到了閨房，徽宗掀起門簾進到房內，一盞燈亮着，也根本沒有李師師。徽宗更加奇怪，在房間裡東走走西坐坐。又過了很久，李姥才領着一個女子緩緩走來。淡淡的妝飾，沒有搽胭脂花粉，穿一身素色絹衣，沒有濃豔的服裝。剛剛洗完澡，嬌嫩美豔如出水芙蓉。看見徽宗好像不屑一顧的樣子，態度很傲氣，也不行禮。李姥在徽宗耳邊悄聲説：「我女兒很任性倔強，不要怪罪。」徽宗在燈下仔細打量着她，姿態幽雅，風韻超逸，光彩豔麗，使人眼花繚亂。問她年紀，不回答。又勉強她説，於是就移到別的地方去坐。李姥又在徽宗的耳邊説：「我女兒生性喜好靜坐，冒

犯之處請不要怪罪。」說完就放下門簾出去了。李師師起身，解下黑色絹布做的夾襖，穿上質地細軟的綢衣，捲起袖子，取下牆上的琴，靠桌子端正地坐下，奏起了《平沙落雁》的曲子。輕攏慢捻，音韻淡雅而意境悠遠。徽宗不知不覺很專注地傾聽起來，於是就忘了疲倦。等到奏完三首曲子，雞已經叫了。徽宗急忙掀開門簾出去。李姥聽見了，也起身，送來杏酥茶、棗糕、湯餅等各種點心。徽宗喝了杯杏酥茶，趕緊起身走了。太監、隨從的人都在外面暗中等着，馬上護擁着回到皂宮內。這是大觀三年八月十七日的事。

李姥私下對李師師說：「這姓趙的客人送的禮和情意都不薄，你為何如此冷淡他呢？」李師師氣憤地說：「他是個商人罷了，我幹嗎要熱情接待他？」李姥笑着說：「孩子你這麼任性倔強，可以讓你去幹御史的行當了。」而汴京城的人都私下裡議論紛紛，知道皇上去過李師師家了。李姥聽了很害怕，整天哭哭啼啼，抽泣着對李師師說：「果真如此的話，你就害死我的全家了！」李師師說：「不要怕，皇上肯來看我，怎麼忍心殺我呢？況且那天晚上，皇上沒有強迫我，必定是心中愛憐我。只是我自己哀歎實在命不如人，流落到下賤的地步，使不好的名聲，連累到了皇上，這真是死有餘辜啊。至於說皇上大發雷霆，而致使我們橫遭殺戮，而事情的起因卻是逛妓院，這正是皇上十分忌諱的事，所以一定不會到這地步的，您就不要

憂慮了。」

第二年正月，徽宗派張迪給李師師送了一張蛇跗琴。蛇跗琴，琴很古老，面漆呈黃黑色，它的紋路如蛇腹下的橫鱗，是皇宮中珍藏的寶物。又賞給白銀五十兩。

三月，徽宗又便服出宮到了李師師家。李師師仍然化着淡妝，穿着素雅的衣服，跪伏在門口台階上迎接徽宗。徽宗很高興，拉着她的手，讓她起來。徽宗看見她的屋子一下子變得華麗、寬敞了，從前所曾用過、接觸過的東西，都用繡有蟠龍的錦緞蓋着。又將小屋改造成偉麗的樓閣，棟樑上繪製着圖案，欄杆都是朱漆的，再沒有先前那種幽雅的趣味了。而李姥看見徽宗來了，也躲避起來；等召她來時，身體顫抖不能起來，再沒有以前那種噓寒問暖的殷勤樣了。徽宗心裡不高興，但表面還裝成和顏悅色的樣子，稱她為老娘，説是一家子不要拘束害怕。李姥拜謝後，就領着徽宗來到了一座大樓。這樓剛剛建成，李師師伏地叩頭求徽宗為它書題匾額。這時候樓前杏花怒放，徽宗寫了「醉杏樓」三個字給她。過了一會兒擺上酒，李師師侍候在旁邊，李姥匍匐着傳遞酒杯，向皇帝祝壽。徽宗讓李師師坐在旁邊，命她彈奏那張賞她的蛇跗琴，彈的是《梅花三疊》。徽宗拿着酒杯，一邊飲酒，一邊聽曲，頻頻稱好。然而徽宗看見所供奉上來的菜餚都是龍鳳形的，或鏤空或繪製，一切都如皇宮中的式樣。就問她，知道這些菜都出自皇宮廚師

的手，是李姥出錢請人代做的。徽宗又不高興，讓李姥今後一切還像以前那樣，不要過分地炫耀鋪張。於是沒吃完飯就回去了。

徽宗曾到畫院去，出詩句來測試畫工們的技藝，符合要求的，每年不過一兩個人。這年九月，以「金勒馬嘶芳草地，玉樓人醉杏花天」為名，畫一幅畫，賞賜給李師師。又賞藕絲燈、暖雪燈、芳苡燈、火鳳銜珠燈每樣十盞；鸝鵣杯、琥珀杯、琉璃盞、鏤金偏提（油壺）每樣十件；月團、鳳團、蒙頂等品種的茶一百斤；湯餅、油餅、乳酪肉餅好幾盒。又賞黃金、白銀各千兩。這時皇宮中已經紛紛傳言此事，鄭后聽說後，勸諫徽宗說：「妓女之流是下賤人，不配接待尊貴的皇上。況且晚上便服出行，也怕有不測之事發生。希望陛下能自愛自重。」徽宗點了點頭。有兩個年頭，沒有再出去；然而派人問候，賞賜錢物，卻沒有斷過。

宣和二年，徽宗又去見李師師。看見醉杏樓中又掛着他賞賜的畫，觀賞回味很久。忽然回頭看見李師師，開玩笑說：「畫上的人怎麼竟叫她下來了？」當天賞給李師師避寒金鈿、映月珠環、舞鸞青鏡、金虬香鼎。第二天，又賞給李師師端溪的鳳咮硯、李廷珪墨、玉管宣毫筆、剡溪綾紋紙。又賞給李姥百千貫錢。

張迪私下對徽宗說：「皇上到李師師那兒去，必定要換便

服晚上去，所以不能經常去。今艮嶽行宮東面有皇家土地長達二三里，直通到鎮安坊，如果在這個地方挖個暗道，皇上來去就十分方便了。」徽宗説：「你來謀劃這件事。」於是張迪等人上疏説：「擔任皇宮警衛的人一向露宿在外。我們願意捐一些錢，在皇家土地上修建數百間房子，修築長長的圍牆，以便警衛工作。」徽宗同意了他們的奏請。於是保衛皇帝的禁衛軍，一直分佈到鎮安坊為止，而行人因此而絕跡。

四年三月，徽宗開始從暗道去李師師那裡，賞給她藏鬮、雙陸棋等遊戲器具，又賞她片玉棋盤、綠白二色玉棋子、畫院宮扇、九折五花的竹席、魚鱗紋蓁葉做的席子、湘妃竹編織花紋的簾子、五彩珊瑚鈎。這天，徽宗與李師師下雙陸棋沒有贏，下圍棋又沒有贏，賞白銀二千兩。以後，李師師過生日，又賞珠鈿、金手鐲各二個，珠串一小箱、氈錦數端、鷺毛繒、翠羽緞百匹，白銀千兩。後來又為滅了遼國而慶賀，大賞州郡官員，加官晉爵。賜給李師師紫綃絹幕、五彩絲穗、冰蠶神錦被、卻塵錦褥、麩金千兩，美酒有桂露、流霞、香蜜等名稱。又賞給李姥錢萬貫。總計前後賞給的金銀錢、繒帛、器物用具、食物等，不下十萬。

徽宗曾在皇宮裡設宴召集宮中嬪妃等共坐。韋妃私下裡問道：「李家姑娘是甚麼鬼精靈，皇上竟這樣喜歡她？」徽宗説：「沒有別的，只要讓你們這百來個人，換去豔麗的妝飾，穿上

素色的衣服，讓那女娃混在你們裡面，她與你們就大不一樣了。她那飄逸幽雅的風韻神采，總之是在姿色容貌之外罷了。」

沒多久，徽宗傳位，自稱道君教主，退位後住在太乙宮，遊樂的興致也隨之減少了。李師師對李姥說：「我們母女現在高興自得，不知道災禍將要降臨了。」李姥說：「那怎麼辦？」李師師說：「你只當不知道，不要過問，只讓我按自己的想法去做。」

當時金兵正開始大舉進攻，河北一帶告急。李師師把皇上前後所賞賜的金銀都匯集在一起，給開封府尹寫報告，願意將錢捐給國家，資助軍費開支。又賄賂張迪等人代為請求皇上，願意離家做女道士。皇上同意了，賞給她城北的慈雲觀讓她住。

不久，金兵攻陷汴京，主將闥懶要索取李師師，說：「金太宗完顏晟聽說她的名聲，一定要活的得到她。」可是找了幾天也沒找到。張邦昌等人尋到了她，想把她獻給金軍。李師師罵道：「我雖是一個卑賤的妓女，但承蒙皇上的愛意，寧願一死相報，別無其他願望。你們這些人當着大官，享受高高的爵位、豐厚的俸祿，國家有甚麼地方虧待了你們，卻事事為顛覆和滅亡自己的國家出謀劃策？今天又投降鬼子兵，為他們做事，想以此來換取一個機會，求得進身之地。我怎麼能做你們這些人的見面禮呢！」於是拔下金簪自刺喉嚨，沒有死；又折

斷了吞下去才死。徽宗在五國城，聽説李師師死的經過，還情不自禁地痛哭流涕呢。

　　議論説：李師師是一個卑賤的娼妓，卻遇上了異乎尋常的好運氣，就是説她獲得了與她身份地位不相稱的榮寵。但看她晚年的節操，壯烈堅貞，很有俠士的風采，不能不説是普通人中最突出的人物。徽宗皇帝奢侈無度，終於遭到被金人北擄的災難，真是活該。

稗邊小綴

魯迅　纂

　　《古鏡記》見《太平廣記》卷二百三十，改題《王度》，注云：出《異聞集》。《太平御覽》（九百十二）引其程雄家婢一事，作隋王度《古鏡記》，蓋緣所記皆隋時事而誤。《文苑精華》（七百三十七）顧況《戴氏廣異記》序云「國朝燕公《梁四公記》，唐臨《冥報記》，王度《古鏡記》，孔慎言《神怪志》，趙自勤《定命錄》，至如李庾成、張孝舉之徒，互相傳說。」則度實已入唐，故當為唐人。惟《唐書》及《新唐書》皆無度名。其事跡之可藉本文考見者，如下：

　　大業七年五月，度自御史罷歸河東；六月，歸長安。八年四月，在台；冬，兼著作郎，奉詔撰國史。九年秋，出

兼芮城令；冬，以御史帶芮城令，持節河北道，開倉賑給陝東。十年，弟勣自六合丞棄官歸，復出遊。十三年六月，勣歸長安。

由隋入唐者有王績，絳州龍門人，《唐書》（一九六）《隱逸傳》云：「大業中，舉孝悌廉潔，不樂在朝，求為六合丞。以嗜酒不任事，時天下亦亂，因劾，遂解去。歎曰：『羅網在天下，吾且安之！』乃還鄉里。……初，兄凝為隋著作郎，撰《隋書》，未成，死。績續餘功，亦不能成。」則《唐書》之績及凝，即此文之勣及度，或度一名凝，或《唐書》字誤，未能詳也。《新唐書》（一九二）亦有績傳，云：「貞觀十八年卒。」時度已先歿，然不知在何年。宋晁公武《郡齋讀書志》（十四）類書類有《古鏡記》一卷，云：「右未詳撰人，纂古鏡故事。」或即此。《御覽》所引一節，文字小有不同。如「為下邽陳思恭義女」下有「思恭妻鄭氏」五字，「遂將鸚鵡」之「將」作「劫」，皆較《廣記》為勝。

《補江總白猿傳》據明長州顧氏《文房小說》覆刊宋本錄，校以《太平廣記》四百四十四所引，改正數字。《廣記》題曰《歐陽紇》，注云：出《續江氏傳》，是亦據宋初單行

本也。此傳在唐宋時蓋頗流行，故史志屢見著錄：

《新唐書‧藝文志》子部小說家類：《補江總白猿傳》一卷。

《郡齋讀書志》史部傳記類：《補江總白猿傳》一卷。又不詳何人撰。述梁大同末歐陽紇妻為猿所竊，後生子詢。《崇文目》以為唐人惡詢者為之。

《直齋書錄解題》子部小說家類：《補江總白猿傳》一卷。無名氏。歐陽紇者，詢之父也。詢貌獼猿，蓋常與長孫無忌互相嘲謔矣。此傳遂因其嘲廣之，以實其事。託言江總，必無名子所為也。

《宋史‧藝文志》子部小說類：《集補江總白猿傳》一卷。

長孫無忌嘲歐陽詢事，見劉餗《隋唐嘉話》（中）。其詩云：「聳髆成山字，埋肩不出頭。誰家麟閣上，畫此一獼猴！」蓋詢聳肩縮項，狀類獼猴。而老玃竊人婦生子，本舊來傳說。漢焦延壽《易林》（坤之剝）已云：「南山大玃，盜我媚妾。」晉張華作《博物志》，說之甚詳（見卷三《異獸》）。唐人或妒詢名重，遂牽合以成此傳。其曰「補江總」者，謂總為歐陽紇之友，又嘗留養詢，具知其本末，而未為作傳，因補之也。

《離魂記》見《廣記》三百五十八，原題《王宙》，注云出《離魂記》，即據以改題。「二男並孝廉擢第，至丞尉」句下，原有「事出陳玄佑《離魂記》云」九字，當是羨文，今刪。玄佑，大曆時人，餘未知其審。

《枕中記》今所傳有兩本；一在《廣記》八十二，題作《呂翁》，注云出《異聞集》；一見於《文苑英華》八百八十三，篇名、撰人名畢具。而《唐人說薈》竟改稱李泌作，莫喻其故也。沈既濟，蘇州吳人（《元和姓纂》云吳興武康人），經學該博，以楊炎薦，召拜右拾遺史館修撰。貞元時，炎得罪，既濟亦貶處州司戶參軍。後入朝，位吏部員外郎，卒。撰《建中實錄》十卷，人稱其能。《新唐書》（百三十二）有傳。既濟為史家，筆殊簡質，又多規誨，故當時雖薄傳奇文者，仍極推許。如李肇，即擬以莊生寓言，與韓愈之《毛穎傳》並舉（《國史補》下）。《文苑英華》不收傳奇文，而獨錄此篇及陳鴻《長恨傳》，殆亦以意主箴規，足為世戒矣。

在夢寐中忽歷一世，亦本舊傳。晉干寶《搜神記》中即有相類之事。云：「焦湖廟有一玉枕，枕有小坼，時單父縣人楊林為賈客，至廟祈求。廟巫謂曰：『君欲好婚否？』林曰：『幸甚。』巫即遣林近枕邊，因入坼中。遂見朱樓

瓊室，有趙太尉在其中。即嫁女與林，生六子，皆為秘書郎。歷數十年，並無思歸之志。忽如夢覺，猶在枕旁，林愴然久之。」（見宋樂史《太平寰宇記》百二十六引。現行本《搜神記》乃後人鈔合，失收此條。）蓋即《枕中記》所本。明湯顯祖又本《枕中記》以作《邯鄲記傳奇》，其事遂大顯於世。原文呂翁無名，《邯鄲記》實以呂洞賓，殊誤。洞賓以開成年下第入山，在開元後，不應先已得神仙術，且稱翁也。然宋時固已溷為一談，吳曾《能改齋漫錄》趙與旹《賓退錄》皆嘗辨之。明胡應麟亦有考正，見《少室山房筆叢》中之《玉壺遐覽》。

《太平廣記》所收唐人傳奇文，多本《異聞集》。其書十卷，唐末屯田員外郎陳翰撰，見《新唐書·藝文志》，今已不傳。據《郡齋讀書志》（十三）云：「以傳記所載唐朝奇怪事，類為一書。」及見收於《廣記》者察之，則為撰集前人舊文而成。然照以他書所引，乃同是一文，而字句又頗有違異。或所據乃別本，或翰所改定，未能詳也。此集之《枕中記》，即據《文苑英華》錄，與《廣記》之採自《異聞集》者多不同。尤甚者如首七句《廣記》作「開元十九年，道者呂翁經邯鄲道上，邸舍中設榻施席，擔囊而坐」。「主人方蒸黍」作「主人蒸黃粱為饌」。後來凡言「黃粱夢」者，皆本《廣記》也。此外尚多，今不悉舉。

《任氏傳》見《廣記》四百五十二，題曰《任氏》，不著所出，蓋嘗單行。「天寶九年」上原有「唐」字。案《廣記》取前代書，凡年號上著國號者，大抵編錄時所加，非本有，今刪。他篇皆仿此。

——右第一分

李吉甫《編次鄭欽悅辨大同古銘論》，清趙鉞及勞格撰之《唐御史台精舍題名考》（三）云，見於《文苑英華》。先未寫出，適又無《文苑英華》可借，因據《廣記》三百九十一錄其文，本題《鄭欽悅》，則復依趙鉞、勞格說改也。文亦原非傳奇；而《廣記》注云出《異聞記》。蓋其事奧異，唐宋人固已以小說視之，因編於集。李吉甫字弘憲，趙人，貞元初，為太常博士，累仕至翰林學士中書舍人。元和二年，以中書侍郎同中書門下平章事，出為淮南節度使，旋復入相。九年十月，暴疾卒，年五十七。贈司空，諡忠懿。兩《唐書》（舊一四八，新一四六）皆有傳。鄭欽悅則《新唐書》（二百）附見《儒學趙冬曦傳》中。雲開元初繇新津丞請試五經擢第，授鞏縣尉，集賢院校理，右補闕，內供奉。雅為李林甫所惡。韋堅死，欽悅時位殿中侍御史，嘗為堅判官，貶夜郎尉，卒。

《柳氏傳》出《廣記》四百八十五，題下注云許堯佐撰。《新唐書》(二百)《儒學・許康佐傳》云：「貞元中，舉進士宏辭，連中之。……其諸弟皆擢進士第，而堯佐最先進；又舉宏辭，為太子校書郎。八年，康佐繼之。堯佐位諫議大夫。」柳氏事亦見於孟棨《本事詩》(《情感第一》)，自云開成中在梧州聞之大梁夙將趙唯，乃其目擊。所記與堯佐傳並同，蓋事實也。而述翊復得柳氏後事較詳審，錄之：

　　後罷府閒居，將十年。李相勉鎮夷門，又署為幕吏。時韓已遲暮，同列皆新進後生，不能知韓，舉目為「惡詩」。韓邑邑不得意，多辭疾在家。唯末職韋巡官者，亦知名士，與韓獨善。一日，夜將半，韋叩門急。韓出見之，賀曰：「員外除駕部郎中，知制誥。」韓大愕然曰：「必無此事，定誤矣。」韋就座曰：「留邸狀報制誥闕人。中書兩進名，御筆不點出。又請之，且求聖旨所與。德宗批曰：『與韓翊。』時有與翊同姓名者，為江淮刺史。又具二人同進。御筆復批曰：『春城無處不飛花，寒食東風御柳斜。日暮漢宮傳蠟燭，輕煙散入五侯家。』又批曰：『與此韓翊。』」韋又賀曰：「此非員外詩耶？」韓曰：「是也。是知不誤矣。」質明，而李與僚屬皆至。時建中初也。

334

後來取其事以作劇曲者，明有吳長儒《練囊記》，清有張國壽《章台柳》。

《柳毅傳》見《廣記》四百十九卷，注云出《異聞集》。原題無「傳」字，今增。據本文，知為隴西李朝威作，然作者之生平不可考。柳毅事則頗為後人採用，金人已摭以作雜劇（語見董解元《弦索西廂》）；元尚仲賢有《柳毅傳書》，翻案而為《張生煮海》；李好古亦有《張生煮海》；明黃說仲有《龍簫記》。用於詩篇，亦復時有。而胡應麟深惡之，曾云：「唐人小說如柳毅傳書洞庭事，極鄙誕不根，文士亟當唾去，而詩人往往好用之。夫詩中用事，本不論虛實，然此事特誕而不情。造言者至此，亦橫議可誅者也。何仲默每戒人用唐宋事，而有『舊井潮深柳毅祠』之句，亦大鹵莽。今特拈出，為學詩之鑒。」（《筆叢》三十六）申繹此意，則為凡漢晉人語，倘或近情，雖誕可用。古人欺以其方，即明知而樂受，亦未得為篤論也。

《李章武傳》出《廣記》卷三百四十。原題無「傳」字，篇末注云出李景亮為作傳，今據以加。景亮，貞元十年詳明政術可以理人科擢第，見《唐會要》，餘未詳。

《霍小玉傳》出《廣記》四百八十七，題下注云蔣防撰。防字子徵（《全唐文》作「微」），義興人，澄之後。年十八，父誡令作《秋河賦》，援筆即成。於簡遂妻以子。李紳即席命賦《轟上鷹》詩。紳薦之。後歷翰林學士中書舍人（明凌迪知《古今萬姓統譜》八十六）。長慶中，紳得罪，防亦自尚書司封員外郎知制誥貶汀州刺史（《舊唐書‧敬宗紀》），尋改連州。李益者，字君虞，係出隴西，累官右散騎常侍。太和中，以禮部尚書致仕。時又有一李益，官太子庶子，世因稱君虞為「文章李益」以別之，見《新唐書》（二百三）《李華傳》。益當時大有詩名，而今遺集苓落，清張澍曾裒集為一卷，刻《二酉堂叢書》中，前有事輯，收羅李事甚備。《霍小玉傳》雖小說，而所記蓋殊有因，杜甫《少年行》有句云：「黃衫年少宜來數，不見堂前東逝波。」即指此事。時甫在蜀，殆亦從傳聞得之。益之友韋夏卿，字雲客，京兆萬年人，亦兩《唐書》（舊一六五，新一六二）皆有傳。李肇（《國史補》中）云：「散騎常侍李益少有疑病。」而傳謂小玉死後，李益乃大猜忌，則或出於附會，以成異聞者也。明湯海若嘗取其事作《紫簫記》。

——右第二分

李公佐所作小説，今有四篇在《太平廣記》中，其影響於後來者甚巨，而作者之生平顧不易詳。從文中所自述，得以考見者如次：

貞元十三年，泛瀟湘、蒼梧。（《古嶽瀆經》）十八年秋，自吳之洛，暫泊淮浦。（《南柯太守傳》）

元和六年五月，以江淮從事受使至京，回次漢南。（《馮媼傳》）八年春，罷江西從事，扁舟東下，淹泊建業。（《謝小娥傳》）冬，在常州。（《經》）九年春，訪古東吳，泛洞庭，登包山。（《經》）十三年夏月，始歸長安，經泗濱。（《謝傳》）

《全唐詩》末卷有李公佐僕詩。其本事略謂公佐舉進士後，為鐘陵從事。有僕夫執役勤瘁，迨三十年。一旦，留詩一章，距躍凌空而去。詩有「顓蒙事可親」之語，注云：「公佐字顓蒙。」疑即此公佐也。然未知《全唐詩》採自何書，度必出唐人雜說，而尋檢未獲。《唐書》（七十）《宗室世系表》有千牛備身公佐，為河東節度使說子，靈鹽朔方節度使公度弟，則別一人也。《唐書·宣宗紀》載有李公佐，會昌初，為楊府錄事，大中二年，坐累削兩任官，卻似顓蒙。然則此李公佐蓋生於代宗時，至宣宗初猶在，年幾八十矣。惟所見僅孤證單文，亦未可遽定。

《古嶽瀆經》出《廣記》四百六十七，題為《李湯》，注云出《戎幕閒談》，《戎幕閒談》乃韋絢作，而此篇是公佐之筆甚明。元陶宗儀《輟耕錄》（三十）云：「東坡《濠州塗山》詩『川鎖支祁水尚渾』注：『程演曰：《異聞集》載《古嶽瀆經》，禹治水，至桐柏山，獲淮渦水神，名曰巫支祁。』」其出處及篇名皆具，今即據以改題，且正《廣記》所注之誤。《經》蓋公佐擬作，而當時已被其淆惑。李肇《史國補》（上）即云：「楚州有漁人，忽於淮中釣得古鐵鎖，挽之不絕。以告官。刺史李湯大集人力，引之。鎖窮，有青獼猴躍出水，復沒而逝。後有驗《山海經》云，水獸好為害，禹鎖於軍山之下，其名曰無支祁。」驗今本《山海經》無此語，亦不似逸文。肇殆為公佐此作所誤，又誤記書名耳。且亦非公佐據《山海經》逸文，以造《嶽瀆經》也。至明，遂有人徑收之《古逸書》中。胡應麟（《筆叢》三十二）亦有說，以為：「蓋即六朝人踵《山海經》體而贗作者。或唐人滑稽玩世之文，命名《嶽瀆》可見。以其說頗詭異，故後世或喜道之。宋太史景濂亦稍隱括集中，總之以文為戲耳。羅泌《路史》辯有『無之祁』；世又訛禹事為泗州大聖，皆可笑。」所引文亦與《廣記》殊有異同：「禹理水」作「禹治淮水」；「走雷」作「迅雷」；「石號」作「水號」；「五伯」作「土伯」；「搜命」作「授命」；「千」作「等

338

山」;「白首」作「白面」;「奔輕」二字無;「聞」字無;「章律」作「童律」,下重有「童律」二字;「烏木由」作「烏木由」,下亦重有三字;「庚辰」下亦重有「庚辰」字;「桓」下有「胡」字;「聚」作「叢」;「以數千載」作「以千數」;「大索」作「大械」;末四字無。頗較順利可誦識。然未審元瑞所據者為善本,抑但以意更定也?故不據改。

朱熹《楚辭辯證》(下)云:「《天問》,鯀竊帝之息壤以湮洪水,特戰國時俚俗相傳之語,如今世俗僧伽降無之祁,許遜斬蛟蜃精之類。本無依據,而好事者遂假託撰造以實之。」是宋時先訛禹為僧伽。王象之《輿地紀勝》(四十四淮南東路盱眙軍)云:「水母洞在龜山寺,俗傳泗州僧伽降水母於此。」則復訛巫支祁為水母。(褚人獲《堅瓠續集》二)云:「《水經》載禹治水至淮,淮神出見。形一獼猴,爪地成水。禹命庚辰執之。遂鎖於龜山之下,淮水乃平。至明,高皇帝過龜山,令力士起而視之。因拽鐵索盈兩舟,而千人拔之起。僅一老猿,毛長蓋體,大吼一聲,突入水底。高皇帝急令羊豕祭之,亦無他患。」是又訛此文為《水經》,且堅嫁李湯事於明太祖矣。

《南柯太守傳》出《廣記》四百七十五,題《淳于棼》,注云出《異聞錄》。傳是貞元十八年作,李肇為之贊,即

綴篇末。而元和中肇作《國史補》乃云：「近代有造謗而著者，《雞眼》《苗登》二文；有傳蟻穴而稱者，李公佐《南柯太守》；有樂伎而工篇什者，成都薛濤；有家僮而善章句者，郭氏奴（不記名）。皆文之妖也。」（卷下）約越十年，遂詆之至此，亦可異矣。《夢》事亦頗流傳，宋時，揚州已有南柯太守墓，見《輿地紀勝》（三十七淮南東路）引《廣陵行錄》。明湯顯祖據以作《南柯記》，遂益廣傳至今。

《盧江馮媼傳》出《廣記》三百四十三，注云出《異聞傳》。事極簡略，與公佐他文不類。然以其可考見作者蹤跡，聊復存之。《廣記》舊題無「傳」字，今加。

《謝小娥傳》出《廣記》四百九十一，題李公佐撰。不著所從出，或嘗單行歟？然史志皆不載。唐李復言作《續玄怪錄》，亦詳載此事，蓋當時已為人所艷稱。至宋，遂稍詭異，《輿地紀勝》（三十四江南西路）記臨江軍人物，有謝小娥，云：「父自廣州部金銀綱，攜家入京，舟過霸灘，遇盜，全家遇害。小娥溺水，不死，行乞於市。後傭於鹽商李氏家，見其所用酒器，皆其父物，始悟向盜乃李也。心銜之，乃置刀藏之。一夕，李生置酒，舉室酣醉。娥盡殺其家人，而聞於官。事聞諸朝，特命以官。娥不願，曰：

340

『已報父仇，他無所事，求小庵修道。』朝廷乃建尼寺，使居之，今金地坊尼寺是也。」事跡與此傳似是而非，且列之李邈與傳雲之間，殆已以小娥為北宋末人矣。明凌濛初作通俗小說（《拍案驚奇》十九），則據《廣記》。

　　貞元十一年，太原白行簡作《李娃傳》，亦應李公佐之命也。是公佐不特自製傳奇，且亦促儕輩作之矣。《傳》今在《廣記》卷四百八十四，注云出《異聞集》。元石君寶作《李亞仙花酒曲江池》，明薛近兗作《繡襦記》，皆本此。胡應麟（《筆叢》四十一）論之曰：「娃晚收李子，僅足贖其棄背之罪，傳者亟稱其賢，大可哂也。」以《春秋》決傳奇獄，失之。

　　行簡字知退（《新唐書·宰相世系表》云字退之），居易弟也。貞元末，登進士第。元和十五年，授左拾遺，累遷司門員外郎主客郎中。寶曆二年冬，病卒。兩《唐書》皆附見居易傳（舊一六六，新一一九）。有詩二十卷，今不存。傳奇則尚有《三夢記》一篇，見原本《說郛》卷四。其劉幽求一事尤廣傳，胡應麟（《筆叢》三十六）又云：「《太平廣記》夢類數事皆類此。此蓋實錄，余悉祖此假託也。」案清蒲松齡《聊齋志異》中之《鳳陽士人》，蓋亦本此。

《說郛》於《三夢記》後，尚綴《紀夢》一篇，亦稱行簡作。而所記年月為會昌二年六月，時行簡卒已十七年矣。疑偽造，或題名誤也。附存以備檢：

行簡云：長安西市帛肆，有飯粥求利而為之平者，姓張，不得名。家富於財，居光德里。其女，國色也。嘗因晝寢，夢至一處，朱門大戶，棨戟森然。由門而入，望其中堂，若設燕張樂之為，左右廊皆施帷幄。有紫衣吏引張氏於西廊幕次，見少女如張等輩十許人，花容綽約，花鈿照耀。既至，吏促張妝飾，諸女迭助之理澤傅粉。有頃，自外傳呼：「侍郎來！」自隙間窺之，見一紫綬大官。張氏之兄嘗為其小吏，識之，乃言曰：「吏部沈公也。」俄又呼曰：「尚書來！」又有識者，並帥王公也。逡巡，復連呼曰：「某來！」「某來！」皆郎官以上，六七個坐廳前。紫衣吏曰：「可出矣。」眾女旋進，金石絲竹鏗鍧，震響中署。酒酣，并州見張氏而視之，尤屬意。謂之曰：「汝習何藝能？」對曰：「未嘗學聲音。」使與之琴，辭不能。曰：「第操之！」乃撫之而成曲。予之箏，亦然；琵琶，亦然。皆平生所不習也。王公曰：「恐汝或遺。」乃令口受詩：「鬢梳鬧掃學宮妝，獨立閒庭納夜涼。手把玉簪敲砌竹，清歌一曲月如霜。」張曰：「且歸辭父母，異日復來。」忽驚啼，

342

瘄，手捫衣帶，謂母曰：「尚書詩遺矣！」索筆錄之。問其
故，泣對以所夢，且曰：「殆將死乎？」母怒曰：「汝作魔耳。
何以為辭？乃出不祥言如是。」因臥病累日。外親有持酒餚
者，又有將食味者。女曰：「且須膏沐澡渝。」母聽。良久，
豔妝盛色而至。食畢，乃遍拜父母及坐客，曰：「時不留，
某今往矣。」自授衾而寢。父母環伺之，俄爾遂卒。會昌二
年六月十五日也。

　　二十年前，讀書人家之稍豁達者，偶亦教稚子誦白居
易《長恨歌》。陳鴻所作傳，因連類而顯，憶《唐詩三百
首》中似即有之。而鴻之事跡頗晦，惟《新唐書‧藝文志》
小說類有陳鴻《開元升平源》一卷，注云：「字大亮，貞元
主客郎中。」又《唐文粹》（九十五）有陳鴻《大統紀序》
云：「少學乎史氏，志在編年。貞元丁（案當作乙）酉歲，
登太常第，始閒居遂志，乃修《大統紀》三十卷……七年，
書始成，故絕筆於元和六年辛卯。」《文苑英華》（三九二）
有元稹撰《授丘紓陳鴻員外郎制》，云：「朝議郎行太常博
士上柱國陳鴻，堅於討論，可以事舉，可虞部員外郎。」
可略知其仕歷。《長恨傳》則有三本。一見於《文苑英華》
七百九十四；明人又附刊一篇於後，云：「出《麗情集》及
《京本大曲》。」文句甚異，疑經張君房輩增改以便觀覽，

不足據。一在《廣記》四百八十六卷中，明人掇以實叢刊者皆此本，最為廣傳。而與《文苑》本亦頗有異同，尤甚者如「其年夏四月」至篇末一百七十二字，《廣記》止作「至憲宗元和元年，周至尉白居易為歌以言其事。並前秀才陳鴻作傳，冠於歌之前，目為《長恨歌傳》而已。今以《文苑英華》較不易見，故據以入錄。然無詩，則以載於《白氏長慶集》者足之。

《五色線》（下）引陳鴻《長恨傳》云：「貴妃賜浴華清池，清瀾三尺中洗明玉，既出水，力微不勝羅綺。」今三本中均無第二三語。惟《青瑣高議》（七）中《趙飛燕別傳》有云：「蘭湯灩灩，昭儀坐其中，若三尺寒泉浸明玉。」宋秦醇之所作也。蓋引者偶誤，非此傳逸文。

本此傳以作傳奇者，有清洪昉思之《長生殿》，今尚廣行。蝸寄居士有雜劇曰《長生殿補闕》，未見。

《東城老父傳》出《廣記》四百八十五。《宋史·藝文志》史部傳記類著錄陳鴻《東城老父傳》一卷，則曾單行。傳末賈昌述開元理亂，謂：「當時取士，孝悌理人而已，不聞進士宏詞拔萃之為其得人也。」亦大有敘「開元升平源」意。又記時人語云：「生兒不用識文字，鬥雞走馬勝讀書。賈家小兒年十三，富貴榮華代不如。」同出於陳鴻所作傳，

而遠不如《長恨傳》中「生女勿悲酸，生男勿喜歡」之為世傳誦，則以無白居易為作歌之為之也。

　　《資治通鑑考異》卷十二所引有《升平源》，云世以為吳兢所撰，記姚元崇借騎射邀恩，獻納十事，始奉詔作相事。司馬光駁之曰：「果如所言，則元崇進不以正。又當時天下之事，止此十條，須因事啟沃，豈一旦可邀。似好事者為之，依託兢名，難以盡信。」案兢，汴州浚儀人，少勵志，貫知經史。魏元忠薦其才堪論撰，詔直史館，修國史，私撰《唐書》《唐春秋》，敘事簡核，人以董狐目之。有傳在《唐書》（舊一百二，新一三二）。《開元升平源》，《唐志》本云陳鴻作，《宋史·藝文志》史部故事類始著吳兢《貞觀政要》十卷，又《開元升平源》一卷。疑此書本不著撰人名氏，陳鴻、吳兢，並後來所題。二人於史皆有名，欲假以增重耳。今姑置之《東城老父傳》之後，以從《通鑒考異》寫出，故仍題兢名。

——右第三分

　　元積字微之，河南河內人，以校書郎累仕至中書舍人，承旨學士。由工部侍郎入相，旋出為同州刺史，改越州，兼浙東觀察使。太和初，入為尚書左丞，檢校戶部尚

書，兼鄂州刺史、武昌軍節度使。五年七月，卒於鎮，年五十三。兩《唐書》（舊一六六，新一七四）皆有傳。於文章亦負重名，自少與白居易唱和。當時言詩者稱「元白」，號為「元和體」。有《元氏長慶集》一百卷，《小集》十卷，今惟《長慶集》六十卷存。《鶯鶯傳》見《廣記》四百八十八。其事之振撼文林，為力甚大。當時已有楊巨源、李紳輩作詩以張之；至宋，則趙令畤拈以製《商調蝶戀花》（在《侯鯖錄》中）；金有董解元作《弦索西廂》；元有王實甫《西廂記》，關漢卿《續西廂記》；明有李日華《南西廂記》，陸采亦有《南西廂記》，周公魯有《翻西廂記》；至清，查繼佐尚有《續西廂》雜劇云。

因《鶯鶯傳》而作之雜劇及傳奇，曩惟王、關本易得。今則劉氏暖紅室已刊《弦索西廂》，又聚趙令畤《商調蝶戀花》等校著之作十種為《西廂記十則》。市肆中往往而有，不難致矣。

《鶯鶯傳》中已有紅娘及歡郎等名，而張生獨無名字。王楙《野客叢書》（二十九）云：「唐有張君瑞，遇崔氏女於蒲，崔小名鶯鶯。元稹與李紳語其事，作《鶯鶯歌》。」客中無趙令畤《侯鯖錄》，無從知《商調蝶戀花》中張生是否已具名字。否則宋時當尚有小說或曲子，字張為君瑞者。漫識於此，俟有書時考之。

346

《周秦行紀》余所見凡三本。一在《廣記》卷四百八十九；一在顧氏《文房小說》中，末一行云「宋本校行」；一附於《李衛公外集》內，是明刊本。後二本較佳，即據以互校轉寫，並從《廣記》補正數字。三本皆題牛僧孺撰。僧孺，字思黯，本隴西狄道人。居宛、葉間。元和初，以賢良方正對策第一，條指失政，鯁訐不避權貴，因不得意。後漸仕至御史中丞，以戶部侍郎同中書門下平章事。又累貶為循州長史。宣宗立，乃召還，為太子少師。大中二年，年六十九卒，贈太尉，諡文簡。兩《唐書》（舊一七二，新一七四）皆有傳。僧孺性堅僻，與李德裕交惡，各立門戶，終生不解。又好作志怪，有《玄怪錄》十卷，今已佚，惟輯本一卷存。而《周秦行紀》則非真出僧孺手。晁公武（《郡齋讀志書》十三）云「賈黃中以為韋瓘所撰。瓘，李德裕門人，以此誣僧孺」者也。案是時有兩韋瓘，皆嘗為中書舍人。一年十九入關，應進士舉，二十一進士狀頭，榜下除左拾遺，大中初任廉察桂林，尋除主客分司。見莫休符《桂林風土記》。一字茂宏，京兆萬年人，韋夏卿弟正卿之子也。「及進士第，累仕中書舍人。與李德裕善。李宗閔惡之，德裕罷，貶為明州長史。」見《新唐書》（一六二）《夏卿傳》，則為作《周秦行紀》者。胡應麟（《筆叢》三十二）云：「中有『沈婆兒作天子』等語，所為根蒂

者不淺。獨怪思黯罹此巨謗，不亟自明，何也？牛、李二黨曲直，大都魯、衛間。牛撰《玄怪》等錄，亡只詞構李，李之徒顧作此以危之。於戲，二子者，用心睹矣！牛迄功名終，而子孫累葉貴盛。李挾高世之才，振代之績，卒淪海島，非忌刻忮害之報耶？輒因是書，播告夫世之工譖訴者。」乞靈於果報，殊未足以厭心。然觀李德裕所作《周秦行紀論》，至欲持此一文，致僧孺於族滅，則其陰譎險狠，可畏實甚。棄之者眾，固其宜矣。論猶在集（外集四）中，逐錄於後：

　　言發於中，情見乎辭。則言辭者，志氣之來也。故察其言而知其內，玩其辭而見其意矣。余嘗聞太牢氏（涼國李公嘗呼牛僧孺為太牢。涼公名不便，故不書）好奇怪其身，險易其行。以其姓應國家受命之讖，曰：「首尾三麟六十年，兩角犢子恣狂顛，龍蛇相鬥血成川。」及見著《玄怪錄》，多造隱語，人不可解。其或能曉一二者，必附會焉。縱司馬取魏之漸，用田常有齊之由。故自卑秩，至於宰相。而朋黨若山，不可動搖。欲有意擺撼者，皆遭誣坐，莫不側目結舌，事具史官劉軻《日曆》。余得太牢《周秦行紀》，反覆睹其太牢以身與帝王后妃冥遇，欲證其身非人臣相也，將有意於「狂顛」。及至戲德宗為「沈婆兒」，以代宗皇后為

348

「沈婆」，令人骨戰。可謂無禮於其君甚矣！懷異志於圖讖
明矣。余少服臧文仲之言曰：「見無禮於其君者，如鷹鸇之
逐鳥雀也。」故貯太牢已久。前知政事，欲正刑書，力未勝
而罷。余讀國史，見開元中，御史汝南子諒彈奏牛仙客，以
其姓符圖讖。雖似是，而未合「三麟六十」之數。自裴晉國
與余涼國（名不便）、彭原（程）、趙郡（紳）諸從兄，嫉
太牢如仇，頗類余志。非懷私忿，蓋惡其應讖也。太牢作鎮
襄州日，判復州刺史樂坤《賀武宗監國狀》曰：「閒事不足
為賀。」則恃姓敢如此耶！會余復知政事，將欲發覺，未有
由。值平昭義，得與劉從諫交結書，因竄逐之。嗟乎，為人
臣陰懷逆節，不獨人得誅之，鬼得誅矣。凡與太牢膠固，未
嘗不是薄流無賴輩，以相表裡。意太牢有望，而就佐命焉，
斯亦信符命之致。或以中外罪余於太牢愛憎，故明此論，庶
乎知余志。所恨未暇族之，而余又罷。豈非王者不死乎？遺
禍胎於國，亦余大罪也。倘同余志，繼而為政，宣為君除
患。歷既有數，意非偶然，若不在當代，必在於子孫。須以
太牢少長，咸置於法，則刑罰中而社稷安，無患於二百四十
年後。嘻！余致君之道，分隔於明時。嫉惡之心，敢辜於早
歲？因援毫而攄宿憤。亦書《行紀》之跡於後。

論中所舉劉軻，亦李德裕黨。《日曆》具稱《牛羊日

曆》，牛羊，謂牛僧孺、楊虞卿也，甚毀此二人。書久佚，今有輯本，繆荃蓀刻之《藕香零拾》中。又有皇甫松，著《續牛羊日曆》，亦久佚。《資治通鑑考異》（卷二十）引一則，於《周秦行紀》外，且痛詆其家世，今節錄之：

太牢早孤。母周氏，冶蕩無檢。鄉里云：「兄弟羞赧，乃令改醮。」既與前夫義絕矣，及貴，請以出母追贈。禮云：「庶氏之母死，何為哭於孔氏之廟乎？」又曰：「不為伋也妻者，是不為白也母。」而李清心妻配牛幼簡，是夏侯銘所謂「魂而有知，前夫不納於幽壤，歿而可作，後夫必訴於玄穹。」使其母為失行無適從之鬼，上罔聖朝，下欺先父，得曰忠孝智識者乎？作《周秦行紀》，呼德宗為「沈婆兒」，謂睿真皇太后為「沈婆」。此乃無君甚矣！

蓋李之攻牛，要領在姓應圖讖，心非人臣，而《周秦行紀》之稱德宗為「沈婆兒」，尤所以證成其罪。故李德裕既附之論後，皇甫松《續曆》亦嚴斥之。今李氏《窮愁志》雖尚存（《李文饒外集》卷一至四，即此），讀者蓋寡；牛氏《玄怪錄》亦早佚，僅得後人為之輯存。獨此篇乃屢刻於叢書中，使世間由是更知僧孺名氏。時世既遷，怨親俱泯，後之結果，蓋往往非當時所及料也。

李賀《歌詩編》（一）有《送沈亞之歌》，序言元和七年送其下第歸吳江，故詩謂「吳興才人怨春風，桃花滿陌千里紅，紫絲竹斷驄馬小，家住錢塘東復東」。中復云「春卿拾才白日下，擲置黃金解龍馬，攜笈歸江重入門，勞勞誰是憐君者」也。然《唐書》已不詳亞之行事，僅於《文苑傳序》一舉其名。幸《沈下賢士》迄今尚存，並考宋計有功《唐詩紀事》，元辛文房《唐才子傳》，猶能知其概略。亞之字下賢，吳興人。元和十年，進士及第，歷殿中侍御史內供奉。太和初，為德州行營使者柏者判官。者貶，亞之亦謫南康尉；終郢州掾。其集本九卷，今有十二卷，蓋後人所加。中有傳奇三篇。亦並見《太平廣記》，皆注云出《異聞集》，字句往往與集不同。今者據本集錄之。

《湘中怨辭》出《沈下賢集》卷二。《廣記》在二百九十八，題曰《太學鄭生》，無序及篇末「元和十三年」以下三十六字。文句亦大有異，殆陳翰編《異聞集》時之所刪改歟。然大抵本集為勝。其「遂我」作「逐我」，則似《廣記》佳。惟亞之好作澀體，今亦無以決之。故異同雖多，悉不復道。

《異夢錄》見集卷四。唐谷神子已取以入《博異志》。

《廣記》則在二百八十二，題曰《邢鳳》，較集本少二十餘字，王炎作王生。炎為王播弟，亦能詩，不測《異聞集》何為沒其名也。《沈下賢集》今有長沙葉氏觀古堂刻本，及上海涵芬樓影印本。二十年前則甚希覯。余所見者為影鈔小草齋本，既錄其傳奇三篇，又以丁氏八千卷樓鈔本校改數字。同是十二卷本《沈集》，而字句復頗有異同，莫知孰是。如王炎詩「擇水葬金釵」，惟小草齋本如此，他本皆作「擇土」。顧亦難遽定「擇水」為誤。此類甚多，今亦不備舉。印本已漸廣行，易於入手，求詳者自可就原書比勘耳。

夢中見舞弓彎，亦見於唐時他種小說。段成式《酉陽雜俎》（十四）云：「元和初，有一士人，失姓字，因醉臥廳中。及醒，見古屏上婦人等悉於床前踏歌。歌曰：『長安女兒踏春陽，無處春陽不斷腸。舞袖弓腰渾忘卻，蛾眉空帶九秋霜。』其中雙鬟者問曰：『如何是弓腰？』歌者笑曰：『汝不見我作弓腰乎？』乃反首，髻及地，腰勢如規焉。士人驚懼，因叱之。忽然上屏，亦無其他。」其歌與《異夢錄》者略同，蓋即由此曼衍。宋樂史撰《楊太真外傳》，卷上注中記楊國忠臥睹屏上諸女下床自稱名，且歌舞。其中有「楚宮弓腰」，則又由《酉陽雜俎》所記而傳訛。凡小說流傳，大率漸廣漸變，而推究本始，其實一也。

《秦夢記》見集卷二，及《廣記》二百八十二，題曰《沈亞之》，異同不多。「擊體舞」當作「擊髒舞」，「追酒」當作「置酒」，各本俱誤。「如今日」之「今」字，疑衍，小草齋本有，他本俱無。

《無雙傳》出《廣記》四百八十六，注云薛調撰。調，河中寶鼎人，美姿貌，人號為「生菩薩」。咸通十一年，以戶部員外郎加駕部郎中，充翰林承旨學士，次年，加知制誥。郭妃悅其貌，謂懿宗曰：「駙馬盍若薛調乎？」頃之暴卒，年四十三，時咸通十三年二月二十六日也。世以為中鴆云（見《新唐書・宰相世系表》《翰苑群書》及《唐語林》四）。胡應麟（《筆叢》四十一）云：「王仙客……事大奇而不情，蓋潤飾之過。或烏有、無是類，不可知。」案范攄《雲溪友議》（上）載：「有崔郊秀才者，寓居於漢上，蘊精文藝，而物產罄懸。亡何，與姑婢通，每有阮咸之從。其婢端麗，饒彼音律之能，漢南之最也。姑鬻婢於連帥。帥愛之，以類無雙，給錢四十萬，寵昵彌深。郊思慕不已。即強親府署，願一見焉。其婢因寒食來從事塚，值郊立於柳陰，馬上連泣，誓若山河。崔生贈以詩曰：『公子王孫逐後塵，綠珠垂淚滴羅巾。侯門一入深如海，從此蕭郎是路人。』詩聞於帥，遂以歸崔。「無雙」下原有注云：

「即薛太保之愛妾,至今圖畫觀之。」然則無雙不但實有,且當時已極豔傳。疑其事之前半,或與崔郊姑婢相類;調特改薛太尉家為禁中,以隱約其辭。後半則頗有增飾,稍乖事理矣。明陸采嘗拈以作《明珠記》。

柳珵《上清傳》見《資治通鑑考異》卷十九。司馬光駁之云:「信如此說,則參為人所劫,德宗豈得反云『蓄養俠刺』?況陸贄賢相,安肯為此。就使欲陷參,其術固多,豈肯為此兒戲?全不近人情。」亦見於《太平廣記》卷二百七十五,題曰《上清》,注云出《異聞集》。「相國竇公」作「丞相竇參」,後凡「竇公」皆只作一「竇」字;「隸名掖庭」下有「且久」二字;「怒陸贄」上有「至是大悟因」五字;「老」作「這」;「恣行媒孽」下有「乘間攻之」四字;「特敕」下有「削」字。餘尚有小小異同,今不備舉。此篇本與《劉幽求傳》同附《常侍言旨》之後。《言旨》亦珵作,《郡齋讀書志》(十三)云,記其世父柳芳所談。芳,蒲州河東人;子登、冕;登子璟,見《新唐書》(一三二)。珵蓋璟之從兄弟行矣。

《楊娼傳》出《廣記》四百九十一,原題房千里撰。千里字鵠舉,河南人,見《新唐書・宰相世系表》。《藝文志》

354

有房千里《南方異物志》一卷,《投荒雜錄》一卷,注云:「大和初進士第,高州刺史。」是其所終官也。此篇記敘簡率,殊不似作意為傳奇。《雲溪友議》(上)又有《南海非》一篇,謂房千里博士初上第,遊嶺徼。有進士韋滂自南海致趙氏為千里妾。千里倦遊歸京,暫為南北之別。過襄州遇許渾,託以趙氏。渾至,擬給以薪粟,則趙已從韋秀才矣。因以詩報房,云:「春風白馬紫絲韁,正值蠶眠未採桑。五夜有心隨暮雨,百年無節待秋霜。重尋繡帶朱藤合,卻認羅裙碧草長。為報西遊減離恨,阮郎才去嫁劉郎。」房聞,哀慟幾絕云云。此傳或即作於得報之後,聊以寄慨者歟。然韋縠《才調集》(十)又以渾詩為無名氏作,題云:「客有新豐館題怨別之詞,因詰傳吏,盡得其實,偶作四韻嘲之。」

《飛煙傳》出《說郛》卷三十三所錄之《三水小牘》,皇甫枚撰。亦見於《廣記》四百九十一,飛煙作「非煙」。《三水小牘》本三卷,見《宋史·藝文志》及《直齋書錄解題》。今止存二卷,刻於盧氏《抱經堂叢書》及繆氏《云自在龕叢書》中。就書中可考見者,枚字遵美,安定人。三水,安定屬邑也。咸通末,為汝州魯山令;光啟中,僖宗在梁州,赴調行在。明姚咨跋云:「天佑庚午歲,旅食汾晉,為此書。」今書中不言及此,殆出於枚之自序,而今

失之。繆氏刻本有逸文一卷，收《非煙傳》，然僅據《廣記》所引，與《說郛》本小有異同，且無篇末一百餘字。《廣記》不云出於何書，蓋嘗單行也，故仍錄之。

　　《虯髯客傳》據明顧氏《文房小說》錄，校以《廣記》百九十三所引《虯髯傳》，互有詳略異同，今補正二十餘字。杜光庭字賓至，處州縉雲人。先學道於天台山，仕唐為內供奉。避亂入蜀，事王建，為金紫光祿大夫，諫議大夫，賜號廣成先生。後主立，以為傳真天師，崇真館大學士。後解官，隱青城山，號東瀛子。年八十五卒。著書甚多，有《諫書》一百卷，《歷代忠諫書》五卷，《道德經廣聖義疏》三十卷，《錄異記》十卷，《廣成集》一百卷，《壺中集》三卷。此外言道教儀則、應驗，及仙人、靈境者尚二十餘種，八十餘卷。今惟《錄異記》流傳。光庭嘗作《王氏神仙傳》一卷，以悅蜀主。而此篇則以窺視神器為大戒，殆尚是仕唐時所為。《宋史・藝文志》小說類著錄作「《虯髯客傳》一卷」。宋程大昌《考古編》（九）亦有題《虯須傳》者一則，云：「李靖在隋，常言高祖終不為人臣。故高祖入京師，收靖，欲殺之。太宗救解，得不死。高祖收靖，史不言所以，蓋諱之也。《虯鬚傳》言靖得虯鬚客資助，遂以家力佐太宗起事。此文士滑稽，而人不察耳。又杜詩言『虯鬚似

356

太宗』。小說亦辨人言太宗虬鬚，鬚可掛角弓。是虬鬚乃太宗矣。而謂虬鬚授靖以資，使佐太宗，可見其為戲語也。」「髯」皆作「鬚」。今為「虬髯」者，蓋後來所改。惟高祖之所以收靖，則當時史實未嘗諱言。《通鑑考異》（八）云：「柳芳《唐曆》及《唐書·靖傳》云：『高祖擊突厥於塞外。靖察高祖，知有四方之志。因自鎖上變，將詣江都，至長安，道塞不通而止。』案太宗謀起兵，高祖尚未知；知之，猶不從。當擊突厥之時，未有異志，靖何從察知之？又上變當乘驛取疾，何為自鎖也？今依《靖行狀》云：『昔在隋朝，曾經忤旨。及茲城陷，高祖追責舊言，公忼慨直論，特蒙宥釋。』」柳芳唐人，記上變之嫌，即知城陷見收之故矣。然史實常晦，小說輒傳，《虬髯傳》亦同此例，仍為人所樂道，至繪為圖，稱曰「三俠」。取以作曲者，則明張鳳翼、張太和皆有《紅拂記》，凌初成有《虬髯翁》。

——右第四分

《冥音錄》出《廣記》四百八十九。中稱李德裕為「故相」，則大中或咸通後作也。《唐人說薈》題朱慶餘撰，非。

《東陽夜怪錄》出《廣記》四百九十。敘王洙述其所聞於成自虛，夜中遇精魅，以隱語相酬答事。《唐人說薈》即

題洙作，非也。鄭振鐸（《中國短篇小說集》）云：「所敘情節，類似牛僧孺的《元無有》，也許這兩篇是同出一源的。」案《元無有》本在《玄怪錄》中，全書已佚。此條《廣記》三百六十九引之：

寶應中，有元無有，常以仲春末獨行維揚郊野。值日晚，風雨大至，時兵荒後，人戶多逃。遂入路旁空莊。須臾霽止，斜月方出。無有坐北窗，忽聞西廊有行人聲。未幾，見月中有四人，衣冠皆異，相與談諧吟詠甚暢。乃云：「今夕如秋，風月若此，吾輩豈不為一言以展平生之事也？」其一人即曰云云。吟詠既朗，無有聽之具悉。其一衣冠長人，即先吟曰：「齊紈魯縞如霜雪，寥亮高聲予所發。」其二黑衣冠短陋人，詩曰：「嘉賓良會清夜時，煌煌燈燭我能持。」其三故敝黃衣冠人，亦短陋，詩曰：「清冷之泉候朝汲，桑綆相牽常出入。」其四故黑衣冠人，詩曰：「爨薪貯泉相煎熬，充他口腹我為勞。」無有亦不以四人為異，四人亦不虞無有之在堂隍也，遞相褒賞。觀其自負，則雖阮嗣宗《詠懷》，亦若不能加矣。四人遲明方歸舊所。無有就尋之，堂中惟有故杵，燈台，水桶，破鐺。乃知四人即此物所為也。

《靈應傳》出《廣記》四百九十三，無撰人名氏。《唐

人說薈》以為于逖作，亦非。傳在記龍女之貞淑，鄭承符
之智勇，而亦取李朝威《柳毅傳》中事，蓋受其影響，又
稍變易之。涇原節度使周寶字上珪，平州盧龍人。在鎮
務耕力，聚糧二十萬石，號良將。黃巢據宣歙，乃徙寶
鎮海軍節度使，兼南面招討使。後為錢鏐所殺。《新唐書》
（一八六）有傳。

——右第五分

《隋遺錄》上下卷，據原本《說郛》七十八錄出，以《百
川學海》校之。前題唐顏師古撰。末有無名氏跋，謂會昌
中，僧志徹得於瓦棺寺閣南雙閣之筍筆中。題《南部煙花
錄》，為顏公遺稿。取《隋書》校之，多隱文，後乃重編為
《大業拾遺記》。原本缺落凡十七八，悉從而補之矣云云。
是此書本名《南部煙花錄》，既重編，乃稱《大業拾遺記》。
今又作《隋遺錄》，跋所未言，殆復由後來傳刻者所改歟。
書在宋元時頗已流行，《郡齋讀書志》及《通考》並著《南
部煙花錄》；《通志》著《大業拾遺錄》；《宋史‧藝文志》史
部傳記類亦有顏師古《大業拾遺》一卷，子部小說類又有顏
師古《隋遺錄》一卷，蓋同書而異名，所據凡兩本也。本文
與跋，詞意荒率，似一手所為。而託之師古，其術與葛洪
之《西京雜記》，謂鈔自劉歆之《漢書》遺稿者正等。然才

識遠遜，故蟹漏殊多，不待吹求，已知其偽。清《四庫全書總目》（一四三）云：「王得臣《麈史》稱其『極惡可疑』。姚寬《西溪叢語》亦曰：『《南部煙花錄》文極俚俗。又載陳後主詩云：夕陽如有意，偏傍小窗明。此乃唐人方域詩，六朝語不如此。唐《藝文志》所載《煙花錄》，記幸廣陵事，此本已亡，故流俗偽作此書云云。』然則此亦偽本矣。今觀下卷記幸月觀時與蕭后夜話，有『儂家事一切已託楊素了』之語，是時素死久矣。師古豈疏謬至此乎？其中所載煬帝諸作，及虞世南贈袁寶幾作，明代輯六朝詩者，往往採掇，皆不考之過也。」

　　《煬帝海山記》上下卷，出《青瑣高議》後集卷五，先據明張夢錫刻本錄，而校以董氏所刻士禮居本。明鈔原本《說郛》三十二卷中亦有節本一卷，並取參校。篇題下原有小注，上卷云「說煬帝宮中花木」，下卷云「記煬帝後苑鳥獸」，皆編者所加，今削。其書蓋欲侈陳煬帝奢靡之跡，如郭氏《洞冥》，蘇鶚《杜陽》之類，而力不逮。中有《望江南》調八闋，清《四庫目》云，乃李德裕所創，段安節《樂府雜錄》述其緣起甚詳，亦不得先於大業中有之。

　　《煬帝迷樓記》錄自原本《說郛》三十二。明焦竑作《國

史經籍志》，並《海山記》皆著錄，蓋嘗單行。清《四庫目》（一四三）謂：「亦見《青瑣高議》。……竟以迷樓為在長安，乖謬殊甚。」然《青瑣高議》中實無有，殆紀昀等之誤也。周中孚（《鄭堂讀書記》）更推闡其評語，以為「後稱『大業九年，帝幸江都，有迷樓』。而末又云：帝幸江都，唐帝提兵號令入京，見迷樓，大驚曰：『此皆民膏血所為也！』乃命焚之。經月，火不滅。則竟以迷樓為在長安，等諸項羽之焚阿房，乖謬殊極」云。

　　《煬帝開河記》從原本《說郛》卷四十四錄出。《宋史·藝文志》史部地理類著錄一卷，注云不知作者。清《四庫目》以為：「詞尤鄙俚，皆近於委巷之傳奇，同出依託，不足道。」按唐李匡乂《資暇集》（下）云：「俗怖嬰兒曰：『麻胡來！』不知其源者，以為多鬢之神而驗刺者，非也。隋將軍麻祜，性酷虐。煬帝令開汴河，威棱既盛，至稚童望風而畏，互相恐嚇曰：『麻祜來！』稚童語不正，轉『祜』為『胡』。」末有自注云：「麻祜廟在睢陽。郎方節度李丕即其後。丕為重建碑。」然則叔謀虐焰，且有其實，此篇所記，固亦得之口耳之傳，非盡臆造矣。惜李丕所立碑文，今未能見，否則當亦有足資參證者。至塚中諸異，乃頗似本《西京雜記》所敍廣陵王劉去疾發塚事，附會曼衍作之。

右四篇皆為《古今逸史》所收。後三篇亦見於《古今說海》，不題撰人。至《唐人說薈》，乃並云韓偓撰。致堯生唐末，先則顛沛危朝，後乃流離南裔，雖賦豔詩，未為稗史。所作惟《金鑾密記》一卷，詩二卷，《香奩集》一卷而已。且於史事，亦不至荒陋如是。此蓋特里巷稍知文字者所為，真所謂街談巷議，然得馮猶龍掇以入《隋煬豔史》，遂彌復紛傳於世。至今世俗心目中之隋煬，殊猶是晝遊西苑，夜止迷樓者也。

　　明鈔原本《說郛》一百卷，雖多脫誤，而《迷樓記》實佳。以其尚存俗字，如「你」之類，刻本則大率改為「爾」或「汝」矣。世之雅人，憎惡口語，每當纂錄校刊，雖故書雅記，間亦施以改定，俾彌益雅正。宋修《唐書》，於當時恆言，亦力求簡古，往往大減神情，甚或莫明本意。然此猶撰述也。重刊舊文，輒亦不赦，即就本集所收文字而言，宋本《資治通鑑考異》所引《上清傳》中之「這獠奴」，明清刻本《太平廣記》引則俱作「老獠奴」矣；顧氏校宋本《周秦行紀》中之「屈兩個娘子」及「不宜負他」，《廣記》引則作「屈二娘子」及「不宜負也」矣。無端自定為古人決不作俗書，拚命復古，而古意乃寖失也。

——右第六分

《綠珠傳》一卷出《琳瑯秘室叢書》。其所據為舊鈔本，又以別本校之。末有胡珽跋，云：「舊本無撰人名氏。案馬氏《經籍考》題『宋史官樂史撰』。宋人《續談助》亦載此傳，而刪節其半。後有西樓北齋跋云：『直史館樂史，尤精地理學，故此傳推考山水為詳，又皆出於地志雜書者。』余謂綠珠一婢子耳，能感主恩而奮不顧身，是宜刊以風世云。咸豐三年八月，仁和胡珽識。」今再勘以《說郛》三十八所錄，亦無甚異同。疑所謂舊鈔本或別本者，即並從《說郛》出爾。舊校稍煩，其必改「越」為「粵」之類，尤近自擾，今悉不取。

　　《楊太真外傳》二卷，取自顧氏《文房小說》。署史官樂史撰，《唐人說薈》收之，誣謬甚矣。然其誤則始於陶宗儀《說郛》之題樂史為唐人。此兩本外，又嘗見京師圖書館所藏丁氏八千卷樓舊鈔本，稱為「善本」，然實凡本而已，殊無佳處也。《宋史・藝文志》史部傳記類著錄「曾致堯《廣中台記》八十卷，又《綠珠傳》一卷」，頗似傳亦曾致堯作；又有「《楊妃外傳》一卷」，注云「不知作者」；又有「樂史《滕王外傳》一卷，又《李白外傳》一卷，《洞仙集》一卷，《許邁傳》一卷，《楊貴妃遺事》二卷」，注云「題岷山叟上」。書法函胡，殆不可以理析。然《續談助》

一跋而外，尚有《郡齋讀書志》（九，傳記類）云：「《綠珠傳》一卷，右皇朝樂史撰。」又：「《楊貴妃外傳》二卷，右皇朝樂史撰。敘唐楊妃事跡，訖孝明之崩。」而《直齋書錄解題》（七，傳記類）亦云：「《楊妃外傳》一卷，直史館臨川樂史子正撰。」則綠珠、楊妃二傳，皆樂史之作甚明。《楊妃傳》卷數，宋時已分合不同，今所傳者蓋晁氏所見二卷本也。但書名又小變耳。

樂史，撫州宜黃人，自南唐入宋，為著作佐郎，出知陵州。以獻賦召為三館編修，遷著作郎，直史館。觀綠珠、太真二傳結銜，則皆此時作。後轉太常博士，出知舒、黃、商三州，再入文館，掌西京勘磨司，賜金紫。景德四年卒，年七十八。事詳《宋史》（三百六）《樂黃目傳》首。史多所著作，在三館時，曾獻書至四百二十餘卷，皆敘科第、孝悌、神仙之事。又有《太平寰宇記》二百卷，徵引群書至百餘種，今尚存。蓋史既博覽，復長地理，故其輯述地志，即緣濫於採錄，轉成繁蕪。而撰傳奇如《綠珠》《太真》傳，又不免專拾舊文，如《語林》《世說新語》《晉書》《明皇雜錄》《開天傳信記》《長恨傳》《酉陽雜俎》《安祿山事跡》等，稍加排比，且常拳拳於山水也。

——右第七分

364

宋劉斧秀才作《翰府名談》二十五卷，又《摭遺》二十卷，《青瑣高議》十八卷，見《宋史‧藝文志》子部小說類。今惟存《青瑣高議》。有明張夢錫刊本，前後集各十卷，頗難得。近董康校刊士禮居寫本，亦二十卷，又有別集七卷，《宋志》所無。然宋人即時有引《青瑣》《摭遺》者，疑即今所謂別集，《宋志》以為《翰府名談》之《摭遺》，蓋亦誤爾。其書雜集當代人志怪及傳奇，漫無條貫，間有議，亦殊淺率。前有孫副樞序，不稱名而稱官，甚怪；今亦莫知為何人。此但選錄其較整飭曲折者五篇。作者三人：曰魏陵張實子京，曰譙川秦醇子復（或作子履），曰淇上柳師尹。皆未考始末，一篇無撰人名。

《流紅記》出前集卷五，題下原有注云「紅葉題詩取韓氏」，今刪。唐孟棨《本事詩》（情感第一）有顧況於洛乘門苑水中得大梧葉，上有題詩，況與酬答事。「帝城不禁東流水，葉上題詩欲寄誰」者，況和詩也。范攄《雲溪友議》（下）又有《題紅怨》，言盧渥應舉之歲，於御溝得紅葉，上有絕句，置於巾箱。及宣宗放宮人，渥獲其一。「睹紅葉而吁嗟久之，曰：『當時偶題隨流，不謂郎君收藏巾篋。』驗其書，無不訝焉。詩曰：『水流何太急，深宮盡日閒。殷勤謝紅葉，好去到人間。』」宋人作傳奇，始迴避時事，拾舊聞附會牽合以成篇，而文意並瘁。如《流

紅記》，即其一也。

《趙飛燕別傳》出前集卷七，亦見於原本《說郛》三十三，今參校錄之。胡應麟（《筆叢》（二十九）云：「戊辰之歲，余偶過燕中書肆，得殘刻十數紙，題《趙飛燕別集》。閱之，乃知即《說郛》中陶氏刪本。其文頗類東京，而末載梁武答昭儀化鼃事。蓋六朝人作，而宋秦醇子復補綴以傳者也。第端臨《通考》、漁仲《通志》並無此目。而文非宋所能。其間敘才數事，多俊語，出伶玄右，而淳質古健弗如。惜全帙不可見也。」又特賞其「蘭湯灩灩」等三語，以為「百世之下讀之，猶勃然興」。然今所見本皆作別傳，不作集；《說郛》本亦無刪節，但較《高議》少五十餘字，則或寫生所遺耳。《高議》中錄秦醇作特多，此篇及《譚意歌傳》外，尚有《驪山記》及《溫泉記》。其文蕪雜，亦間有俊語。倘精心作之，如此篇者，尚亦能為。元瑞雖精鑒，能作《四部正訛》，而時傷嗜奇，愛其動魄，使勃然興，則輒冀其為真古書以增聲價。猶今人聞伶玄《飛燕外傳》及《漢雜事秘辛》為偽書，亦尚有怫然不悅者。

《譚意歌傳》出別集卷二，本無「傳」字，今加，有注云「記英奴才華秀色」，今削。意歌，文中作「意哥」，未

知孰是。唐有譚意哥,蓋薛濤、李冶之流,辛文房《唐才子傳》曾舉其名,然無事跡。秦醇此傳,亦不似別有所本,殆竊取《鶯鶯傳》《霍小玉傳》等為前半,而以團圓結之爾。

《王幼玉記》出前集卷十,題下有注云:「幼玉思柳富而死。」今刪。

《王榭》出別集卷四,有注云:「風濤飄入烏衣國。」今刪;而於題下加「傳」字。劉禹錫《烏衣巷》詩,本云:「朱雀橋邊野草花,烏衣巷口夕陽斜。舊來王謝堂前燕,飛入尋常百姓家。」此篇改「謝」成「榭」,指為人名,且以烏衣為燕子國號,殊乏意趣。而宋張敦頤《六朝事跡編類》乃已引為典據,此真所謂「俗語不實流為丹青」者矣。因錄之,以資談助。

《梅妃傳》出《說郛》三十八,亦見於顧氏《文房小說》,取以相校,《說郛》為長。二本皆不云何人作,《唐人說薈》取之,題曹鄴者,妄也。唐宋史志亦未見著錄。後有無名氏跋,言:「得於萬卷朱遵度家,大中二年七月所書。」又云:「惟葉少蘊與予得之。」案朱遵度好讀書,人目為「朱萬卷」。子昂,稱「小萬卷」,由周入宋,為衡州

錄事參軍，累仕至水部郎中。景德四年卒，年八十三。《宋史》（四三九）《文苑》有傳。少蘊則葉夢得之字，夢得為紹聖四年進士，高宗時終於知福州，是南北宋間人。年代遠不相及，何從同得朱遵度家書。蓋並跋亦偽，非真識石林者之所作也。今即次之宋人著作中。

《李師師外傳》出《琳琅秘室叢書》，云所據為舊鈔本。後有黃延鑒跋云：「《讀書敏求記》云，吳郡錢功甫秘冊藏有《李師師小傳》，牧翁曾言懸百金購之而不獲見者。偶聞邑中蕭氏有此書，急假錄一冊。文殊雅潔，不類小說家言。師師不第色藝冠當時，觀其後慷慨捐生一節，饒有烈丈夫概。亦不幸陷身倡賤，不得與墜崖斷臂之儔，爭輝彤史也。張端義《貴耳集》載有師師佚事二則，傳文例舉其大，故不載，今並附錄於後。又《宣和遺事》載有師師事，亦與此傳不盡合，可並參觀之。琴六居士書。」《貴耳集》二則，今仍移錄於後，然此篇未必即端義所見本也。

道君北狩，在五國城或在韓州，凡有小小凶吉喪祭節序，北人必有賜賚。一賜必要一謝表。北人集成一帙，刊在榷場中。傳寫四五十年，士大夫皆有之，余曾見一本。更有《李師師小傳》，同行於時。

368

道君幸李師師家，偶周邦彥先在焉。知道君至，遂匿於床下。道君自攜新橙一顆，云：「江南初進來。」遂與師師諧語。邦彥悉聞之，隱括成《少年遊》云：「並刀如水，吳鹽勝雪，纖手破新橙。」後云：「城上已三更，馬滑霜濃，不如休去，直是少人行。」李師師因歌此詞，道君問誰作。李師師奏云：「周邦彥詞。」道君大怒，坐朝宣諭蔡京云：「開封府有監稅周邦彥者，聞課額不登，如何京尹不案發來？」蔡京罔知所以，奏云：「容臣退朝呼京尹叩問，續得復奏。」京尹至，蔡以御前聖旨諭之。京尹云：「惟周邦彥課額增羨。」蔡云：「上意如此，只得遷就。」將上，得旨：「周邦彥職事廢弛，可日下押出國門！」隔一二日，道君復幸李師師家，不見李師師。問其家，知送周監稅。道君方以邦彥出國門為喜，既至，不遇。坐久至更初，李始歸，愁眉淚睫，憔悴可掬。道君大怒云：「爾往那裡去？」李奏：「臣妾萬死，知周邦彥得罪，押出國門，略致一杯相別。不知官家來。」道君問：「曾有詞否？」李奏云：「有《蘭陵王》詞。」今「柳陰直」者是也。道君云：「唱一遍看。」李奏云：「容臣妾奉一杯，歌此詞為官家壽。」曲終，道君大喜，復召為大晟樂正。後官至大晟樂樂府待制。邦彥以詞行，當時皆稱美成詞；殊不知美成文筆，大有可觀，作《汴都賦》。如箋奏雜著，皆是傑作，可惜以詞掩其他文也。當時李師師家有二

邦彥，一周美成，一李士美，皆為道君狎客。士美因而為宰相。吁！君臣遇合於倡優下賤之家，國之安危治亂，可想而知矣。

——右第八分

終

蔡義江

（1934- ）

　　學者、教授、著名紅學家、國家級有突出貢獻專家。浙江寧波人。1954年畢業於浙江師範學院（今浙江大學），留校任教。1986年，任民革中央常委、宣傳部部長，創辦團結出版社，兼任社長、總編輯及《團結》雜誌主編，兼教於京杭高校。

　　主要著作有《紅樓夢詩詞曲賦全解》、《論紅樓夢佚稿》、《〈紅樓夢〉校註》、《蔡義江論紅樓夢》、《紅樓夢叢書全編》、《唐宋詩詞探勝》、《唐家傳奇集》全譯、《四季風光》古詩選、《稼軒長短句編年》、《辛棄疾年譜》、《清代文學概論》（日本每日交流社）、《〈宋詞300首〉詳析》、《宋詩精華錄》（譯註）等。

責任編輯	梅　林
書籍設計	彭若東
責任校對	江蓉甬
排　版	周　榮
印　務	馮政光

書　名	唐宋傳奇集(下)
叢書名	文史中國
校　錄	魯迅
今　譯	蔡義江　蔡宛若
出　版	香港中和出版有限公司 Hong Kong Open Page Publishing Co., Ltd. 香港北角英皇道 499 號北角工業大廈 18 樓 http://www.hkopenpage.com http://www.facebook.com/hkopenpage http://weibo.com/hkopenpage
香港發行	香港聯合書刊物流有限公司 香港新界大埔汀麗路 36 號 3 字樓
印　刷	中華商務彩色印刷有限公司 香港新界大埔汀麗路 36 號中華商務印刷大廈
版　次	2019 年 4 月香港第 1 版第 1 次印刷
規　格	32 開 (128mm×188mm) 388 面
國際書號	ISBN 978-988-8570-57-7